천년이 지나도 다시는 이런 꿈을
화산花山 높은 절벽 사해의 영혼들

역사장편소설

금술잔

上

고천석 지음

작가의 말

이 『금술잔』엔 조선의 자랑스러운 사람들의 인품이 담겨 있다. 이들의 이야기가 푸른 물결이 일렁이던 남쪽 바다에 7년간 불어닥친 거센 폭풍우와 함께 서려 있다. 장구한 역사적 사실을 이들이 가진 연회석을 빌려 하나하나 풀어내려고 한다.

아무리 세월이 흘러도 일본이 일으킨 잔악殘惡행위는 결코 잊힐 리 없다. 임진전쟁을 통해 일본의 야만적인 잔인성을 전 인류에 고한다. 틈만 생기면 침탈을 해왔던 그들과는 달리, 인정이 도타운 조선 백성은 남의 나라를 넘볼 줄 모르고 평화롭게 살아왔다. 그럼에도 이 임진년 침략에서 수백만의 조선 백성들이 목숨을 잃었다.

이 전란에서 생명을 바친 이 "절의" 정신은 과연 어디서 비롯되었을까. 백성을 보살피고 임금에겐 충신이어야 한다는 소명의식이 강해서일까. 그런 정신적인 배경엔 대대로 이어진 가문의 혈통과도 무관치 않은 것 같다. 전쟁터에서 몸을 내놓은 이들은 저승(죽은 사람들의 영혼이 산다는 세계)에 있는 조상과 미래의 후손들을 염려했다. 이들이 생각한 가문의 가치는 생명에 버금가도록 중시했던 것 같다. 이들은 조상을 욕되게 할 수 없고, 가문을 절대 더럽혀서는 안 되었다. 후손들에겐 자랑스러운 선조가 되고자 하는 바람이 하나의 믿음으로 작용했던 것 같다.

오늘날엔 달콤하게만 여겨지는 "사랑"을 무한한 가치로 여길지 모르지만 당시엔 "충절과 효도"가 삶에 대한 지고의 선이었다.

'사랑'도 아닌 일만 악의 뿌리가 된다는 '부富'를 숭상하는 오늘의 사회현상과는 달라도 너무나 다르다.

우리가 이런 일을 혼동해서 망령을 부려서는 안 될 것이다. 마음의 중심이 바로 서 있는 사람만이 '충과 효'를 실천할 수 있었다.

이들은 모두가 나라의 은혜에 '충의忠義'하고 임무에 '충실忠實'했다. 따라서 신의에 '충절忠節'하고 하늘에 '충담忠膽'해 고결한 빛을 발했다.

여기에 소개된 인물은 문・무과에 장원으로 급제한 사람이 많다. 학문과 덕망을 두루 갖춘 이들로 대부분이 초시 또는 전시까지 통과한 신분들이다. 어느 시대에서도 추구하게 될 의로운 정신은 바뀌지 않고 계속 추앙받아 마땅할 것이다. 이들의 영예로움은 온 우주에 찬란히 그 빛을 발해 영원히 꺼지지 않을 것이다.

'충신', '열사'가 나라를 섬기다 국난을 당했을 때, 목숨을 바쳐 인仁을 이루는 것이 바른 도리라 했다. 그럼에도 나라에 '충절'을 부르짖던 많은 고위직 관리들이 나라가 위급한 지경에 놓였을 때, 그들 자신의 안위와 처자를 위해 숨거나 도망해버리는 경우가 더 많았다는 것을 임진사壬辰史는 증언하고 있다. 이런 이타심 없는 사람들이 들끓는 사회는 불행할 수밖에 없다.

"장부丈夫가 국란을 당할 때 한 번의 죽음이 있을 뿐, 어찌 구차하게 살길을 바라리오. 오늘 이곳이 바로 내가 죽을 곳이다"라는 확고한 의지의 표현들은 위급함에 처한 이들의 한결같은 마음이었다.

불의에 노할 줄 알았던 이들은 의로운 일에는 생명까지 기꺼이 내놓았다. 나라에 대한 직접적인 책임이 있고 없고를 떠나 오직 나라를 지키고 백성을 보호하겠다는 어질고 자애로운 마음으로 기꺼이 싸움터로 향했던 것이다. 일상에서도 불의를 가까이할 줄 모르는 이들은 강직한 삶을 살았다. 재물에 마음을 빼앗기지 않았다. 남달리 깨끗함을 좋아하고 부정은 극단적으로 미워하는 성품들이다. 관리와 지방민들이 모두 이들을 기뻐하고 존경해 마지않았다.

천성이 강직하고 불의 앞에 굽힐 줄 모르는 품성이라서 남에게 헐

뜯기고 때로는 임금의 몰이해로 미움을 사 수차례의 고문과 귀양살이에 시달렸으나, 풍전등화 같은 나라를 구하기 위해서는 우주보다 더 귀중하다는 목숨을 기꺼이 내놓는다.

여기 꿈 이야기는 파담자 윤계선이 쓴 『달천 몽유록撻川 夢遊錄』에서 가져와 재구성했다. '옛사람의 절의와 고상한 문장에 이르면 책을 덮고 종종 탄식해 흐느껴 눈물짓지 않은 적이 없다'는 파담자, 그는 의리를 사모하고 그들의 절개를 아름답게 생각한 사람이다. 그의 의로운 품성을 흠모한다.

진주 남강을 찾아 의암 바위에서 눈물겹게 강물을 바라보면서 제일차의 승전의 감격은 잠깐 스쳐갈 뿐, 2차 전투에서 성이 함락되는 그때의 처절한 서사적 광경이 추상화처럼 떠올라 치를 떨었다. 탄금대를 돌아 달천강변을 거닐면서 수세에 몰린 조선군의 숨 가쁜 진영과 강물에 뛰어드는 이들의 용맹함을 회상해보기 위해 지은이의 마음은 줄곧 그곳에 머물러야 했다.

충·효·의·열이 가장 대표적인 가문이라서, 부인들은 남편에 대한 '열녀'로서 목숨을 바치고, '효자'인 아들은 진중에서 아버지를 지키려다 적의 칼날에 도륙되었다. 노복들 역시 주인의 인품에 감복해 '의인'으로 인생을 전쟁터에서 마감했다.

전쟁에서 거둔 전공엔 다소 차이가 있을지언정 인품과 살신성인 정신은 추호도 다를 바 없다. 이들은 더 많은 재물을 모으고 드높은 자리를 탐하는 것과는 거리가 먼 삶을 살았다. '어떻게 사는 것이 바른 삶인가!'를 깨닫게 해준 고매한 이들 27인의 인품을 추앙한다.

2014년 9월
봉화 산기슭 우거에서
지은이

1부

조선과 그 밖의 정세

1

일본은 오래전부터 호시탐탐 조선을 여러 차례 넘보아왔다. 그들은 침탈의 야망을 꾸미면서 틈틈이 조선의 군사력을 시험해보기도 했다. 기필코 임진년과 정유년을 통해 대대적 침략의 야욕을 벌인 것이다. 설령 일본이 그런 침략을 감행했을지라도 기개와 절의가 살아 있던 조선의 선비들은, 일본이 조선을 집어삼키려는 야욕에 결코 호락호락 넘어가도록 내버려두지는 않았다.

심한 병에 앓아누울지라도 인간은 죽을병이 아니라면 결코 죽음까지 이르지 않는다. 그 기개가 원동력으로 작용할 때 나라도 역시 패망까지 이르지 않았다. 원동력이란, 바른 도리, 즉 의리를 지켜 한 번 품은 뜻을 바꾸지 않았던 선비들의 절의정신이었다.

국가가 존재하느냐 사라지느냐는 절의정신이 얼마나 깊게 뿌리를 내렸느냐로 가름했다. 깊이 내린 뿌리와도 같은 절의정신을 지닌 충신열사들이 죽기로 각오하고 싸우는 의지가 더해질 때, 그것은 강점을 가졌다는 일본의 조총보다도 궁극적으로는 조선을 지킬 가장 무서운 무기로 작용했다.

급습해 들어온 일본과의 임진전쟁에서는 나라를 지키려는 조선의 그런 절의와 기개가 있는 선비들과 충신과 열사들, 충의의 정신이 경각에 달린 나라를 지켜내기 위해, 희생된 그들의 영혼은 창공에 찬란히 빛을 밝히며 조선을 지켜볼 것이다.

여러 해 전, 일본에 조선의 국권을 잠시 빼앗기자 일본에 굴종하는 신하들이 국가에 반역을 일삼고, 우국충정의 선비들 가문을 원수처럼 하대했던 때가 있었다.

그들 후손들에게 돌려져야 할 마땅한 포상은커녕 충렬의 자손들이 떠돌며 유리걸식하는데도 내버려두고 관심조차 두지 않았다. 지금도 대체적으로 독립투사 후손들의 생활상이 이를 증언해주고 있다. 그들의 궁색한 생활은 언제 벗어날까. 그렇다고 그 후손들의 자긍심까지 꺾였느냐 하면, 결코 그렇지는 않았다. 그럼에도 그들의 대의는 하늘과 땅 사이에 영화롭게 빛을 발하고 있다. 억울한 마음을 해와 달과 별들 앞에 내보일지라도 위

아래의 신하들과 백성들에게는 조금도 부끄러움이 없었다. 그들은 하늘과 땅에 터질 듯한 뜨거운 가슴으로 국권 회복을 다짐하고 또 다짐했다.

밝은 태양이 저렇게 땅을 비추어 내려다보거늘…… 어찌 국권이 회복되지 않았을까!

2

4월 13일은 바로 임진년의 해, 우물가 언덕에 연분홍 매화가 만발하던 초봄, 오후 5시경. 그때 조선은 태평성대를 누린 지 거의 200년이 가까워오는데…… 전쟁이라고는 애초부터 모르고 살아온 백성들이었다.

문덕으로 정치를 펼치고자 했던 선조[1]는 덕흥대원군의 셋째

---

1) 宣祖[1552~1608, 재위 1567~1608]

조선 제14대 왕. 처음에는 많은 인재를 등용해 국정 쇄신에 노력했다. 여러 전적을 간행해 유학을 장려했다. 후에 정치인들의 분열로 당파가 나타나 당쟁 속에 정치기강이 무너져 혼란을 겪는다. 재위 후반에 일본군이 침입한 임진란(1592~1598)과 여진족[建州野人]의 침입.

아들로 태어나, 명종[2]이 후사 없이 승하하자 그는 16세의 어린 나이로 조선 14대 왕으로 등극했다. 그는 어렸음에도 왕위에 오른 이후로 즉위 초에는 명종 비였던 인순왕후[3] 심씨로부터 수렴청정을 받아야 했다.

사림의 중앙 정계 진출과 함께 나타난 새로운 현상으로 당파가 만들어지게 된다. 김효원[4]과 심의겸[5]의 갈등이 기폭제가 되

본관은 전주. 어렸을 때의 이름은 이균이었으나 후에 이연으로 바뀐다. 시호는 소경, 덕흥대원군 초岹의 셋째 아들이니, 즉 중종의 손자(셋째 아들 계). (중종의 첫째 왕비의 아들은 12대 인종, 둘째 왕비 아들은 13대 명종, 셋째 왕비의 손자가 선조). 어머니는 영의정에 추증된 정세호의 딸인 하동부대부인河東府大夫人 정씨, 비는 박응순의 딸 의인왕후, 계비는 김제남의 딸, 인목왕후. 처음에 하성군河城君에 봉해짐. 목릉 선조대왕 능 / 경기 구리시 인창동. 14대 선조와 의인왕후 박씨·계비 인목왕후 김씨의 능이 있다.

2) 明宗[1534~1567, 재위 1546~1567]
조선왕조 제13대 왕. 휘는 환峘. 자는 대양對陽. 중종의 둘째 아들, 인종의 아우. 재위 중에 을사사화, 왜구의 출몰 등의 사건이 있다.

3) 仁順王后[1532~1575]
조선왕조 명종의 비. 성은 심沈씨. 청송青松 사람. 정릉 부원군 강鋼의 딸. 선조가 즉위하자 잠시 수렴청정. 1569(선조 2)에 존호尊號 의성懿聖을 받는다.

4) 金孝元[1532~1590]
문신. 자는 인백仁伯. 호는 성암省庵. 본관은 선산善山.
동인의 중심인물, 문과에 급제한 후 영남에 내려가 이황·조식의 문하에서 공부. 선조의 특명으로 영흥부사永興府使를 지낸다. 병으로 죽음. 저서『성암집省庵集』.

5) 沈義謙[1535~1587]
1572(선조 5)년 이조참의 등을 지내는 동안 척신인 그는 구세력을 대표하는 인물. 1574년 김효원은 이조정랑에 발탁, 이듬해 심의겸의 아우인 심충겸이 김효원의 후임으로 이조정랑에 추천되자 이번에는 김효원이 전랑의 직분이 척신의 사유물이 될 수 없다고, 반대함으로써 두 사람은 대립하기 시작. 결국 심의겸을 지지하는 서인과 김효원을 지지하는 동인으로 갈라져 당쟁의 시초가 된다. 심의겸을 지지했던 서인으로는 정철, 윤두수, 박순, 김계휘, 구사맹, 홍성민, 신응시 등을 들 수 있다.
이때 부제학 이이는 1575년 그를 개성부유수, 김효원을 부령富寧부사로 전직시켜 당쟁을 조정하려 했으나 이미 뿌리박힌 양당은 해소되지 못함.

어 동인과 서인으로 분당됨에 따라 국가 정책을 결정하는 데 많은 혼선을 가져왔다. 명종 때 왕실의 인척 되는 심의겸이 공무로 영의정 윤원형의 집에 갔을 때, 그곳에 있는 김효원의 침구를 보고 '문명文名 있는 자가 권문에 아첨한다'고 멸시. 김효원은 선조 즉위 후 새로이 등용한 사림파의 대표적인 인물. 김계휘가 심의겸에게 김효원을 이조전랑으로 추천하자 심의겸은 '김효원이 윤원형의 문객이다' 하여 불응. 그 후 심의겸의 아우 심충겸이 전랑으로 천거되자 김효원은 '척족에게 전랑을 맡기는 것은 부당하다'고 이의를 제기. 이에 심의겸이 '외척이 원흉(윤원형)의 문객에게 지겠느냐' 하고 맞섬으로써 이것이 신진 사림파와 기성 사림파의 대립으로 확대, 당쟁으로 발전하게 된 계기였다. 따라서 김효원의 집이 건천동乾川洞이므로 김효원 일파를 동인이라 하고, 심의겸의 집은 정동貞洞에 있었으므로 그 일파를 서인西人이라고 했다. 이때 부제학 이이는 1575년 심의겸을 개성부유수, 김효원을 부령富寧부사로 전직시켜 당쟁을 조정하려 했으나 이미 뿌리박힌 양당은 해소되지 못했다.

1591년 세자 책봉 문제로 정권의 우위를 장악한 동인이 서인을 치죄하는 문제를 놓고 강경파와 온건파가 대립해 남인과 북

1580년 예조참판이 되었다가 함경도 관찰사로 전직, 정인홍의 탄핵을 받았으나 이이의 변호로 무사함.

1584년 이이가 죽은 후 동인이 득세하자 파직된다. 버슬은 병조판서. 청양군青陽君에 습봉襲封. 나주羅州의 월정서원月井書院에 제향.

인으로 갈라지면서 정쟁은 더욱 가속화되고.

이런 때 1583년과 1587년 두 차례에 걸쳐 니탕개[6]를 중심으로 한 야인들이 침략해 들어와 경원부가 함락되기도 했다. 두만강 방면의 추장 니탕개가 선조 초부터 예의를 갖추며 6진을 자주 드나들자 조정에서는 그에게 관록을 주고 후대한다. 그러나 1583년 1월, 인근 여진의 여러 부가 진장鎭將의 대우가 좋지 않다는 이유로 경원부로 침입해 아산阿山·안동安東의 각 보堡를 점령한다. 조정에서 급히 원조군을 파견하고 **신립**이 신상절[7] 등과 평소에 길렀던 기병 500명을 동원해 반란군을 소탕하고 6진을 포함 두만강 유역은 모두 회복된다. 훈융진(訓戎鎭: 함경북도 온성군穩城郡의 국경 취락)은 만주의 혼춘琿春에 연결되는 철도의 분기점인 국경도시였다. 당시 조선은 동부 간도 및 러시아 연해주와도 국경무역을 했다. 부근 일대는 초원이 넓어 목축지로 적당했다. 면양의 방목장이 있고, 또 유연탄의 탄광도 있었다.

조선의 숙원이었던 종계변무 문제도 이윽고 해결된다. 종계변무는 중국 명나라『대명회전』에 조선을 건국한 이성계가 이인임의 후예라고 잘못 기록되어 있는 것을 말하는데, 역대 왕들이

---

6) 尼蕩介 ─ 亂
   함경북도 동북 지역의 여진족에 대한 통제는 6진 개척 이후 한때 잘 되어갔으나 중종 이후 내정의 문란과 함께 차츰 약화된다. 선조 때 이들 여진족의 움직임은 더욱 활발해지다가 결국 니탕개를 중심으로 난을 일으킨다.

7) 申尙節
   1583(선조 16)년 신립이 온성부사로 있을 때 니탕개가 거느린 야인들이 침입, 공격, 첨사인 그가 위급하게 되자 유원첨사柔遠僉使 이박 등과 합세, 적병 50여 명을 목 베고, 이어 적군을 추격, 두만강을 건너가서 그들의 소굴을 소탕한다.

이를 수정하고자 수차례 사신을 파견했으나 번번이 실패했다.

이성계[8]는 어려서부터 총명하고 담력이 커, 특히 활쏘기에 뛰어났다. 고조 이안사가 원나라에 소속된 여진인 주거지역에서 원의 관료가 된 뒤로부터 차차 그곳에서 기반을 닦아왔다. 그리고 증조 이행리, 할아버지 이춘이 대대로 두만강 또는 덕원 지방의 천호千戶로서 원나라에서 벼슬하고 아버지 이자춘도 원나라의 총관부가 있던 쌍성雙城의 천호로 있으면서, 1356(공민왕 5)년 고려가 쌍성총관부를 공격할 때 고려에 내응해 원나라의 세력을 축출하는 데 큰 공을 세웠다.

이후 그의 아버지는 1361년 고려의 삭방도만호 겸 병마사朔方道萬戶兼兵馬使로 임명되어 동북면 지역의 실력자가 되었다. 이와 같은 가문의 배경과 타고난 군사적 재능으로 이성계는 고려 말기에 크게 활약하면서 점차 두각을 나타냈던 것이다. 같은 해 국내 반란의 진압과 이듬해 홍건적의 침입을 친병(사병) 2,000명으

---

8) 李成桂[1335~1408, 재위 1392~1398]
　　본관은 전주全州. 자는 중결仲潔. 호는 송헌松軒. 등극 후에 이름을 단旦, 자는 군진君晉으로 고침. 화령부和寧府(함경도 영흥) 출생. 이자춘의 둘째 아들, 어머니는 최한기의 딸. 비는 신의왕후 한씨, 계비는 신덕왕후 강씨.
　　즉위 초는 국호를 그대로 고려라 하고 의장儀章과 법제도 모두 고려의 제도를 그대로 유지한다. 그러나 새 왕조의 기틀이 차차 잡혀가자 고려의 체제에서 벗어나고자 우선 새 왕조의 국호를 '조선朝鮮'으로 확정, 1393(태조 2)년부터 새 국호를 쓰기로 했다. 다음으로 국호의 변경에 따른 새로운 국가건설을 위해 왕사王師 무학(자초)의 의견에 따라 한양을 새 수도로 결정한다. 1393년 9월에 착공해 만 3년인 1396년 9월까지 태묘, 사직, 궁전 등과 숙정문(북대문)・흥인문(동대문)・숭례문(남대문)・돈의문(서대문)의 4대문과 광희문光熙門・소덕문昭德門・창의문彰義門・홍화문弘化門의 4소문 등을 건설, 왕성의 규모를 갖춤. 한편 법제 재정비에도 힘써 1394년 정도전의 『조선경국전』과 각종 법전을 편찬한다.

로 막는 데 크게 전공을 세웠다. 1362년 원나라 장수 나하추(納哈出)가 군사를 이끌고 홍원 지방으로 쳐들어오자 동북면 병마사로 여러 차례의 격전 끝에 적을 대파, 격퇴시킨다.

그 뒤 1364년 원나라가 병사 1만 명으로 평안도 지방에 쳐들어오자, 최영과 함께 이들도 섬멸해버린다. 이 무렵 동북면의 여진족이 한때 기세를 올렸으나 그는 이들을 격퇴함으로써 동북면의 평온을 되찾고 이해 밀직부사가 되고 단성양절익대공신(端誠亮節翊戴功臣)의 호를 받았다. 그 뒤 동북면원수지문하성사(東北面元帥知門下省事)·화령부윤 등을 지내고, 이듬해 또 여진이 동북면 일대를 노략질하자, 동북면도지휘사가 되어 1382년 이지란과 함께 이들을 궤멸시킨다.

1384년 동북면도원수문하찬성사, 이듬해 함 주에 쳐들어온 일본 적을 대파. 그 뒤 1388년에는 수문하시중(守門下侍中), 최영과 함께 원나라에 빌붙어 권문세족이 된 임견미, 염흥방을 죽인다. 이해 명나라의 철령위 설치문제로 요동정벌이 결정되자 그는 우군도통사가 되어 좌군도통사 조민수와 함께 정벌군을 거느리고 위화도까지 나아갔으나, 네 가지 불가론을 들어 위화도회군을 단행, 돌아온 즉시 최영을 제거, 우왕을 폐한 뒤 창왕을 세워 수시중과 도총중외제군사(都摠中外諸軍事)가 됨으로써 정치적·군사적 실권자가 되었다. 이듬해 창왕도 폐하고 공양왕을 세운 뒤 최고의 실권자인 수문하시중이 된다. 1390(공양왕 2)년에는 병권을 장악, 이듬해는 삼군도총제사(三軍都摠制使), 이어 조준 등의 건의에 따라 토지제도의 개혁을 단행해 구세력의 경제적 기반을 빼앗는다. 1392년 7월 공양왕을 내쫓고 마침내 새 왕조의 태조가 된다. 반면, 이인임[9])에 대한 이력은 이렇다. 당시 고려에 와 있던 명나라 사신 채 빈이 공민왕 피살 사건을 본국에 보고해 책임이 재상인 자신에게 돌아올까 염려해 본국으로 돌아가는 채 빈을 호송관 김의에게 살해하도록 하고 친원정책을 취한다. 이에 삼사좌윤 김구용, 전리총랑 이숭인, 전의부령 정도전, 삼사판관 권근이 정부의 친원정책을 비판하고, 우헌납 이첨이 이인임과 찬성사 지윤의 죄목을 열거해 이들을 목 벨 것을 상소. 그러자 최영, 지윤 등과 합심, 이첨, 전백영을 사기죄로 몰아 유배시키고, 김구용, 이숭인, 정몽주, 임효선, 정사도, 박형, 이성림이 자신을 해치려 한다는 명목으로 유배, 반대 세력을 제거한 후 지윤, 임견미, 염흥방 등과 함께 권력을 휘두르며 관직과 옥(獄)을 팔고 전국에 걸쳐 토지와 노비를 축적하는 등 탐학을 일삼는다. 이어 영삼사사(領三司事)를 거쳐 영중방사헌개성부사(領重房司憲開城府事)에 임명

9) 李仁任[?~1388]

그는 지금의 고령군 성산면에서 태어남. 음보蔭補로 전객시승典客寺丞이 된 후 전법총랑典法摠郎을 거쳐 1358(공민왕 7)년 좌부승선佐副承宣. 1359(공민왕 8)년 홍건적이 침입해 의주를 함락시키자 서경존무사西京存撫使에 임명, 홍건적을 격퇴한다.

1361(공민왕 10)년 2차 침입 때는 개경을 탈환하는 데 공을 세우고, 이듬해 개성부판사開城府判事에서 서북면도지휘사西北面都指揮使를 거쳐 첨의평리僉議評理가 된다. 1364(공민왕 13)년 서북면 순문사 겸 평양윤西北面巡問使兼平壤尹이 되어 최유 등이 덕흥군 왕혜를 내세워 고려에 쳐들어오자 출정군의 식량을 조달하는 일을 담당.

이듬해 삼사우사三司右使・도첨의찬성사都僉議贊成事. 1368(공민왕 17)년 좌시중左侍中을 거쳐 이듬해 수문하시중守門下侍中이 된다. 그해 서북면도통사西北面都統使가 되어 동녕부東寧府를 정벌. 1374(공민왕 23)년 공민왕이 피살되고 명덕태후・경복흥 등이 종친을 새로운 왕으로 세움.

되었고, 1386(우왕 12)년에는 다시 좌시중이 되었다가 이듬해 노병으로 사직한다. 이야기의 욕심을 부리다 보니 선조 때의 본 이야기에서 많이 벗어난 것 같다.

선조 때에 비로소 잘못된 기록을 바로잡음으로써 왕실의 계통을 올바로 잡게 되었다.

일본의 움직임이 수상해 1590년 일본에 파견되었다가 돌아온 통신사 일행 중 정사 황윤길[10]과 부사 김성일[11]은 서로 다른 동향보고를 한다. 이들의 보고를 접한 조정에서는 정책을 수립하지 못하고 있다가, 1592년 4월 임진란이 터진다. 일본군은 부산

---

10) 黃允吉[1536~?]
　　문신. 자는 길재. 호는 우송당. 본관은 장수. 1589년 11월 18일 일본 사정을 탐지하려고 파견된 조선통신사 중에서 그는 정사로 임명되어 출발. 1590년 그는 일본에 다녀와서 변란의 가능성을 보고했지만, 조정으로부터 채택되지 못함.

11) 金誠一[1538~1593]
　　그의 본관은 의성義城. 자는 사순士純. 호는 학봉鶴峰. 생원 김진의 아들로 안동安東 임하臨河에서 태어남. 이황의 문인으로 1564(명종 19)년 사마시에 합격. 성균관에서 수학. 1568(선조 1)년에 증광시 문과 병과에 급제. 승문원 부정자에서 시작해 정자·검열·대교를 거쳐 1572년 봉교가 되어 노산묘魯山墓(후에 단종)의 봉축과 사육신의 복권을 진언. 다음 해에 형조·예조의 좌랑을 거쳐 정언이 되고 이어 수찬으로 춘추관 기사관을 겸직한다.
　　1574년에 부수찬을 거쳐 다시 정언이 되고 이조와 병조의 좌랑을 역임한 뒤 사가독서.
　　1577(선조 10)년에는 사은사의 서장관으로 명나라에 파견, 종계변무를 위해 힘쓴다. 돌아와 교리·장령을 역임.
　　1580년 함경도 순무어사로, 1583년 황해도 순무어사로 변방의 방비를 살피고 돌아와 나주羅州목사로 재직할 때 금성산錦城山 기슭에 대곡서원大谷書院을 세우고 김굉필 등을 제향하고 선비들을 학문에 힘쓰게 했으나 1586년 사직단社稷壇의 화재책임을 지고 물러난다.
　　1590년 사성司成으로 통신 부사가 되어 일본 정세를 살피고 돌아옴. 함양·거창 등지에서 의병을 모으고 의병장 곽재우·정인홍 등을 지원하고 의병과 관군의 조화를 꾀한다. 다시 경상우도 관찰사로 돌아와 김시민으로 진주성을 지키게 한다. 1593년 경상우도 순찰사를 겸해 일본의 항전을 독려하다 병으로 순절.

포를 시작으로 동래성을 통과해 일사천리로 충주를 점령해버린다. 황윤길은 도요토미 히데요시가 조선을 침입할 것이라고 조정에 보고했는데, 함께 다녀온 김성일은 침입이 없을 것이라고 하자 선조는 김성일의 말만 듣고 적을 맞을 준비를 소홀히 한다. 2년 후 일본의 침입이 있게 되자, 선조는 황윤길의 말을 믿지 않았다는 것을 크게 후회했다. 정사 황윤길이 '왜가 반드시 침략할 것'이라고 한데 반해, 김성일은 침략의 기세가 없다고 단언한다. 집권세력인 동인은 그의 복명을 택했는데 그러다가 결국 임진란을 당한다. 이때 경상우병사로 있던 그는 파직으로 송환되던 중 우의정 유성룡의 변호로 처벌을 면하고 경상우도 초유사로 임명되어 항전에 공을 세웠다.

선조는 일본군의 한양 입성이 임박해오자 의주까지 피난길에 나서게 되는데, 이때 광해군을 세자로 책봉하여 분조分朝하고, 명나라에 구원을 요청해 원군이 들어와 일본군 격퇴에 일조한다. 이후 각지에서 일어난 의병들의 항쟁과 적의 해상 보급로를 끊어버린 **이순신**의 활약, 권율[12]의 행주대첩 등은 전세를 바꿔놓

---

12) 權慄[1537~1599]
　　본관은 안동. 자는 언신彦愼. 호는 만취당晩翠堂·모악暮嶽. 시호는 충장忠莊. 1582 (선조 15)년 식년문과에 병과로 급제. 승문원정자, 전적을 거쳐 1587년 전라도도사, 이듬해 예조정랑·호조정랑·경성판관에 이어, 1591년 의주목사를 지낸다.
　　이어 순천예교順天曳橋에 주둔한 일본군을 공격하려고 했으나, 전쟁의 확대를 꺼리던 명나라 장수들의 비협조로 실패. 임진란 7년간 군대를 총지휘한 장군으로 바다의 이순신과 더불어 역사에 남을 전공을 세움.
　　1599년 노환으로 관직을 사임하고 고향으로 돌아옴. 영의정에 추증, 1604(선조 37)년 선무공신 1등에 영가부원군永嘉府院君으로 추봉. 충장사忠莊祠에 배향.

아 일본군의 퇴각을 이끌어내고, 전쟁 중에도 파당에 의한 갈등으로 인물 등용에 어려움을 겪는다. 임진란이 일어나 수도가 함락된 후 전라도 순찰사 이광과 방어사 곽영이 4만여 명의 군사를 모집할 때, 광주목사로서 곽영의 휘하에 들어가 중위장이 되어 북진하다가 용인에서 일본군과 싸웠으나 패한다. 그 뒤 남원에 주둔해 1,000여 명의 의용군을 모집, 금산군 이치梨峙 싸움에서 일본 장수 고바야카와 다카가게의 정예부대를 대파하고 전라도 순찰사로 승진했다.

또 북진 중에 수원의 독왕산성禿旺山城에 주둔하면서 견고한 진지를 구축해 지구전과 유격전을 전개하다 우키다 히데이에가 거느리는 대부대의 공격을 받았으나 이를 격퇴시켰다.

1593년에는 병력을 나누어 부사령관 선거이에게 시흥 금주衿州산에 진을 치게 한 후 2,800명의 병력을 이끌고 한강을 건너 행주幸州산성에 주둔해, 3만 명의 대군으로 공격해온 고바야카와의 일본군을 맞아 2만 4천여 명의 적 사상자를 내게 하고 격퇴시켰다. 그 전공으로 도원수에 올랐다가 도망병을 즉결처분한 죄로 해직, 한성부판윤으로 재기용되어 비변사당상을 겸직했다. 1596년 충청도 순찰사에 이어 다시 도원수. 1597년 정유재란이 일어나자 적군의 북상을 막기 위해 명나라 제독 마귀와 함께 울산에서 대진했으나, 명나라 사령관 양호의 돌연한 퇴각령으로 철수할 수밖에 없었다.

1593(선조 26)년 임진란이 극에 달하자 호조의 건의로 납속사목 納粟事目(재정궁핍·기근·군량이 부족할 때 곡식을 백성들로부터 헌납받고 그 대가로 벼슬을 주거나 신분상승, 사역의 면제, 죄의 사면 등을 시행한 일)을 정하고, 이에 따라 정부의 부족한 군량이나 군사를 보충한다. 1594년에는 그 범위를 더욱 확대하고, 또한 군공사목軍功事目을 정해 군공을 세운 자에게도 포상을 시행한다. 한편, 훈련도감을 설치해 군사력을 증진시키고 군사훈련을 강화, 조총 사용법, 탄환 제조법, 교육에도 힘쓴다. 그러던 중 일본군이 재차 침입해오는데……

임진란이 끝난 이후에는 민심을 안정시켜 적의 재침을 막기 위한 노력을 기울이고, 백성들의 진휼賑恤(관에서 흉년에 곤궁한 백성을 구원해 도와주던 일)에도 힘쓴다. 전후 복구사업에도 힘을 기울였으나 실질적인 복구사업은 그의 뒤를 이은 광해군에 의해 추진된다. 말년에 적자인 영창대군에게 자신의 뒤를 잇게 하고자 했으나 뜻을 이루지 못하고 경운궁에서 승하한다.

평상시의 생활이 다른 왕들과는 달리 매우 검소하고, 학문뿐만 아니라 그림과 글씨의 재능도 뛰어났다.

선조가 비록 나이는 어렸으나 총명해 정사에는 유다르게 밝았다. 그는 한때 이황13)과 이이14) 등의 유능한 인재를 등용하기

---

13) 李滉[1501~1570]

본관은 진보眞寶. 처음 이름은 서홍瑞鴻. 자는 계호季浩. 경호景浩. 호는 퇴계退溪·퇴도退陶·도옹陶翁·청량산인淸凉山人. 할아버지는 계양이고, 아버지는 좌찬성에 증직된 이식. 어머니는 박치의 딸. 어머니 박씨는 공자가 대문 안으로 들어오는 꿈을 꾸고 퇴계를 낳았다 하여 그 문을 성림문聖臨門이라고 불렀는데, 지금도 태실胎

도 했다.

이황은 태어난 지 1년도 안 되어 아버지가 세상을 떠나자 어릴 적부터 작은아버지 이우에게 글을 배웠고, 특히 도연명의 시를 좋아했다. 이미 14세 때부터 많은 사람이 모인 자리일지라도 벽을 향하고 공부할 정도로 학문을 좋아했다. 20세 무렵에는 침식을 거의 잊어가며 독서와 사색을 해 평생 병약했다. 심지어 안질로 오랫동안 고생할 경우에도 독서를 쉬지 않았다. 관직을 떠나 귀향할 때 그의 짐은 오직 몇 상자의 책뿐이었다.

室과 성림 문이 보존되어 있다. 경상도 예안현禮安縣 온계리溫溪里(지금의 경상북도 안동시 도산면 온혜리) 출신.

1534년 식년문과에 을과로 급제해 승문원 부정자. 그 후 예문관 검열을 거쳐 1537년 어머니가 죽자 3년간 시묘. 1539년 홍문관수찬이 되어 사가독서. 이듬해 사간원 정언 사헌부 지평. 홍문관 교리를 차례로 역임.

1542년 사헌부장령. 이듬해 사간원사간에 제수. 홍문관 응교를 거쳐 1544년 중종이 죽자 홍문관 전한으로 승진해 중종의 애책문哀冊文을 쓴다. 1545년 인종이 죽고 명종이 즉위하자 홍문관 전한으로서 일본과의 강화와 병란에 대비할 것을 상소. 1546(명종 1)년 낙동강 상류 토계兎溪의 동암東巖에 양진암養眞庵을 세우고 독서에 전념, 이때 토계를 퇴계退溪라 개칭, 자신의 아호로 사용. 1669년 이조판서에 임명되었으나 사양하고 고향에 돌아와 다음 해인 1670년 70세의 나이로 별세.

14) 李珥[1536~1584]

본관은 덕수德水. 자는 숙헌叔獻. 호는 율곡栗谷. 석담石潭. 우재愚齋. 아버지는 사헌부감찰로 좌찬성에 증직된 이원수. 어머니는 신명화의 딸인 사임당 신씨. 본가는 파주 율곡리. 그는 외가인 강릉 오죽헌에서 태어남. 출생하던 날 밤 어머니 신사임당의 꿈에 흑룡이 바다에서 집으로 날아 들어왔다고 해 아명을 현룡見龍이라 했고, 산실産室을 몽룡실夢龍室이라 했는데 지금도 보존되고 있다. 1557년 22세에 성주목사 노경린의 딸과 혼인했다. 1564년 생원시와 사시에 동시에 합격, 그해 실시된 식년문과에서도 장원으로 급제해 호조좌랑에 바로 임명. 사마시와 문과 모두 장원으로 급제해 '구도장원공九度壯元公'이라 일컫는다. 1565년 사간원정언이 되고 병조좌랑을 거쳐 명종이 죽자 『명종실록』 편찬에 참여. 선조가 즉위, 이조좌랑에 제수, 1568(선조 1)년 사헌부지평이 되어 천추사千秋使의 서장관으로 명나라에 다녀옴. 1575년 홍문관부제학을 거쳐, 1576(선조 9)년 동인과 서인의 대립 갈등이 심화되면서 그의 중재 노력이 수포로 돌아가고, 건의한 개혁안이 선조에 의해 받아들여지지 않자, 벼슬을 그만두고 파주 율곡리로 낙향.

1528(중종 23)년 진사시험에 합격해 성균관에서 수학, 김인후와 교유하고 『심경부주心經附註』를 입수, 이에 크게 심취하곤 했다.

선조는 영걸스러우면서도 특별했다. 궁중에서 일어나는 대소사를 막론하고 탁월한 능력을 발휘했다. 이윽고 그는 친정親政(임금이 친히 정사를 본다)할 능력이 인정되어 17세가 되던 다음 해에 편전便殿(임금이 거처하던 궁전)을 넘겨받는다. 그가 즉위하던 초년에는 전적으로 학문에 정진했다. 이후에도 선조는 그를 의정부우찬성에 임명해 불렀으나 계속 고사하다가 마침내 1568년 68세의 노령으로 대제학의 중임을 맡고, 선조에게 「무진육조소戊辰六條疏」를 올렸는데, 선조는 이 글의 내용을 한순간도 잊지 않을 것을 맹약. 그 뒤 이황은 선조에게 정자의 「사잠四箴」과 『논어집주』・『주역』・장재의 「서명西銘」 등을 강의했다. 노환 때문에 여러 차례 사직을 청원하면서 왕에 대한 마지막 봉사로서 필생의 심혈을 기울여 『성학십도聖學十圖』를 저술해 어린 선조에게 바친다.

이이는 어려서부터 어머니에게 학문을 배워 7세 때 사서를 비롯한 경전을 두루 섭렵, 8세 때에 파주의 화석정花石亭에 올라 시를 지었다.

1551(명종 6)년 16세 때에 어머니가 죽자, 파주 두문리 자운산에 장례하고 3년간 시묘한 후 금강산에 들어가 불교를 공부하다가 다음 해 하산, 다시 유학에 전심전력했다. 그는 이때 스스로 경계하는 글인 「자경문自警文」을 지어 평생의 좌우명으로 삼고 일

생에 걸쳐 실천하고자 노력했다. 당시 같은 파주 지역에 살면서 학문적 동반자였던 성혼과 교유하기도 했다.

이듬해 봄 예안禮安의 도산陶山으로 대유학자인 이황을 방문한다. 율곡과 퇴계는 조선조 성리학의 양대 산맥을 이루었으니 이때의 만남은 역사적 만남이다.

1561년 26세 되던 해에 율곡은 아버지가 죽자 3년간 죽을 먹으며 제물을 손수 준비 시묘를 했다.

1569년 퇴계는 홍문관 교리로서 경연에서 선조의 자문에 응했다. 이듬해 다시 홍문관 응교에 임명되었으나 당시의 부패하고 문란한 중앙 정계를 떠나고 싶었다. 외직을 자원해 단양군수가 되었다가 형이 충청감사로 임명되자 경상도 풍기군수로 전임되었다. 풍기군수 재임 중에는 주자가 백록동서원白鹿洞書院을 세운 선례를 좇아 전임군수 주세붕이 창설한 백운동서원에 편액扁額·서적書籍·학전學田을 하사할 것을 감사를 통해 조정에 청원하여 실현했다. 이것이 조선조 사액서원賜額書院의 시초가 된 소수서원紹修書院이다. 1년 후 관직에서 물러나 퇴계의 서쪽에 한서암寒棲庵을 짓고 다시 구도생활을…… 청주목사로 재임 중에는 향약 실시에 많은 관심을 가지고 있었지만, 재임기간이 10개월도 채 되지 않아 큰 효과를 거두지 못한다. 그 후 홍문관직제학을 거쳐 1573년 동부승지에 제수, 이듬해 우부승지로 승진해 왕정과 시폐에 대한 개혁안 「만언봉사萬言封事」를 올린다.

선조는 매일 경연에 나가 정치와 경사를 토론하고, 제자백가서도 대부분 섭렵하고, 이로써 성리학적 왕도정치의 신봉자가 된다.

당시 정계에서 선조는 훈구파와 척신의 세력을 모두 몰아내고는 사림의 명사들을 대거 등용, 그때 성리학의 거두로 일컬어지던 이황과 이이를 나라의 스승으로 삼고 극진한 예우를 한다.

선조가 친정을 하게 되자 가장 먼저 과거제도를 개편해 현량과를 다시 실시하는데, 마음이 너그럽고 성질이 인자한 사람을 두루 등용하기 위해서다.

세상을 이미 떠난 조광조[15] 그는 중종에 의해 권신이 됐다가 결국 중종에 의해 기묘사화를 당해 사사된 학자다.

성균관 유생들을 중심으로 한 사림파의 절대적 지지를 바탕으로 도학정치의 실현을 위해 적극적으로 활동했다. 그것은 국왕 교육, 성리학 이념의 전파와 향촌 질서의 개편, 사림파 등용, 훈구정치 개혁을 급격하게 추진하게 된다. 국왕 교육은 군주가 정치의 근본이라는 점에서 이상 정치를 실현하기 위해 가장 먼저 힘써야 할 것이다. 그래서 국왕이 격물·치지·성의誠意·정

---

15) 趙光祖[1482~1519]

본관 한양. 자는 효직孝直. 호는 정암靜庵. 시호는 문정文正. 개국공신 온의 5대손. 감찰 원강의 아들. 어천찰방魚川察訪이던 아버지의 임지에서 무오사화로 유배 중인 김굉필에게 수학. 1510(중종 5)년 진사시험을 장원으로 통과하고 성균관에 들어가 공부하던 중, 성균관에서 학문과 수양이 뛰어난 자를 천거하게 되자 유생 200여 명의 추천을 받는다. 다시 이조판서 안당의 천거로 1515년 조지서사지造紙署司紙에 임명된다. 같은 해 증광문과에 급제, 홍문관에 들어간다. 그리고 전적·감찰·정언·수찬·교리·전한 등을 역임하고 1518년 홍문관의 장관인 부제학을 거쳐 대사헌이 된다. 전국의 많은 서원과 사당에서 제향.

심正心에 힘써 노력해 정체를 세우고 교화를 행할 것을 강조하는 한편 자신들의 정당성을 확립하고 앞 시기의 사화와 같은 탄압을 피하기 위해 군자와 소인을 분별할 것을 역설한 것이다. 성리학 이념의 전파를 위해서는 정몽주의 문묘종사와 김굉필·정여창에 대한 관직 추증을 시행한다. 나아가 뒤의 두 사람을 문묘에 종사할 것을 요청하고, 『여씨향약呂氏鄕約』을 간행해 전국에 반포하게 한 것은 사림파가 주체가 되는 새로운 사회질서를 확립하기 위한 노력이다.

1518년에 천거를 통해 과거 급제자를 뽑는 현량과의 실시를 주장해 이듬해에는 천거로 올라온 120명을 대책으로 시험, 28인을 선발했는데 그 급제자는 주로 사림파 인물들이다.

훈구정치를 극복하려는 정책들은 많은 논란을 일으키며 추진되었다. 단경왕후 아버지 신수근이 연산군 때에 좌의정을 지냈다는 이유로 반정 후에 폐위된 중종 비 신씨愼氏의 복위를 주장했다. 이는 반정공신들의 자의적인 조치를 비판했다. 도교 신앙의 제사를 집행하는 관서로서 성리학적 의례에 어긋나는 소격서昭格署를 미신으로 몰아 혁파한 것도 사상적인 문제인 동시에 훈구파 체제를 허물기 위한 노력이다. 급기야 1519년에는 중종반정의 공신들이 너무 많을 뿐 아니라 부당한 녹훈자錄勳者가 있음을 비판했다. 결국 105명의 공신 중 2등 공신 이하 76명에 이르는 인원의 훈작을 삭제해버린다. 이러한 정책 수행은 반정공신을 중심으로 한 훈구파의 격렬한 반발을 불러일으켜, 홍경주·남곤·심정 등에 의해 당파를 조직, 조정을 문란하게 한다는 공격을 받는다. 벌레가 '조광조가 왕이 될 것, 주초위왕走肖爲王'이라는 문구를 파먹은 나뭇잎이 임금에게 바쳐지기도 했다. 결국 사림파의 과격한 언행과 정책에 염증을 느낀 중종의 지지를 업은 훈구파가 대대적인 숙청을 단행하는 기묘사화를 일으킴에 따라 전남 능주綾州에 유배되었다가 사사되었다. 그러나 후일 사림파의 승리에 따라 선조 초에 신원되어 영의정이 추증, 문묘에 종사宗祀되었다.

그런 후 억울하게 죄를 뒤집어쓰고 화를 당한 사림들을 씻겨준다. 이상 정치를 주장하던 조광조, 김정16) 등 젊은 신진파를 사사 또는 유배시킨 사건이 바로 기묘사화다. 김정은, 조광조와 함께 미신타파·향약시행 등에 힘썼으나 1519년 기묘사화 때에 제주에 안치되었다가 뒤에 사사된다. 그는 시화에 능했다. 선조는 그들에게 화를 입힌 홍경주,17) 남곤18) 등 수구파는 관작을 추삭追削

16) 金淨[1486~1520]
1504(연산군 10)년 사마시험에 합격, 1507(중종 2)년 문과에 장원급제. 정언·순창군수 등을 지냄. 담양부사 박상과 함께 폐비 신씨愼氏를 복위시키고자 상소했으나 각하되고 유배당한다. 1516(중종 11)년 다시 등용, 부제학·동부승지·도승지·이조참판·대사헌·형조판서 등을 역임했다.

17) 洪景舟[?~1521]
본관은 남양南陽. 자는 제옹濟翁. 시호는 도열度烈. 1501(연산군 7)년 문과에 급제. 1504년 지평. 1506년 사복시 첨정으로 중종반정에 가담. 정국공신으로 남양군南陽君에 봉해지고 동부승지에 이어 도승지에 특진. 이듬해에는 이광의 옥사獄事를 잘 처결해 다시 정난공신에 책록된 뒤 병조판서·좌찬성·호조판서 대사헌을 지내고 좌참찬이 되었으나, 사림파 출신 언관들의 탄핵으로 물러남. 1519(중종 14)년 훈구파의 일원으로 심정·남곤 등과 함께 기묘사화를 일으켜 조광조 등 사림파의 신진 세력을 실각시키고 그 후 좌찬성·이조판서 등을 역임.

18) 南袞[1471~1527]

32

(죽은 뒤에 그 사람의 생전에 가졌던 벼슬을 삭탈하던 일)해버리고, 을사사화를 일
으킨 인종19)의 외숙이고 대윤의 거두였던 윤임20)과 유관21) 등

본관은 의령宜寧. 자는 사화士華. 호는 지정止亭·지족당知足堂. 조선의 개국공신인
남재의 후손이지만 직계 자손은 아님. 김종직의 문하에서 수학해 문명을 떨침.
1489(성종 20)년 생원시와 진사시험에 합격.
1494년 별시문과에 을과로 급제, 검열을 거쳐 사가독서를 함. 부제학 좌부승지를
지냄. 개혁적인 성향의 신하다. 성종 때 윤필상을 탄핵했다가 투옥, 유순정, 성희안
의 비리를 탄핵하다가 또다시 투옥. 1504(연산군 10)년 갑자사화 때 직언을 하다가
서쪽 변방에 유배된다.
1506(중종 1)년 박경등이 모반했다고 고변한 공으로 이조참판·대사헌·중추부지
사를 지낸다. 이어 호조·병조·이조판서를 역임. 다시 우참찬이 되어 대제학을 겸
임. 나중에 찬성에 오른다. 1518년 주청사로 중국 명나라에 가서 종계를 변무하고
귀국.
종계변무란 태조 이성계가 고려의 왕 4명을 살해하여 조선의 왕이 되었다고 『대명
회전』에 기록되어 있는데 이 내용을 수정하도록 요구하는 일. 그 결과가 모호했기
때문에 대간들의 비판을 받기도 함. 이후 예조판서. 남곤은 당시 으뜸가는 문장가
로 사장詞章의 중요성을 역설했지만 신진세력으로 분류되는 조광조는 성리학과 수
신을 강조, 이때부터 두 사람은 이견이 대립되어 갈라서게 된다. 문집에는 『지정집』,
저서에 『유자광전柳子光傳』, 『남악창수록南岳唱酬錄』 등이 있다.

19) 仁宗[1515~1545]
조선 제12대 왕. 시호는 헌문의무장숙흠효헌武章肅欽孝. 개설본관은 전주全州.
이름은 호峼. 자는 천윤天胤. 중종의 맏아들로 어머니는 영돈령부사 윤여필의 딸 장
경왕후다. 1520(중종 15)년 세자로 책봉, 25년간 세자의 자리에 있었다. 형제간의
우애가 돈독함.
이에 중종도 그의 우애 깊음에 감복해 복성군의 작위를 다시 주었다. 중종의 병환
이 위독할 때는 반드시 먼저 약의 맛을 보고, 손수 잠자리를 살피곤 한다. 부왕의
병환이 더욱 위중하자 침식을 잊고 간병에 더욱 정성을 다한다. 1545(인종 1)년 인
종의 병환이 위독해지자 대신 윤인경을 불러 경원대군(慶源大君: 뒤의 明宗)에게 왕
위를 물려줌.

20) 尹任[1487~1545]
본관은 파평坡平. 자는 임지任之. 시호는 충의忠義. 중종 비(妃) 장경왕후의 오빠로
대윤의 거두. 무과에 급제, 여러 벼슬을 거쳐 경주부윤에. 1523(중종 18)년 충청도
수군절도사로 일본선과 싸우다 패해 군을 증원한다.
인종(장경왕후 소생)이 세자로 있을 때, 중종의 계비 문정왕후가 경원대군(명종)을
낳자, 김안로와 함께 세자 보호를 둘러싸고 문정왕후와 알력.

21) 柳灌[1484~1545]
본관은 문화文化. 자는 관지灌之. 호는 송암松庵. 시호는 충숙忠肅. 1507(중종 2)년
증광문과에 병과로 급제한 뒤, 정언·지평·장령·부승지·강원도 관찰사·대사헌

을 사사시켜 버린다. 조광조가 주도하는 젊은 신진세력들은 사간원과 사헌부, 홍문관을 장악, 이들에 의해 남곤은 소인으로 내몰리게 된다.

1519년 훈구파 대신으로 심정 등과 기묘사화를 꾸며, 집권자 조광조 등 신진사류를 숙청한 뒤 좌의정이 되었다가, 1523년 영의정에 오르고, 만년에는 과거를 자책, 자신의 글 때문에 화를 입을까 염려해 평생의 사고私稿를 마당에 쌓아놓고 불태워버린다. 사후 문경文敬이란 시호를 내렸으나 1558년 관작과 함께 삭탈된다. 심정, 홍경주와 함께 기묘 삼흉三凶으로 불린다.

인종은 학문을 사랑해 3세 때부터 글을 읽기 시작했다. 1522년에 관례를 행하고 성균관에 들어가 매일 세 차례씩 글을 읽는다. 동궁으로 있을 때는 화려한 옷을 입은 시녀를 궁 밖으로 내쫓을 만큼 검약한 생활을 했다.

1544년 즉위. 이듬해 기묘사화로 파방된 현량과를 복구했다. 또한 조광조 등의 기묘명현을 신원해준다. 성품이 조용하고 욕심이 적었다. 어버이에 대한 효심이 깊고 형제간의 우애가 돈독해, 누이 효혜공주가 어려서 죽자 이를 불쌍히 여기는 마음이

을 거쳐 병조와 형조 및 이조의 판서를 역임하고 좌찬성에. 1543년 국경지대의 정지정책에 따라 평안도 관찰사가 되어 남쪽 하삼도下三道 백성들을 평안도지방으로 이주시키는 일을 지휘. 1545(인종 1)년 우의정을 거쳐 좌의정이 되었다. 문집 『송암집』이 있다.

깊어 병을 얻는다. 서형인 복성군 미가 그의 어머니인 박빈의 교만 때문에 귀양 가게 되었을 때, 이를 석방할 것을 간절히 원하는 소를 올린다. 1537년 김안로가 실각하고 윤원형이 집권하면서 세력다툼이 심해진다. 1543년부터 윤임은 대윤, 윤원형을 소윤이라 불렀다.

1545년 문정왕후의 수렴청정을 기화로, 소윤은 을사사화를 일으켜 정적인 대윤 윤임 일파를 숙청시켰다. 이때 아들 3형제와 함께 사사된다. 그러나 1577(선조 10)년, 신원되었다.

인종이 죽고 어린 명종이 즉위하자 유권은 원상院相이 되어 서정庶政을 총관, 정권을 장악한 소윤 일당이 일으킨 을사사화로 서천舒川으로 유배되어 가던 도중 과천果川에서 사사되었다. 이 또한 선조 때 복관되어 중종의 묘정에 배향되었다.

녹훈의 영전을 받았던 윤원형22) 등은 그들의 공훈도 삭탈해 버리니, 이윽고 민심은 안정을 찾는가 싶었다. 정계는 사림이 득

---

22) 尹元衡[?~1565]

본관은 파평坡平. 자는 언평彦平. 소윤의 영수. 평범한 집안의 출신으로 부친 윤지임의 다섯 아들 중 막내로 태어남. 그의 누이가 중종의 제2 계비 문정왕후가 되면서 권력의 실세가 됨. 1533(중종 28)년 별시문과에 을과로 급제, 사관에 등용. 장경왕후의 소생인 세자仁宗를 폐위, 문정왕후가 낳은 경원대군(明宗) 환峘을 세자로 책봉하려는 모의를 꾸몄고 세자의 외숙인 대윤의 영수 윤임과 세력을 다툰다.
1544년 인종이 즉위하자 파직당했으나 8개월 만에 인종이 급사하고 명종이 즉위, 이어 문정왕후의 수렴청정이 시작되면서 득세하기 시작. 윤원형은 대윤 일파를 역모죄로 모함해 을사사화를 일으킨다. 윤임·유관·유인숙 등을 사사.
을사사화의 공으로 보익공신 3등 이어 위사공신 2등에 책록되고 서원군瑞原君에 봉해짐. 1546(명종 1)년 형 윤원로와 권세를 다투어 유배해 죽게 하고, 조카마저 죽이려고 함. 이듬해 양재역良才驛 벽서사건을 계기로 대윤의 잔당을 모두 숙청해버린다. 1548년 이조판서, 1551년 우의정, 1558년 다시 우의정을 거쳐서, 1560(명종 15)년 서원부원군瑞原府院君에 봉해진다.

세하고 한때 문치의 깃발 아래 조정은 평화로운 것 같았다. 1563년 그는 영의정에 오르고, 모든 관직은 매관매직되어 윤원형에게 뇌물을 바쳐야만 가능했고 뇌물을 받아 막대한 부를 축적하였다.

그가 축재한 뇌물을 쌓아둘 곳이 없어 집 앞에서 시장을 열었다고 실록은 기록해두었다. 정난정이라는 첩을 얻어 조강지처 김씨가 독살되게 하고 또 다른 첩의 소생인 아들 두리손을 죽여 시체를 강물에 버리는 패륜을 서슴지 않았다.

1565년 문정왕후가 죽자 그의 권세는 위축되기 시작. 마침내 조강지처 김씨가 독살되어 죽었다는 사실이 알려져 탄핵된다. 명종은 그를 삭탈관직시켜 고향으로 낙향시킨다. 하지만 윤형원의 죄를 물어야 한다는 대신들의 상소가 쇄도, 백성들의 원성도 높았다. 윤원형은 정난정과 외진 곳으로 도망을 가서 살았으나 얼마 뒤 의금부도사가 잡으러 온다는 연락을 듣고 정난정은 독약을 마시고 자결한다. 윤원형도 정난정의 시신을 끌어안고 오열하다 독약을 마시고 함께 자결해버린다.

3

척신들은 이제 조정에서 완전히 사라져 발을 붙이지 못한다. 이것이 또 평화를 오랫동안 지속할 수 없다는 전조였는지 모른다. 정권을 장악한 사림들, 문명이 높다고 한 김효원과 명종 비 인순왕후의 동생 심의겸의 대립이 시작되더니, 이것이 두고두고 당쟁으로 이어진다.

두 파로 갈라진 사림은 동인과 서인으로 분리되어 당파싸움은 연일 계속되고 있다.

동인 중에, 주리 철학적 도학을 펼친 남명 조식[23]은 명종 때의 학자로, 그는 창녕昌寧 사람이다. 세상에 나오지 않고 두류산 산천제에서 성리학의 연구와 후진 양성에 전념하자 그의 이름은 드높아만 갔다. 그는 1501(연산군 7)년 경상도 삼가현 토동에서 태어나 어린 시절을 그곳에서 보내다가, 7세 때부터 부친의 임지로 따라다녔는데, 그 시절에 정치의 득실과 백성들의 고충을 직접 눈여겨보게 된 것. 19세 때 산속에 있는 절에서 독서를 하다가 조광조 등의 죽음을 들었다. 또 숙부 언경도 연루되어 죽음을 당하는 것을 보고는, 어진 사람들이 간신배에게 몰려 경륜을 펴지 못하는 것을 못내 슬퍼했다.

25세 때 과거를 위해 절간에서 공부, 원나라 학자 허형이 "벼슬에 나아가서는 이룬 일이 있고, 물러나 있으면서는 지조를 지켜야 한다. 벼슬에 나아가서도 이룬 일이 없고, 물러나 있으면서도 아무런 지조가 없다면, 뜻을 둔 것과 배운 것이 장차 무슨 소

---

23) 曹植[1501∼1572]

그의 휘諱는 식植. 자는 건중楗仲. 본관은 창녕昌寧이고, 남명은 그의 호. 그의 증조부 안습은 생원, 이때 비로소 서울로부터 경상도 삼가현三嘉縣으로 이주하게 된다. 조부 영은 벼슬살이를 하지 않아 그때까지 가세가 떨치지 못함. 부친 언형이 비로소 문과에 급제, 벼슬살이를 하게 되고, 숙부 언경도 문과에 급제하니 이때부터 가세가 빛을 본다.

48세 때 고향 삼가현 토동으로 돌아와 뇌룡정雷龍亭, 계부당鷄伏堂을 짓고 제자들을 가르친다. 48세 때 전생서典牲署 주부, 51세 때 종부시 주부, 55세 때 상서원 판관, 같은 해 단성현감에 제수되었으나 모두 나아가지 않음. 그의 상소 중 "대비(文定王后)는 진실로 생각이 깊지만 궁궐 속의 한 과부에 불과하고, 전하는 돌아가신 임금의 어린 고아일 따름입니다"라는 구절은 조야에 큰 파문을 일으킴. 명종은 남명의 글이 공손치 못하다 하여 처벌하려 했으나, 산림처사가 나라를 걱정하는 상소를 책잡아 처벌하는 것은 언로를 막는 부당한 조처라는 조정 신하들의 변호로 무사함. 이때 벌써 그의 명망은 조야에 널리 알려져 있었고, 또 산림처사를 대표할 만한 위치에 있었으므로 임금이라 할지라도 사사로운 감정으로 처벌할 수는 없었다. 온갖 부조리가 만연하던 당시의 정치 상황에서 그의 과감한 직언은 산림처사

용이 있겠는가?"라고 말한 구절을 보고 크게 깨닫는다.

30세 때부터 김해 신어산 아래 산해정山海亭을 짓고 제자를 가르치기 시작했다. 37세 때 어머니를 설득해, 과거를 포기하고 학문에 전념. 38세 때 이언적 등의 천거로 헌릉獻陵 참봉에 제수되었으나, 나아가지 않았다. 45세 때 을사사화가 일어나자, 평소에 친분이 두터웠던 이림, 곽순, 성우 등 장래가 촉망되는 인재들이 화를 당하는 모습을 보고는 더욱 벼슬에 뜻을 버린다.

퇴계 이황은 중종과 명종 때의 유학자로서 문신의 대접을 받은 사람이다. 진보 사람으로 그의 출생은 예안이고, 예조판서, 양관대제학 등을 지내는데, 일생을 통해 그는 학문을 전수하고, 학자적 태도로 후세의 사림에 크게 영향을 미쳤다. 정주<程朱; 정호程顥. 정이程頤. 형제와 朱熹>의 성리학 체계를 집대성하고, 이기이원론, 사칠론을 중심사상으로 율곡 이이와 양대 학파를 이룬다. 그는 제자들로 이루어진 영남학파가 탄생되기에 이른 원류였다.

서인으로서 주기철학을 주장했던 이이와 우계 성혼24)은 선조

---

24) 成渾[1535~1598]
　　본관은 창녕昌寧. 자는 호원浩源. 호는 우계牛溪·묵암默庵. 시호는 문간文簡.
　　좌의정이 추증된 성수침의 아들로, 어머니는 파평 윤씨. 서울 순화방順和坊에서 태어남. 1539년 파산坡山 우계로 이사하면서 경기도 파주에서 자람.
　　17세에 신여량의 딸과 혼인. 1592년 임진란 중에는 세자의 부름으로 우참찬이 된다. 1594년 좌참찬으로서 영의정 유성룡과 함께 주화론을 주장. 학문은 이이와 1572년

때의 유학자, 그도 창녕 사람이다. 그는 진사, 생원 양 시험에 합격했으나 문과에는 응시하지 않았다. 백인걸에게 『상서尚書』를 배웠다. 당시 같은 고을에 살던 이이와 도의지교를 맺고, 선조 초년에 학행으로 천거되어 참봉·현감 등을 제수받았으나 출사하지 않고, 학문에 전념하였다.

동서분당 시기에는 이이·정철 등 서인과 정치노선을 함께한 다. 1589년 기축옥사로 서인이 정권을 잡자 이조참판에 등용, 이때 북인 최영경의 옥사 문제로 정인홍 등 북인의 강렬한 비난을 받는다. 그의 학문은 이이와 함께 서인의 학문적 원류를 형성하고, 문인으로는 조헌·황신·이귀·정엽 등이 있다. 그의 학문은 이황과 이이의 학문을 절충했다는 평가가 있다. 외손 윤선거, 사위 윤증에게 계승되면서 소론학파의 사상적 원류가 되었다는 견해가 있다.

기축옥사에 관련된 연유로 삭직되었으나, 1623년 인조반정 이후 복관되었다.

이 율곡의 사단<사람의 본성에서 우러나는 네 가지 마음>은

부터 6년간에 걸쳐 사칠이기설四七理氣說을 논한 왕복서신에 잘 나타나 있다. 이 서신에서 이황의 이기호발설理氣互發說을 지지, 이이의 기발이승일도설氣發理乘一途說을 비판. 이이는 그의 학문을 평가해 "의리상 분명한 것은 내가 훌륭하지만 실천에 있어서는 미치지 못한다"고…… 외손인 윤선거는 그가 학문에 있어서 하나하나 실천하는 점을 높이 평가.

좌의정에 추증. 1681(숙종 7)년에 문묘에 배향. 창녕의 물계서원, 해주 소현서원紹賢書院, 파주 파산서원 등에 제향. 문집 『우계집』과 저서에 『주문지결朱門旨訣』, 『위학지방爲學之方』 등이 있다.

인仁에서 우러나는 측은지심惻隱之心과

의義에서 우러난다는 수오지심羞惡之心,

예禮에서 비롯되는 사양지심辭讓之心과

지知에서 비롯된다는 시비지심是非之心을 일컫는데

이 같은 칠정(사람의 7가지 감정, 喜 怒 哀 樂 愛 惡 慾), 이기설의 논란으로 학계에 이채를 나타낸다. 성리학에서 그는 기호학파의 이론적 근거를 닦은 사람이다. 이를 추종하는 기호학파 인물들이 함께 했다.

이 같은 사림들의 분파사태가 조정을 혼란시켜 이이는 이들의 중재를 맡았으나 해결의 실마리를 찾지 못한다. 그런 와중에 이이는 죽고, 분파의 대립은 점차 극에 달한다.

1591년 세자책봉 문제로 서인은 실각되고…… 동인의 득세는 그 기가 하늘을 찌를 듯이 높아만 갔다.

선조의 비 의인왕후가 아들을 낳지 못하자, 조정은 어쩔 수 없이 후궁 소생 중에 세자를 책봉하지 않으면 안 되고, 좌의정이던 서인의 거두 정철25)은 동인인 영의정 이산해26)의 계략에

---

25) 鄭澈[1536~1593]

송강은 1536년 12월 서울 장의동에서 부친 정유침과 모친 죽산 안씨 사이에서 4남 2녀 중 막내로 태어남. 큰누나가 인종의 귀인이었고 작은 누나가 계림군의 부인으로 어려서부터 동궁에 출입하면서 두 살 위인 명종과 친하게 지냄. 송강은 예조참판, 대사헌 등을 거치면서 큰아들 기명이 요절하자 고향에 가 있었는데 10월에 정여립이 모반했다는 소식을 듣고 서울로 달려와 선조에게 비밀로 차자를 올린다. 선조는 이와 같은 위기에 일신의 안일을 돌보지 않고 행동한 정철을 충절이라 칭찬하고 우의정을 제수해 정여립 모반의 주모자 최영경을 옥에 가둔다.

빠져 광해군을 세자로 책봉해야 한다는 내용으로 발언했다가 득 달같은 선조의 노여움을 사 그는 좌의정 자리에서 물러나게 된 다. 정철은 10세 때 을사사화가 일어나 매형이 피살되고 아버지 가 유배되는 등 가계가 몰락한다. 이런 환경 때문에 유년 취학 이 어려워 16세가 되어 공부를 시작했는데 부친이 석방되어 담 양 창평으로 내려오면서부터 그의 길이 트인다.

16년이나 공부를 못한 송강은 여기서 10년간 임억령, 김인후,

그러나 56세 때 세자 책봉 문제가 일어나자 송강은 광해군을 추대하다가 양사의 탄
핵을 받고 파직, 명천으로 유배되었다가 곧 진주로 이배, 또다시 강계로 옮긴다. 이
듬해인 1592년 임진란이 일어나 국난을 당하게 되자 소소한 일로 집안싸움을 할
때가 아니라 해서 정철에 대한 방석론放釋論이 일어나 5월에 소환된다.

이에 감격한 송강은 선조를 평양 행재소에서 배알하고 의주까지 호송했다가 9월에
호남의 체찰사가 되어 남하한다. 1593년 엄지를 받들어 사은사로 명나라에 갔다가
11월에 돌아와 보니 남인들이 그를 공박 모함해 벼슬을 그만두고 강화도 송정촌으
로 물러나 빈한함 속에 울분과 지병으로 고생하다가 향년 58세인 1593년 12월 18
일 파란 많은 일생을 마친다.

26) 李山海[1539~1609]

문신. 본관은 한산韓山. 자는 여수汝受. 호는 아계鵝溪·종남수옹終南睡翁. 내자시정
內資寺正 지번의 아들. 어려서 부터 작은아버지인 이지함에게 학문을 배웠다.

1558(명종 13)년에 진사가 되고, 1561년 식년문과에 병과로 급제해 승문원에 등용
된다. 이듬해 홍문관정자가 되어 명종의 명을 받아 경복궁대액福宮大額을 쓴다. 이
어 부수찬, 1564년 병조좌랑 수찬을 역임, 이듬해 정언을 거쳐 이조좌랑이 되었다.
1567년(선조 즉위년) 원접사종사관遠接使從事官으로 명나라 조사詔使를 맞이한 뒤
이조정랑·의정부사인·사헌부집의·상의원정尙衣院正·부교리를 역임하고, 직제학
이 되어 지제교를 이어 교리·응교를 지내고 사가독서를 마친 뒤 1570년 동부승지
로 승진했다. 1577년 이조·예조·형조·공조의 참의를 차례로 역임하고 대사성·
도승지가 되었다. 1578년 대사간이 되어 서인 윤두수·윤근수·윤현 등을 탄핵해
파직시킴. 다음 해 대사헌에 승진되고 1580년 병조참판에 이어 형조판서로 승진된
다. 이듬해 이조판서를 거쳐 우찬성에 오르고, 다시 이조·예조·병조의 판서를 역
임하면서 제학·대제학·판의금부사·지경연춘추관성균관사知經筵春秋館成均館事를
겸한다. 1588년 우의정에 올랐고, 이 무렵 동인이 남인·북인으로 갈라지자 북인의
영수로 정권을 장악한다. 다음 해에 좌의정에 이어 영의정. 종계변무의 공으로 광
국공신 3등에 책록되고, 아성부원군鵝城府院君에 책봉된다. 저서로 『아계집』. 시호
는 문충文忠이다.

42

기대승 등에게 수학해 생애 중 가장 행복하고 즐거운 시절을 보낸다. 창평에서 수련기를 거친 송강은 1561년 26세 때 진사시에 일 등 하고 이듬해 문과별과에 장원, 제2의 인생을 열어간다. 첫 관직은 성균관 전적, 이어서 경기도사(30세), 이조정랑(33세), 홍문관 전한(38세), 좌의정에 오르면서 파란만장의 쓰라린 고역을 겪게 되고 기구한 세월을 보낸다.

이런 벼슬을 지내는 동안 동서분쟁은 날로 격화되었는데 송강은 서인파의 거두가 되어 동인세력과 맞붙어 여러 번 파직, 유배를 당한다.

45세 때인 1580년 강원도 관찰사로 부임, 훈민가 16수, 최초의 가사 「관동별곡」 등을 지었고 1581년 노수신에 대한 응지를 지은 것이 화근이 되어 관직에서 물러나 담양군 창평면에 돌아온다.

이산해는 이듬해 정철이 건저문제를 일으키자 아들 경전을 시켜 김공량(인빈의 오빠)에게 정철이 인빈과 신성군(信誠君)을 해치려 한다는 말을 전해 물의를 일으켰다.

아들 경전으로 하여금 정철을 탄핵하게 하여 강계로 유배시키는 한편, 이와 관련해 호조판서 윤두수, 우찬성, 윤근수와 백유성, 유공진, 이춘영, 황혁 등 서인의 영수급을 파직 또는 귀양 보내고 동인의 집권을 확고하게 만들었다. 1592년 임진란 때 선조를 호종, 개성에 이르렀으나 양사로부터 나라를 그르치고 일본 적을 침입하도록 했다는 탄핵을 받고 파면되어 백의(白衣)로 평양에 이르렀으나 다시 탄핵을 받아 평해(平海)에 중도부처(中途付處: 벼슬아치에게 어느 곳을 지정하여 머물러 있게 하는 형벌)되었다.

이제 서인 세력은 완전히 실각되고, 그렇다고 그들은 실각하는 것으로 서인을 내버려두지 않았다. 정권을 잡은 동인세력이 그냥 두고 볼 리 없다.

동인들은 실각한 서인들에 대해 유혈 숙청을 감행한다. 숙청 과정에서 동인은 두 파로 주장이 나뉘는데, 서인 정철의 치적과 정을 파헤쳐 죄에 대해 마땅히 사형을 시켜야 한다는 과격파와 귀양을 보내는 것으로도 충분하다는 온건파로 갈라진다.

과격파가 북인이라면, 온건파는 남인이다. 이런 분파사태로 정계가 본격적인 당파싸움으로 휘말리게 되는데, 조정은 더욱 불안하다. 국력도 극도로 쇠약해져 가고…… 변방에선 야인들의 노략질도 더욱 극성스러워져만 간다.

야인들은 1583년과 1587년 두 차례나 대대적인 반란을 일으켜온 터다.

니탕개가 주동이 되어 그를 따르는 2만여 명의 무리들이 일으킨 반란인데, 그들에 의해 한때는 경원慶源(함경북도 경원군)부가 함락되고, 니탕개는 부내의 관할권까지 완전히 장악 해버린다. 애당초 니탕개는 선조 초년부터 6진六鎭(세종 때, 함경북도 경원, 경흥, 부령, 온성, 종성, 회령의 여섯 곳에 두었다)에 자주 드나드는 특혜가 주어져, 공순恭順(남을 어려워하고 고분고분하다)의 뜻을 보이기에 조정에서는 관직과 녹봉을 주고 후하게 대해주었다. 그럼에도 그는 진을 책임 맡고 있는 장수의 대우가 이 정도밖에 되지 않느냐? 하고 평소 불만을 갖고 있었음에도 그는 침입한 동기가 경원부를 관리하던 전만호 최몽린이 여진족의 한 부락을 약탈한 데서 비롯된 것이라 핑계를 댔다. 그러나 사실은 니탕개의 개인적인 야심을 품은 데서 반란은 비롯된다. 니탕개가 육진에 드나드는 것은 조선 내부 사정을 염탐하려는 것이어서, 그는 조선에 위장 귀화해 내정을 면밀히 살피다가 때가 되면 침입하려는 야심을 품고 귀화하려는 때부터 불순한 마음을 품고 일으킨 계획적인 반란이 분명했다. 1583년 1월에 니탕개는 을기내와 율보리 등과 함께 1만여 병사를 거느리고 1차로 경원부를 침입해 들어온다. 니탕개는 마땅한 구실을 대지 못하고 최몽린을 내세워 원수를 갚기 위해서라고 떠들어댄다. 그러나 회령부사로 있던 **신립**과 첨사 신상절, **이순신**, **김시민**, **김여물** 등의 용맹으로 쉽게 평정된다.

4

허둥대던 조정은 부랴부랴 온성부사 **신립**과 첨사 신상절에게 두만강을 건너가 그들의 소굴을 소탕하도록 명령을 내린다. 이 윽고 **신립** 일행은 기병 500여 명을 동원해서 첨사 신상절과 함께 1만여 명의 니탕개의 군대를 물리친다. 니탕개의 소굴을 무찌르고 개선장군으로 돌아오게 되는데, 난은 크게 번지지 않고 진압이 되어 조정은 물론 일반 백성들은 **신립**이 있는 한 여진족이 재차 침입하지 못할 것이라는 기대를 갖고 그에 대한 신뢰가 절대적이다. 그러니 회령 지방은 한동안 안정이 되는가 싶었다.

그러나 절치부심하고 니탕개가 이번에는 2만여 여진부족들을 이끌고 5월에 재침입해 들어온다. 경원·경흥·부령·온성·종성·회령 등은 함경북도 북변에 있기에 예전부터 여진족의 침입이 잦았던 지방이다. 세종 때 이를 방어하기 위해 김종서에게 명을 내려 이곳을 개척토록 하여 육진으로 불러온 터다. 조선조정은 이 지방을 북 변방 위의 중요한 요새로 만든다.

그래서 선조는 교지를 내린 병조판서 이이를 불러 난의 평정을 가져오게 한 일이 있다.

그때 남쪽 바다 건너에서는 일본이 조선을 호시탐탐 기회를 엿보고 있는데, 당시 일본은 도요토미 히데요시[27] 당시 변화무쌍한 그의 이름과 야망을 가지고 어떻게 일본을 지배하게 되었고, 조선 침략의 야욕은 어떤 것이었을까. 그는 오와리국[尾張國: 愛知縣]에서 당시 하급무사였던 기노시타 야우에몬의 아들로 출생한다. 그가 젊어서는 기노시타 도키치로라는 이름을 가지고 있었으나 29세 이후에는 하시바 히데요시라고 했다가, 다이죠 다이진, 간파쿠[關白]가 되어 도요토미라는 성을 사용하게 되었다.

1558년 이후 오다 노부나가의 휘하에서 점차 두각을 나타내

---

27) 도요토미 히데요시[豊臣秀吉, 1536~1598]
   1597년 그는 다시 군대를 동원해 정유재란을 일으키지만 고전을 거듭, 결국 국력만 소모하는 결과를 가져온다. 정유재란 중 자신의 죽음을 알리지 않고 후시미[伏見] 성에서 질병으로 사망한다.

게 되자 아케치 미쓰히데의 모반으로 혼노지[本能寺]에서 죽은 오다 노부나가의 원수를 갚고 실권을 장악했다. 이때부터 다이라 씨를 성씨로 사용하게 되는데, 1585년 관백[關白]이 되자, 후지와라[藤原]씨로 성을 또다시 바꾼다. 도요토미라는 성씨는 1586년부터 본격적으로 사용한다. 이윽고 그는 오다 노부나가의 뒤를 이어 실권을 장악한다. 그는 1587년 반대세력을 모두 굴복시키고 일본을 통일함으로써 모모야마[桃山]시대를 열어간다. 1588년 농민들에게서 무기를 몰수해버리고, 관리를 파견해 모든 토지를 조사한다. 농민들은 이제 농사를 짓는 일에만 집중하고 무사가 되거나 다이묘가 되겠다는 생각을 가질 수 없도록 조치한 것이다.

또한 무사와 농민의 신분을 엄격하게 구분해 강력한 지배력을 확보했다. 이로써 농업기술의 발전과 상업의 발달을 가져오게 되는데, 당시 세금은 쌀로 징수했기 때문에 많은 물자가 이동하고, 이때 이를 담당하는 상인들은 많은 재산을 모은다. 당시 상인으로 유명했던 것은 고니시 유키나가 가문이다. 일본 전 국토를 통일시킨 그는 통일 후 검지[28]를 통해 토지제도를 정비하고, 병·농 분리 제도에 따른 신본제도[29]를 확정해버린다. 금·은화를 주조하여 화폐유통의 혼란을 막는다. 중요 도시를 막부 직속 통치 지역으로 삼아 영주들에 대한 지배권을 확립해나간다.

사실 도요토미는 미천한 집안 출신이기에 일본 천하를 지배

---

28) 檢知; 검사하여 알아낸다.
29) 申本制度; 왕세자가 섭정할 때 判書나 지방의 方伯 등이 올리던 문서.

하고 통치권을 행사할 군주가 될 신분은 아니다.

오래전부터 조선의 일부 선비들이 일본의 동태를 수상쩍게 보아오던 때, 1590년 조정에서는 일본의 통신사 요청이 있었으나 일단은 거절했다가 얼마 후 일본 내 사정을 정확하게 파악할 필요가 있다고 판단했다.

그런 결과 통신정사엔 황윤길, 부사는 김성일, 서장관엔 **황진** 종사관으로 허성[30] 등을 임명하고, 왕의 명에 따라 그들 일행은 일본을 향해 바다를 건너게 된다.

다음 해 초에 돌아온 통신사 일행은 서로 다른 보고를 한다. 통신정사 황윤길과 서장관 **황진**은 일본이 전쟁준비에 한창이라고 말하고, 황윤길은 이어서 그들의 침략에 대비해야 한다고 주장한다. 황윤길이 정치가로서의 안목이 있었다면 **황진**은 그의 시호 '무민武愍'이 말하듯, 무인으로서 일본의 사회 상황을 꿰뚫어볼 줄 아는 예리한 통찰력을 가지고 있었다.

그러나 성품이 강직한 김성일은 일본 막부를 만만히 보았던 것 같다. 그들의 관백,[31] 도요토미 히데요시의 인물됨이 조선에

---

30) 許筬[1548~1612]
　　그는 문신으로 자는 공언功彦. 호는 악록岳麓 또는 산전山前으로 불린다. 1548(명종 3)년 부친 초당 허엽과 첫째 부인인 한씨의 사이에서 태어난 큰아들로 허난설헌의 큰오빠이자 허봉, 허균의 배다른 형제이고, 우성전의 처남이다.
　　문과에 급제해 벼슬은 정헌대부 이조판서에 이르렀고 증직으로 숭정대부 의정부좌찬성이 추서. 본관은 양천. 그는 유희춘의 문하에서 배움. 1568(선조 1)년 생원시험에 합격. 1583(선조 16)년 별시문과에서 병과로 급제를 하고, 그 뒤 여러 벼슬을 거쳐 검열을 지낸다.
31) 關伯; 일본에서 한때 천황을 보좌하여 천하를 다스리던 중직.

쳐들어올 인물이 못 된다고 일축해버린다.

그러니까, 1590년 3월 통신사 일행은 일본의 사신이었던 소오 요시토모[32] 등과 함께 서울을 출발해 4월 대마도를 거쳐 일본 오사카에 도착한다. 이를 계기로 조선에서는 1590년 통신사 황윤길, 부사 김성일이 일본에 통신사 일행으로 다녀온다. 임진란이 일어나자 소오 요시토모는 고니시 유키나가 휘하의 제1진으로 조선 땅을 침입해왔다.

2차례에 걸쳐 조선 조정과의 강화를 요구했으나 성사시키지 못한다. 이여송의 명나라군에 쫓겨 평양성을 불 지르나, 결국 패하게 되자 남쪽으로 철수했다가 1597년의 정유재란 때에 다시 쳐들어온다. 일행이 들어간 직후부터 정사 황윤길과 부사 김성일 등은 도요토미에게 예를 표하는 절차를 놓고 심한 의견 대립이 있었다. 김성일은 도요토미가 일본의 국왕이 아니므로 왕과 동일한 예를 베풀 수 없다고 주장하여 이를 관철시킨다.

서인 황윤길은 이때부터 정치적으로는 동인에 속했던, 김성일

---

32) 소오 요시토(모)시[宗義智, 1568~1615]: 평의지(平義智)
　　 일본의 무장. 1588년 쓰시마 섬[對馬島]의 도주島主를 세습하여 쓰시마 후츄성[府中城]의 성주가 됨. 그 지리상의 위치 때문에 1589(선조 22)년 도요토미 히데요시의 수호요청서를 가지고 조선에 옴. 일본의 천하를 판가름하는 세키가하라[關原] 전투에서 도쿠가와 이에야스에 대항하는 서군西軍에 가담하여 패배했으나 쓰시마 도주. 자리는 계속 유지. 1606년 도쿠가와의 서계書契와 범릉인犯陵人 2명을 조선에 보내는 등 국교에 힘썼는데, 조선에서도 1607(선조 40)년 회답겸쇄환사回答兼刷還使 여우길을 일본에 보냄으로써 을유조약이 실현됨. 그는 사위의 아내 마리아를 자기 아내로 맞이하는데, 같은 그리스도 교인이다.

과 많은 갈등을 빚는데, 반면, 같은 동인이면서 황윤길을 편든 허성은 이후 동인들의 외면을 받게 되고, 부산에서 한때 감옥에 갇히게 된다.

같은 해 4월 통신사 일행이 대마도에 도착했을 때 일본은 당연히 영접사를 파견해서 사신을 인도해야 함에도 불구하고 이런 절차를 거치지 않는다. 대마도주 소오 요시토모는 조선 통신사 일행을 위해 산 위에 있는 국본사에서 연회를 베푼다. 그는 가마를 탄 채 뜰아래까지 와서 통신사 일행을 분노케 했다. 그래서 김성일은 그들의 거만함을 지적하면서 1개월 동안 지체한 뒤에 출발한다.

통신사 일행은 대마도를 떠나 계빈주界濱州에 도착했을 때, 안내자의 영접을 받게 되나, 그들은 일부러 길을 돌아 몇 달을 지체하다가 당시 일본의 수도 오사카에 도착한다.

그때 도요토미는 산동山東으로 출병했다가 몇 달 만에 돌아와서, 그가 거처할 궁을 수리한다는 핑계로 국서 수령을 5개월이나 늦추게 한다.

선조실록에는 도요토미의 첫인상을 이렇게 묘사하고 있다.

"도요토미 히데요시의 용모는 왜소하고 못생겼으며 얼굴은 검고 주름져 원숭이 형상이다. 눈은 쑥 들어갔으나 눈동자가 빛나 사람을 쏘아보았는데, 사모紗帽와 흑포黑袍 차림으로 방석을 포개어 앉고 신하 몇 명이 배열하여 보호하고 있다. 사신이 좌석으로 나아가니, 연회 준비는 전혀 해놓지 않았다.

다만 앞에 탁자 하나를 놓고 그 위에 떡 한 접시를 놓았으며 옹기사발로 술을 따르는데 술도 탁주다. 세 순배를 돌리고 끝냈는데 수작酬酢(말을 서로 주고받는다)하고 읍배揖拜하는 예는 없다. 얼마 후 도요토미가 안으로 들어가고, 자리에 있는 자들은 움직이지 않는다. 잠시 후 편복便服 차림으로 어린 아기를 안고 나와서 당상堂上에서 서성거리다가, 조선 악공을 불러 여러 음악을 성대하게 연주하도록 해, 음악을 듣다가 어린아이가 옷에다 오줌을 누니까, 도요토미가 웃으면서 시녀를 불러 아이를 건네주고, 다른 옷으로 갈아입는데, 모두 태연자약하여 방약무인한 행동이었다. 사신 일행이 사례하고 나온 뒤에는 다시 만나지 못했다."

"도요토미는 조선의 정사와 부사에게 각각 은 400냥을 주고 서장관 이하는 차등을 두고 주었다. 사신이 돌아가게 해줄 것을 재촉하자 그는 답서를 즉시 결재하지 않고 먼저 가도록 요구했다. 이에 김성일이 '국서를 가지고 왔는데 만일 답서가 없다면 이는 왕명을 내팽개친 것과 마찬가지다'라고 주장을 하며, 물러나지 않자 황윤길 등이 구금될까 두려워, 숙소 계빈界濱에서 기다리니 비로소 답서가 전달되었다."

"……그런데 답서가 거칠고 거만해서 김성일이 답서를 여러 차례 고치도록 요구한 뒤에야 수령해서 귀국길에 들어선 것이다. 오사카에서 돌아오는 길목의 여러 왜진(倭陣)에서 왜장(倭將)들이 주는 물건들을 김성일만은 물리치고 받지 않았다."

조선 통신사가 조선으로 돌아간 직후 일본 막부는 신하들을 불러 긴급회의를 벌이는데, 1591년 3월 9일(덴쇼[天正] 19년) 도요토미는 5대 다이로, 3대 쥬우로, 5대 부교우의 신하들을 오사카 성으로 소집한다.

조선으로 진출할 문제를 다루기 위해 모이도록 한 것이다. 이 회의에는 도쿠가와 이에야스[33]는 도요토미 히데요시가 죽자, 1603년 세키가하라[關ヶ原] 전투에서 도요토미의 지지 세력을 제거하고, 지방 제후를 압도하여 일본 전역의 실권을 장악했다. 같은 해 정이대장군(征夷大將軍)이 되고 에도에 막부를 개설, 패자로서의 지위를 합법화한다.

14~15년 2차례에 걸쳐 오사카[大阪] 전투를 일으켜 히데요시의 아들 히데요리를 중심으로 한 도요토미의 잔당을 완전히 멸망시켜 대망의 천하통일을 완성한다. 오다 노부나가, 도요토미의 뒤를 이어 여러 가지 정책을 수행해 일본 근세 봉건제사회를 확립시켰다.

---

33) 도쿠가와 이에야스[德川家康, 1542~1616]
　　일본 에도막부[江戶幕府]의 초대 장군. 아명은 다케치요[竹千代]. 미카와[三河]의 오카자키[岡崎] 성주 마쓰다이라 히로타다의 장남이다. 오다 노부나가와 동맹을 맺고 그의 힘을 빌려 스루가[駿河]・도토미[遠江]・미카와를 영유함으로써 동해 지방에 일대세력을 구축한다.

모오리 데루모도 그리고 우키다 히데이에[34]는 임진란과 정유재란 때는 침략군의 감군監軍으로 조선에 침입해왔다. 즉, 1592년에 일본군의 제8진 1만 명을 이끌고 서울에 입성해 일본군이 북진한 뒤의 서울 수비를 담당했다.

그다음의 해 행주幸州 싸움에서 권율 장군에게 대패했을 때, 부상을 당해 철군한다.

1597년 정유재란 때도 일본군의 제2진을 이끌고 다시 쳐들어와, 남원南原·전주를 점령했다가 소사평素砂坪·명랑鳴梁 싸움에서 일본군이 대패하자 퇴각해버린다. 그리고 마에다 도시이에, 고바야가와 다카가게[35]는 1만 2천7백 명을 지휘해 서울에 입성한 후 다시 전라도로 진격했다.

1592년 7월 8일 금산에서 전주로 들어가는 이치에서 전라도 절제사 권율, 동복현감 **황진**이 이끈 약 1천여 명의 조선군의 반격을 받고 패전한다. 2차에 걸쳐 금산전투에서 의병과 전라도민의 반격을 받아 전라도 점령을 단념한다. 일본군은 전라도에서

---

34) 우키다 히데이에[宇喜多秀家, 1573~1655]
일본의 무장. 도요토미 히데요시의 부하로 1585년의 시코쿠[四國]를 정벌. 1587년의 규슈[九州]를 정벌, 1590년의 오다와라[小田原] 등의 정벌에 큰 공을 세운다.
히데요시의 신임이 두터워 다섯 다이로[五大老]의 한 사람이 되었으나, 1600년의 세키가하라[關原] 싸움에 서군西軍(豊臣軍)의 중심 전력으로 출전했다가 크게 패하여 1606년 하치조섬[八丈島]에 약 50년간 유폐되었다가 죽는다.

35) 고바야 다카가게[小早川隆景, 1533~1597]
그는 전국시대의 유명한 무장 모리 모토나리의 셋째 아들. 고바야가와 가문에 양자. 깃카와로 양자 간 형 모토하루와 같이 모리 가문을 잘 돌봤다. 그래서 세상 사람들은 이 두 사람을 '모리 료오센'이라 한다. 도요토미의 양자 중에서 사고를 잘 낸 히데 아키를 자기의 양자로 맞아 도요토미의 신임이 두텁다.

패전한 고바야가와의 명예회복을 위해 경기도 벽제관에 잠복, 방심해 있던 명나라군을 기습 공격한다. 원래 전투의지가 없었던 명나라군은 평양까지 퇴각해 싸우려 하지 않았다. 덕분에 고바야가와는 일본 역사에서 일약 명장이 된 것이다.

이상 다이로직(大老職) 5명.

이코마치 가마사
나가무라 가츠우지
호리오 요시하루

이상 주우로직(中老職) 3명과

아사노 나가마사
마에다 겐이
마시다 나가모리
이시다 미스나리[36]
나가[?]가 마사이에

---

36) 이시다 미스나리[石田三成, 1563~1600]
일본 무장. 오미[近江: 滋賀縣의 一部] 출생. 13세 때 도요토미 히데요시를 만나, 후에 중용된다. 사와야마성[佐和山城] 186,000석의 영주가 되고, 1592년 임진란 때 오타니 요시쓰구, 마스다 나가마사와 함께 간파쿠[關白] 도요토미의 대리인으로 조선에 침입하여 총수[總帥] 우키다 히데이에를 도운다. 그다음의 해 행주싸움에 출전해 권율에게 대패.

등

앞의 신하와 함께 40명이 모인 자리에서 조선 출병에 대한 논의가 일단 정리된다. 도요토미의 발의에 따라 도쿠가와 이에야스의 동의로 일방적인 결정, 즉 도요토미의 주장에 의한 출병 의지가 공식화된다.

지금도 이를 기념하여 3월 15일에는 외국 정벌의 출발을 기념한다는 명목 아래 해마다 연회가 베풀어진다. 이날이 사실상 외국 출병의 공포일이 된 것이다.

5

도요토미는 먼저 조선과 교류가 있는 대마도 주에게 명령해 조선에 명나라 정복을 위한 협조를 요청하게 한다. 이전부터 시작하여 4년 동안 교섭을 진행해왔으나 실패로 돌아가자 마침내 1592(선조 25)년 조선을 침공하기로 결정, 임진란을 일으킨 것이다.

황진은 임진란이 일어나자 무인답게 침략해 들어오는 일본군을 여러 지방에서 용감하게 싸워 이를 격퇴시키곤 한다.

그는 충청 병마절도사로서 적의 대군이 진주晉州를 공격해오자 진주성에 들어가 역전하다가 장렬한 최후의 죽음을 맞는다.

그러나 "도요토미의 인물됨이 보잘것없다"고 한 통신부사 김성일은 이어서 "군사준비를 하고 있는 것 같지도 않았다"고 발언한다.

그는 계속해서 이렇게 말한다. 전쟁에 대비하는 것은 민심만 혼란스럽게 할 뿐이라고……, 그의 말은 동인의 입장에서 대변한 격이다. 이런 의견 대립은 서인과 동인의 정치적 대결 국면으로 치닫고.

결국 동인의 세력이 우세했던 까닭에 조정에서는 김성일의 주장대로 전란에 크게 대비하지 않는 방향으로 결론을 낸다.

김성일의 주장과는 달리 다음 해 일본은 어김없이 대대적인 침략을 감행해오고야 말았다. 막상 전쟁이 터지자 조정에서는 잘못 보고한 책임으로 김성일에 대한 처벌이 논의되고……, 그는 실추된 동인의 위신을 위해 그를 대신 속죄양으로 삼으려 했던 것은 아니었을까. 그러나 도학과 문장과 글씨가 뛰어나다는 유성룡[37]의 덕스러운 변호로 김성일은 화를 어렵게 면한다. 임

---

37) 柳成龍[1542~1607]
　　본관은 풍산豊山. 자는 이현而見. 호는 서애西厓. 시호는 문충文忠. 의성 출생. 이황의 문인. 1564(명종 19)년 사마시를 거쳐, 1566년 별시문과에 병과로 급제하여 승문원 권지부정자權知副正字. 이듬해 예문관검열과 춘추관기사관을 겸함. 1569(선조 2)년에는 성절사의 서장관으로 명나라에 갔다가 이듬해 귀국.
　　이어 경연검토관 등을 지내고 수찬에 제수되어 사가독서. 이후 교리·응교 등을 거쳐, 1575년 직제학, 다음 해 부제학을 지내고, 상주목사를 자원, 향리의 노모를 봉양. 이어 대사간·도승지·대사헌을 거쳐, 경상도 관찰사. 1584년 예조판서로 경연

진란이 일어나자 도체찰사로 군무를 총괄했던 유성룡은, **이순신·** **권율** 등 명장을 등용한다. 이어 영의정이 되어 왕을 호종하여 평양에 이르렀는데, 나라를 그르쳤다는 반대파의 탄핵을 받고 면직되었으나 의주에서 다시 평안도도체찰사가 된다. 다음 해 중국 명나라 장수 이여송과 함께 평양을 수복하고, 그 후 충청·경상·전라 3도 도체찰사가 되어 파주까지 진격, 이해에 다시 영의정이 되어 4도 도체찰사를 겸해 군사를 총지휘했다. 화기 제조, 성곽 수축 등 군비 확충에 노력하는 한편, 군대양성을 역설하여 훈련도감이 설치되자 제조提調가 되어 『기효신서紀效新書』를 강해했다.

1598년 명나라 경략 정응태가 조선이 일본과 연합, 명나라를 공격하려 한다고 본국에 무고한 사건이 일어나자, 이 사건의 진상을 변명하러 가지 않는다는 북인의 탄핵을 받아 관직을 삭탈, 1600년에 복관되었으나, 다시 벼슬은 하지 않고 조용히 지낸다.

통신사 일행 중 두 사람은 전쟁을 대비해야 된다고 주장하고 있을 때, 김성일 자신은 반대의견을 낸다는 생각에 자신 스스로도 의구심이 들지 않았을까 싶다. 그러나 그는 동인의 중론을

춘추관동지사經筵春秋館同知事를 겸직. 1588년 양관 대제학.
1590년 우의정에 승진, 광국공신 3등으로 풍원부원군豊原府院君에 봉해짐. 이듬해 좌의정·이조판서를 겸하다가, 건저建儲문제로 서인 정철의 처벌이 논의될 때 온건 파인 남인에 속해 강경파인 북인 이산해와 대립.
1604년 호성공신 2등에 책록되고, 다시 풍원부원군에 봉해짐.
안동의 호계서원虎溪書院·병산서원屛山書院 등에 재향. 저서에 『서애집』, 『징비록懲毖錄』 등이 있음, 편서에 『황화집皇華集』, 『정충록精忠錄』 등이 있다.

대변하는 입장이었으니 그로서는 어쩔 수 없었는지 모른다. 그는 일본이 쳐들어오지 않을 것이라는 그들 스스로도 미심쩍은 보고를 냈을 터이니까. 평화롭게 지내고 있는 나라 안 백성들에게 평화의 분위기를 깨게 된다는 여러 정황을 들어 강력하게 반대의견을 냈던 것. 그들은 필시 어지간한 일본군이 침범해오더라도 부산진과 동래성이 견고해 어느 정도 방어력을 갖고 있다는 믿음도 작용했을 터다.

그런 주장은 결국 나라를 무방비 상태에 놓이게 하고, 백성들을 무기력하게 만들었다. 전란에 빠져든 백성들은 의병을 규합해 대항한다고는 했으나, 준비되지 않고 훈련도 되지 않은 백성들은 크게 침탈을 당할 수밖에 없었다. 사전에 전쟁을 일으키기 위해 준비되고 일본내전에서 전투 경험을 쌓은 일본 병사 앞에서는 무력할 수밖에.

이 같은 전란의 방비를 막았던 장본인이 저지른 중죄는 사약을 받아 마땅하나, 중차대한 전쟁이 지금 발발해 나라가 위급한데, 개인의 과오를 따질 경황이 있을까. 과오를 따지는 일은 후차적인 일이다. 전선에 나가 싸워야 할 병사 한 사람이 소중한 때, 경륜을 쌓은 장수를 희생시킨다는 것은 나라의 크나큰 손실이다. 당시 동·서 어느 편에도 치우치지 않고 공정하게 정사를 처리하려 애썼던 유성룡으로서는 세도가 강한 동인을 위해 변호한 것은 결코 아닐 것이다.

어찌 됐건 ……인본주의를 우선시 했던 유성룡의 처사가 옳았다.

그 후 김성일은 경상우도 관찰사가 되어 나라의 전란을 극복하는 데 충성스럽고도 의로운 속죄양으로 값지게 쓰인 인물이다. 그는 경상우도 초유사 부름을 받고 전투에 참가한 결과보고를 조정에 이같이 보고했다.

"신은 죄가 만 번 죽어도 마땅한데 특별히 천지 같은 재생의 은혜를 입어 형벌을 당하지 않았을 뿐만 아니라 또 초유招諭의 책임을 맡겨주시니, 신은 명을 받고 감격하여 하늘을 우러러 눈물을 흘리면서 이 왜적들과 함께 살지 않기로 맹세하였습니다."

6

성질이 방자하고 뱀과도 같아 잔꾀를 부리며 교만을 떨어대는 적들은 이런 호기를 놓칠세라 남쪽 바다를 건너 물밀듯 무자비하게 밀어닥쳐든다. 이윽고 부산 앞바다에 장사진을 이룬 고니시 유키나가 부대는 곧 상륙해 무서운 속도로 북상하기에 이르렀다.

관백 다이라노 히데요시는 다이라 히데이에, 가토 기요마사,[38] 고니시 유키나가,[39] 다이라노 히라요시 등, 34명의 장수를 시켜 20만이나 되는 군을 거느리고 의기양양하게 바다를 건너 온 것이다. 그럼에도 그들은 50만 군사라고 거짓선전을 하면서 부산 해변 가까이 이르렀다. 당시 함경도로 진격하여 조선의 두 왕자를 사로잡는 성과를 올린 가토, 조선에서 호랑이를 잡았다 해서 '호랑이 가토'라고 불리었다. 그는 전황이 불리해지자, 서 생포로 후퇴했고 정유재란에는 선봉으로 진격했으나 울산성 전 투에서 죽을 고비를 넘기는 등 위기를 겪는다. 1597년 12월 조

---

38) 가토 기요마사[加藤淸正, 1562~1611]

그는 어려서부터 도요토미 히데요시의 막하에 들어가 무사로 전공을 세워, 히고[肥後]의 영주가 됨. 즉, 히데요시의 시동 출신무장. 히데요시의 외가 쪽으로 6촌. 시바다 가쓰이에와 히데요시의 패권 전쟁인 시즈가타케 전투에서 후쿠시마 마사노리, 가토 요시아키 등과 더불어 시즈가타케의 칠본창七本槍이란 별칭을 얻음. 이후 도요토미의 통일 전쟁에서 많은 공로를 세우고 삿사 나리마사의 영지를 고니시 유키나가와 같이 분할하여 다스리게 됨. 1562년, 그는 가토 기요다다의 아들로 태어남.

39) 고니시 유키나가[小西行長, 1562~1611]

일본군 제2선봉장 가토 기요마사는 조선을 점령하기 위해 파죽지세로 진격하는 한편 닥치는 대로 학살을 자행. 오로지 도요토미의 지시에 따라 조선을 정복하고 명나라로 진격하겠다는 생각에 가득 차 있다. 그러나 그가 제1선봉장으로 출전했지만 상인 출신에 가톨릭 신자인 그는 처음부터 전쟁에는 관심이 없었다. 도요토미의 명령을 어기면서 조선 측에 정보를 흘리는 한편, 국서와 사신까지 조작하며 명나라와 협상을 벌이는 이중적인 태도를 보인 것이다. 심지어 가토 기요마사가 해상권을 장악한 조선의 이순신 장군을 암살하기 위해 자객을 보내자 '이순신 장군이 있어야 전쟁을 끝낼 수 있다'고 믿은 고니시는 그 자객을 살해하도록 자신의 부하에게 명령을 내릴 정도로 평화론자이다. 과연 고니시는 자신의 영달을 추구한 기회주의자일까, 아니면 전쟁을 증오한 평화주의자일까? 도요토미 히데요시가 그에게 독살당한 것으로 알려지기도 함.

그것도 자신의 최측근인 고니시 유키나가에 의해서 말이다. 그렇지만 임진란을 다룬 일본의 다른 글에서도 고니시 집안이 국제 무역에 종사했고, 특히 약종상藥種商으로 이름이 높았다는 점을 독살의 근거로 제시한다. 실제로 조선 침략을 반대했던 고니시 유키나가는 동남아에서 특이한 독약을 구했고, 그것을 사용해서 임진란을 강행하는 도요토미 히데요시를 암살했다는 것이다. 그것이 독향毒香, 그 향을 맡은 도요토미가 서서히 죽어간 것으로 되어 있다. 주변에서 아무도 암살을 눈치 채지 못하도록.

선·명나라 연합군은 일본군이 주둔한 울산성을 공격, 조·명연합군의 맹렬한 공격에 성안의 일본군은 궁지에 몰리고 있었다. 식량 대신 벽의 흙을 끓여먹고 시체로 뒤덮인 핏물까지 먹는 지경에 이르렀다. 굶주림과 추위로 죽는 병사가 속출하자 조선 침략의 선봉장이었던 가토는 할복자살까지 결심한다. 참담한 항전 13일째 임진란의 전세는 조선의 승리로 완전히 역전되었다.

함경도 회령에서 국경인이 반란을 일으켜 일본군에 투항하고, 이때 함경도에 피난 온 임해군, 순화군을 일본군 제2군 장수 가토 기요마사에게 넘겨준다.

그는 도요토미가의 가신, 아명은 도라노스케로 오와리 출신이다. 대한민국에서는 임진란 때문에 히데요시 다음으로 미움을 받는 인물이었다.

일본 배는 모두 수천여 척에 달했다. 부산 포구의 정황과 그들의 위력이 어느 정도이었을까. 그들 전함은 포구를 향해 계속 밀려오면서 부산 앞바다에 정박하고 연차적으로 상륙했다. 일본군 제2선봉장 가토 기요마사는 조선을 점령하기 위해 파죽지세로 진격하는 한편 닥치는 대로 학살을 자행했다. 오로지 도요토미의 지시에 따라 조선을 정복하고 명나라로 진격하겠다는 생각에 가득 차 있었다. 그러나 고니시는 제1 선봉장으로 출전했지만 온건파인 그는 처음부터 전쟁에는 별로 관심이 없었다. 도요토미의 명령을 어기면서 조선 측에 정보를 흘리는 한편, 국서와 사신까지 조작하며 명나라와 협상을 벌이는 이중적인 태도를 보이기도 했다. 심지어 가토 기요마사가 해상권을 장악한 조선의 **이순신** 장군을 암살하기 위해 자객을 보내자 '**이순신** 장군이 있어야 전쟁을 끝낼 수 있다'고 믿은 고니시는 그 자객을 살해하도록 자신의 부하에게 명령을 내릴 정도로 평화론자이다. 과연 고니시는 자신의 영달을 추구한 기회주의자일까, 아니면 전쟁을 증오한 평화주의자일까, 도요토미 히데요시가 그에게 독살당한 것으로 알려지기도 했다.

그러니까 그해 부산포에 정박 중인 일본군은 조선으로 가장 먼저 출병한 고니시 유키나가가 이끄는 제1군이다. 그의 휘하 병력은 1만 8천여 명이 넘는다. 그는 고니시 류사의 아들로 태어나 어렸을 때부터 도요토미 히데요시를 따라 전쟁터를 누비며 실전을 쌓고 또 많은 전공도 세운다. 다른 무골 출신 장군들과 달리 지성과 교양을 두루 갖춘 무장이다. 일본군은 정명가도의 깃발을 앞세우고 전함 700여 척에 그의 병력을 싣고 쓰시마 섬 이즈하라 항을 출발 약 9시간 동안 항해해 부산진 앞바다에 도착한 것이다. 그때가 바로 1592년 4월 13일 오전 8시경.

부산포진은 경상도 제1의 해상관문으로 주변에는 일본인들이 거주하는 관사가 있다. 일본인들의 출입이 제한적으로 가능해 많은 일본인들이 머물던 곳이다.

일본군 제1군에 소속한 쓰시마 군사 중에는 부산 지리에 익숙한 병사들도 끼어 있다. 일본군은 조선을 공략할 때 부산진을 제일 먼저 공격한다. 경상우도 가덕진의 응봉 봉수대에서는 일본군의 대 선단을 가장 먼저 발견하고 봉화烽火를 피워 올린다. 변경의 정세를 중앙에 알리던 군사통신 수단이다. 밤에는 횃불, 낮에는 연기를 피워 알린다. 통신수단이 발달되지 않았던 시절이라서 봉화제도보다 빠른 수단이 없다. 이 횃불을 이용하면 말을 타고 달리는 것보다 이 신호가 오래 지체되지 않고 정상적으로 전달되었다면 처음 봉화를 올린 봉수대에서 한양까지는 늦어도 당일로 전달되어야 했을 것이다. 그럼에도 횃불을 피우는 관리자들이 평소 훈련되지 않아 지체되었던 것이다. 전쟁이 발발한 이후 한양의 군정에 일본군의 침략정보는 장계로 먼저 보고되었으니, 전쟁첩보는 그 시급함을 따졌을 때 안타까운 일이다. 일본군의 대규모 함대가 부산 앞바다에서 하루 반 동안 정박해 있었다. 그때 조선 수군은 전혀 전투를 하려는 의지가 없는 것 같았다.

다음 날 14일 새벽 6시, 일본군은 우암 방면으로 상륙해 부산진성으로 접근해 온다. 부산진성은 일본 적의 공격방어 준비는 양호했다. 섬 앞에는 보병의 접근을 막으려고 마름쇠를 많이 깔아놓고, 조선군은 철모와 갑옷으로 무장하고 장비도 비교적 잘 갖추고 있었다.

조선 조정은 부산진에 경륜이 있는 무장인 정발40)을 첨절제

---

40) 鄭撥[1553~1592]
　　본관은 경주慶州. 자는 자고子固. 호는 백운白雲. 시호는 충장忠壯. 1579(선조 12)년 무과에 급제해 선전관이 되고, 강섬의 천거로 훈련원 부장에 특진. 임진란 때는 부

사(종3품)로 승진시켜 부산진첨사에 임명했다. 정발은 부임 때부터 일본군의 침략을 사실처럼 인정하고 죽음으로 맞서리라 다짐한다. 그는 꾸준히 성의 방어시설을 보수하는 등 부산진이 일본군으로부터 방어능력을 갖추는 데 주력해왔다.

일본군이 습격해온다는 사실은 곧바로 부산진첨사인 정발에게도 보고된다. 이날 정발은 절영도에 사냥을 나갔다가 적의 침략 소식을 듣고 급히 성내로 들어왔다. 부산진성의 조선군 전력은 정발 이하 약 1천 명 남짓 되는데, 그 병력 전체가 관군은 아니다. 우선 법제상으로 부산진의 병력은 약 5백 명 정도다. 일본군 측 기록에도 약 6백여 명의 병사와 백성들이 섞여 있었다고 전한다. 일본군이 성을 포위한 채 컴컴한 밤이 되자 성안의 백성들이 불안을 느껴 동요하기 시작하는데, 정발은 장인匠人을 시켜 성루에 올라가 통소를 불게 해 백성들의 불안감을 누그러뜨리려고 애쓴다.

고니시는 독실한 가톨릭신자이기에 평소 무익한 살생은 피해온 인물이다. 임진전쟁 이전에도 여러 차례 조선 조정에 전쟁의 위험을 알리는 노력을 계속해왔다. 일본군 안에서는 전쟁을 막으려는 비둘기파에 속한다. 제1군에 함께 종군하고 있던 소오

산진첨절제사釜山鎭僉節制使로서 부산에 상륙한 일본군을 맞아 싸우다 전사. 좌찬성에 추증되고, 동래의 안락서원安樂書院(충렬사)에 배향.

요시토시로는 쓰시마의 태수로 고니시의 사위다. 그는 쓰시마 태수로서 평소 무역을 위해 부산에 자주 드나들어 조선말이 능통하다. 정발과는 서로 안면이 있는 사이다. 그는 정발에게 '자신들의 목적은 명나라를 치러 가는 길인데, 조선은 길만 비켜주면 아무런 피해가 없을 것이다. 그러니 길을 열어달라'고 부탁한다. 이에 정발은 '조선 국왕의 명령이 없다면 불가하다'고 대답. 이래서 그들의 협상은 결렬되고. 일본군 제2군과 제3군도 상륙을 기다리고 있었다. 고니시는 혼자 힘으로는 어쩔 수가 없다. 더 이상 전투를 지연시킬 수 없는 급박한 상황이니까. 그날 일본군은 예측대로 부산포 우암에서 삼분, 결전시키고 배를 부산포에 차례대로 상륙케 한다.

일본군은 완전히 날이 밝지 않은 부산진성을 첩첩으로 포위한 후 먼저 주위의 마을을 불 질러버린다. 절대다수의 병력을 가진 일본군은 신무기인 조총에서 튀어나온 탄환이 성을 향한 불꽃이 되어 마구 날아든다. 그들은 온 사방을 조총 소리로 진동시키며 성을 넘어온다. 조선군은 일본군의 공격을 방어하기 위해 성 사면에서 혈전을 벌인다. 총탄이 터지는 소리, 화살이 날아가는 소리와 함께 순식간에 처절한 공방전이 벌어진다. 정발은 이미 예측했던 전날부터 최후 시간까지 싸우다가 무인답게 죽을 각오를 하고 병사들을 격려한다.

일본군은 성의 방어가 가장 견고한 서문공략의 무력함을 알고 그들은 작전을 바꾸어 수비가 허술한 북쪽을 집중공격으로 허를 찌르려 한다. 그들은 지진으로 인한 성난 해일이 밀려와 성을 집어삼킬 듯이 사방에서 겹겹이 밀어닥친다. 일본 군사들이 북쪽의 허술한 곳을 향해 먼저 성안으로 넘어 들어왔다. 순식간에 성안이 혼란에 빠져들자, 부사명, 이영헌 등의 독전에도 불구하고 조선군의 방어선이 무너지면서 일본군이 성안으로 속속 난입해, 성안은 일본 군사들로 가득 메워진다. 이때 부장 한 사람이 정발에게 일단 피신하기를 권유하지만 그는 "나는 마지막까지 성을 지키겠다"고 외치면서 전투를 명령하고 지휘했다. 그러나 그는 결전의 와중에 머리에 조총 탄을 맞고 쓰러진다. 그는 목숨이 끊어지기 전에 마지막 유언처럼 한마디 한다.

"싸워라."

그러나 부산진성 전투는 곧 끝이 나고 말았다. 성은 일본군에 의해 완전히 함락되어 버리고 성이 함락된 뒤에 일본군은 무차별한 대규모 살육이 자행된다. 일본 측의 기록을 보면 '성이 함락된 다음에 남자, 여자, 개, 고양이도 모두 살해했다.'

부산진 첨절제사 정발은 적을 맞아 사력을 다해 싸웠으나 역부족이었다.

그는 무과에 급제하여 강섬[41]의 천거로 한때 선전관을 지내

---

41) 姜暹[1516~1594]
본관은 진주晉州. 자는 명중明仲. 호는 송월당松月堂. 송일松日. 낙봉樂峰.
1546(명종 1)년 증광문과에 병과로 급제하고 봉교가 됨. 춘추관기사관春秋館記事官을 겸해『중종실록』,『인종실록』편찬에 참여함. 1550년 예조좌랑에 이어 사간원정 홍문관 수찬. 사간원 헌납을 거쳐 1555년 부교리가 된다. 1565(명종 20)년 한성부

다가 훈련원부장으로 특진된 사람이다.

　　그때, 부산포에 상륙한 일본 군사는 무려 15만이 넘는다. 빈약하기 이를 데 없는 조선의 군사력으로는 방어하기가 너무나도 버거웠다.

　　여기 남쪽 바닷가 부산성에서 장렬하게 순절한 정발을 기리는 서사시가 있다.

> 임진壬辰 사월 열사나흘
> 희붐한 안개 속 새벽을 깨치고
> 바다를 디밀고 뭍에 오른 일본군은
> 주린 이리마냥
> 부산釜山으로 부산으로 몰려들었다
>
> "설마" 하고 올 것을 번연히 알면서도
> "모른 체"한 그날은
> 왜란 칠 년의 첫날은 그예 오고 말았다
>
> 성 못을 재빠르게 흙들로 묻고
> 연방 새 길을 치이며
> 날 새게 비제飛梯를 올려 세워
> 성城으로 성으로 터놓은 봇물처럼
> 밀려드는 일본군
> 조총鳥銃이 콩 볶듯 튀고, 닳고
> 일본군이 지난간 자리마다

판윤 전라도 관찰사를 지냄. 1568(선조 1)년 성절사로 명明나라에 다녀온다.

묵처럼 어리는 피와 죽음이 가로놓여
자꾸만 기울어지는 성城, 부산성

공단 갑옷에 황금투구를 눌러 쓰고
<일검보국一劍報國>의 칼 휘두르며
끝끝내 버티는 부산첨사 정발
엎치고 뒤치는 싸움에 밤도 무서웠던가!

이윽고 먼동이 트고 날이 열리면
성내는 불바다, 화광火光이 하늘을 사루고
일본군의 깃발만이 따스한 봄 하늘에
산 날개인 양 퍼덕일 뿐 퍼덕거릴 뿐

먼―산 두견이
목메어 피를 토하는 울음소리
밖으로 들려오는 백성들의 아우성 소리
우짖는 소리

이 몸 숨질 때까지 어찌 싸우지 않으랴
삼문을 향해 뺀 칼 높이 들고
뚜벅뚜벅 발걸음도 거센 정발
죽기를 마다치 않고 뒤따르는 병사들

드디어 삼문은 화 알 짝 열렸다, 순간
일본군이 겨눈 조총鳥銃에 획 쓰러지는 정발
먼―산 두견이
목메어 피를 토하는 울음소리
귀를 파헤치는 백성들의 아우성 소리 우짖는 소리
<南海讚歌, 金容浩>

4월 15일.

동래성도 결국 함락된다. 동래부사는 **송상현**이다.

"중국으로 진입하기 위해 지나가는 통로의 문을 열어준다면 조선 백성들은 아무런 해가 없을 것이니 성문을 열어달라"는 일본 장수의 집요한 설득과 속임수를 그는 일언지하에 거절하고 받아들이지 않는다. 그렇게 몇 차례 서찰 패널을 전달하는 전령이 오고 간 후에도 먹혀들지 않자, 일본 장수는 벌 떼 같은 부하들을 일시에 밀어붙여 성벽을 넘어 남문을 밀치고 부숴버린다. 이때, 끝까지 버텼던 송상현, 오래전에 조선에 사신으로 와 안면을 터왔던 일본의 타이라라는 장수가 피할 길을 마련해주었음에도 그는 남문에 올라가 끝까지 독전하다가 나라와 임금에 충성을 다한다. 그의 시호처럼 충렬을 다한 죽음이다.

그를 애도하는 서사시가 눈물겹다.

허술히도 단번 싸움에 부산성은 무너지고
일본군의 깃발은 하늘을 찔러 동래를 겨누면
경상좌수사 박홍은 군사 삼만을 가지고도
목이 떨려 도망쳐 달아나니
제물에 무너진 좌수영······

이윽고 동래성····· 고각이 진동하고
임종의 비명 날카로운 금정산金井山의 산울림
해가 저물도록 싸움은 담금질해
밤은 대낮처럼 회황한데
외로운 성城

다른 진鎭 모르는 듯 본 체 아니하여
각각 무너져 가는 동래성
싸우렷다. 싸우렷다!
이 목숨 있는 순간까지 싸우렷다!

딱 버티고 돌벽처럼 앞장선
동래부사 **송상현**
적의 칼날이 허공을 헤쳐
나려 잘린다.

조복 소매 함께 떨어지는 칼을 든 한 팔
병부42)와 인印을 꼭 쥔 채로
마루에 떨어지는 다른 한 팔
두 팔은 이제 없다
두 발로 다시 병부와 인印을 밟고

두 다리마저 몸뚱이에서 떨어지자
병부와 인印을 입에 꽉 문 부사府使
동래성 남문이 벽개43)되어
이렇게 **송상현**도……

비장 송봉수도 김희수도
향리 송박도 신여로도
겹쳐 죽음 앞에 한이 없었다.
＜南海讚歌, 金容浩＞

---

42) 兵符; 왕과 병권兵權을 맡은 지방관이 미리 나누어 가지던 신표信標.

43) 劈開; 성벽이 금이 가서 일정한 방향으로 결을 따라 갈라짐.

4월 17일.

밀양이 연이어 점령된다.

변경을 방어하던 좌수사 박홍[44]의 장계가 같은 날, 비로소 서울에 도착한다.

4월 27일.

저녁 충주 달천達川이 패했다는 보고가 임금에게 또 들이닥친다. 29일에 충주가 완전히 일본 손아귀에 들어가고 말았다는 소식까지 함께…… **신립**과 **김여물**은 이 싸움에서 전사한다. 선조는 난을 피해 불가피하게 몽진蒙塵을 떠나야만 했다.

5월 2일.

한양이 결국 함락되고 그 후 개성, 평양 등이 차례로 함락되어 버린다. 그러나 얼마 못 가 중국의 지원을 받은 조선군은 수성守城전을 벌이고 있던 고니시 부대를 몰아내고 다시 평양성을 탈환하게 된다. 이 싸움에서 승리한 조선은 점진적으로 일본군을 한반도에서 완전히 몰아낸다는 신호탄이었다는 것을 일본군

---

44) 朴泓[1534~1593]
   본관은 울산. 자는 청원淸源. 1556(명종 11)년 무과에 급제. 선전관·강계부판관·종성부사 등을 지냄. 1592년 임진란 때 경상좌도 수군절도사로서, 좌수영(동래)에서 적과 싸웠으나 중과부적으로 패전.
   그는 평양으로 피난 간 선조를 찾아가던 중에 좌위대장에 임명, 임진강을 방어하나 다시 패함. 성천成川에서 우위대장, 의용도 대장이 되었다가, 이듬해 전사. 병조참판에 추증.

74

은 상상이나 했을까.

이제 파천播遷길에 들었던 선조는 서울로 돌아온다. 결국 일본군은 도요토미의 사망으로 지난至難한 전쟁을 종식하고 귀국을 서둘렀다.

2부

천년이 지나도 다시 얻을수 없는 꿈

1

언제이던가! 나라 안팎, 그의 이름은 드높았다. 그가 구만리 창천蒼天과도 같은 물속으로 몸을 던진 뒤 세상엔 초목 우거지듯 시시비비가 요란했다. 고향에 돌아온 그의 영혼은 칼을 더듬으며 내는 쓸쓸한 노래 가락만이 나뭇잎에 살랑거린다.

그러니까 경자년 이른 봄이 거의 지나가는데, 그가 대궐에서 근무한 것도 벌써 여러 달이 흘러간 뒤다. 어느 날 아침 승정원에서는 신하 다섯 명을 불러 밀봉한 편지를 각각 나누어주었다.

이 편지를 받았던 그때 사람 중에는 그도 함께 있었다.

그들 다섯은 함께 한강변 숙박지에서 밀봉된 봉투를 뜯어본다. 그가 맡았던 도는 충청도 지방으로 명시되고, 각자 처리해야 될 임무들이 적혀 있다. 이를테면 이들은 암행어사의 임무를 띠고 왕명에 따라 자기가 맡은 지역을 향해서 떠나는 길이었다.

어느새 4월로 접어든 터라 들에는 밀, 보리 등 밭작물들이 언제 전쟁이 있었더냐 싶게 평화롭게 자라 들판을 푸르게 물들여 놨다. 임진란을 겪은 싸움터는 이제 옛 터전이 되었다고 보기에는 이른 감이 없지 않았다.

오늘따라 들쥐와 산짐승들은 햇빛이 두려워서 그랬을까, 아니다. 고단했던 하루를 쉬려고 둥지를 찾아들었을 것이다. 자취를 감추어버린 지 이미 오래였으니까. 굶주린 까마귀 떼와 성난 독수리만이 그가 들으라는 듯 기분 나쁘게 울어댄다. 그는 타고 가던 야윈 나귀를 천천히 몰면서 그때 처절했던 전쟁터를 한번 회상해본다.

당시 군사들이란 양갓집에서 뽑혀 나온 장정들, 열병을 받을 수준인 얼마의 관병, 혹은 관리로 있던 자가 지원해 군문에 들어왔다. 그들은 허리에 활을 차고 등에는 화살을 메고 가죽옷에 갑옷을 입고 그렇게 좋은 무장을 하고서도 싸움다운 싸움 한번 제대로 해보지 못한 것이 한이라면 한이었다. 주장主將의 아무런 계책이 없다는 것만 탓하다가 밀어닥치는 적들 앞에서는 속수무

책이고, 그저 적에게 목을 늘어뜨리고 조총에 쫓겨 갈 뿐이다.

고니시 유키나가가 이끄는 일본군 제일진의 만 팔천칠백여 명은 부산포를 공략해 함락시키고부터는 큰 저항 없이 밀양과 대구를 거쳐 조령 방향으로 진군해 들어오고 있다. 일본군은 뒤이어 제이진 가토오 기요마사, 제삼진 구로다 나가마사[1]도 경주를 거쳐 신령과 창원, 개령을 지나 추풍령 쪽으로 각각 북상을 하고 있다. 이렇게 세 갈래로 나뉜 선발 부대에 뒤를 이어 일본군 후속 부대들도 남쪽 후방을 지키거나 또는 선발대 뒤를 따라 서울을 향해 북으로 연일 진군하고 있다. 방방곡곡이 일본군의 발길에 거의 짓밟혀 가고 있다.

---

1) 구로다 나가마사[黑田長政, 1568～1623]
　일본 아즈치모모야마 시대[安土桃山時代]의 무장. 임진란 때 제3군을 이끌고 황해도 방면으로 침공. 정유재란 때에는 가토오 키요마사와 고니시 유키나가와 함께 조선을 재공략하였으나 실패. 도요토미 히데요시가 죽은 후 도쿠가와 이에야스에게 충성을 다한다.

2

"머지않아 전란이 있을 것 같소이다. 그렇다면 장군이 난리를 맡아서 우리나라를 지켜야 하는데 그에 대해 이야기를 나누고 싶구려, 그래 공은 이번 난리에 적을 맞아 방어하는 것이 그렇게 쉬울 것 같습니까?"

유성룡은 이미 최근에 국제정세에서 전쟁의 예감을 오래전부터 느껴오던 사람이다.

이순신을 일찌감치 천거한 것만 보아도 짐작이 가는 일이다.

그런 유성룡을 대하는 **신립**의 대답은 이랬다.

"하하하! 좌상 대감은 이 몸을 어찌 보고 하시는 말씀입니까? 왜놈들이야 온통 벗고 불두덩만 훈도시로 가리는 야만인이나 다를 바 없습니다. 그놈들과 비한다면 차라리 북방 야인들이 질로서야 한 수 위 아닙니까? 그런 야인 놈들도 이 팔목(팔목을 휘저어 보이면서)이 쥔 칼날 아래 무수히 죽어 자빠졌소이다. 하물며 쥐새끼 같은 왜놈들쯤이야 여부가 있겠습니까?"

"꼭 그렇지도 않아요. 지난날의 왜구들이야 그랬을지 모르지만 오늘날 왜구들은 통신사들이나 사신들이 왔을 때 바친 조총 같은 신무기를 잘 다룬답니다. 싸움을 법도로 하는 것이 아니라 무기로 하는 것 아니오?"

유성룡의 대답에 그는 또다시

"비록 놈들이 조총을 가졌다고는 하나 어찌 쏘는 대로 과녁에 이르기 힘든 것과 같은 이치가 아니겠습니까? 으허허허!"

"그래도 걱정입니다. 우리 조선은 건국 이래 태평세월을 누린 지가 오래되어서 위급한 일이 있으면 대처하기가 아주 어려울까 해서요. 지금부터라도 군사를 모으고 훈련을 시켜 신무기를 개발한다면 몇 년 뒤에 적이 쳐들어와도 큰 염려가 없겠지만 화급한 지금 같아서는 걱정이 먼저 앞섭니다."

유성룡은 그에게 제발 구태의연한 모습에서 벗어나 방비를 철저히 해달라는 의미를 담아 말을 했지만, 그는 도무지 말뜻을 알아듣지 못하는 것만 같다.

유성룡은 과연 그가 감당해낼까 하는 회의가 든다. 그토록 큰 소리를 치니 과연 어찌 나가나 보자 하는 마음도 없지 않았다.

"전쟁이라는 것은 그렇습니다. 여러 겹으로 진을 치고 있다가 1진이 무너지면 제2진이 나가고, 2진이 무너지면 또 3진이 나가고 하는 것인데, 지금 형세로 보니 이일[2]이 허약한 군사 얼마 안 되는 것을 이끌고 제1진으로 나가 있는 터인데 아마 무너지기 십상일 것입니다. 그런데 제3진은커녕 2진도 없습니다. 아, 그런데 빌어먹을 군사 놈들이 당최 모여들지를 않습니다. 나라가 어쩌다가 이 지경이 되었는지 원."

유성룡은 **신립**과 함께 창덕궁에 들어가 어전에 엎드리려 한다.

"사태가 이리 급한데 이일이 허약한 군사 기백 명도 안 되는 수를 끌고 먼저 내려가 있습니다. 그럼에도 아직 2진이 결정되지 않아 내려가지 못하고 있으니 참으로 암담한 일입니다. **신립**을 제2진으로 보내서 이일을 돕게 하고, 신 등은 천천히 그 뒤를 따라가는 것이 좋을 듯합니다."

"**신립**은 나라에서 제일가는 명장이오. 만일의 경우 적이 이

---

2) 李鎰[1538~1601]
무신. 자는 중경重卿. 본관은 용인龍仁. 1558(명종 13)년 무과에 급제해 경성 판관이 됨. 1587(선조 20)년 함경도 북 병사로 니탕개의 난을 평정. 1592년 임진란에는 경상도 순변사로 상주尙州. 충주忠州 등지에서 일본군과 싸웠으나 참패. 조정에서는 패전에 대해 처벌이 주장되기도 했으나 용서되고, 지중추부사, 비변사 당상, 훈련원 지사를 지내면서 군사조련에 힘쓴다. 한양이 수복되어 돌아와 우변 포도대장이 된다. 그 뒤 함경도 북 병사, 지중추부사 등을 지내고, 1601년 부하를 죽였다는 살인혐의로 호송되던 중 병을 얻어 정평定平에서 죽는다. 좌의정에 추증. 저서로는 『증보제승방략增補制勝方略』, 시호는 장양壯襄이다.

도성까지 몰려온다면 **신립** 외에 능히 지킬 수 있는 사람이 누가 있소? **신립**은 도성에 있어야 하지 않겠소."

선조는 사실 그를 보내고 싶지 않았으나 유성룡은 이에 굽히지 않는다.

"명장일수록 보내야 합니다. 적이 도성까지 온다면 그 화는 이루 헤아릴 수 없을 터이니 천 리 밖에서 막아야 합니다."

"경은 이미 도체찰사로 지명했으니 경이 가서 적을 막으면 되지 않겠소."

"전하, 신은 문관이지, 싸우는 장수가 못 됩니다. 싸움터에는 장수를 보내야 하지 않겠습니까."

"그거 참…… **신립**이 가려고 할지 모르겠소?"

임금 선조는 여전히 마음에 내키지 않는 눈치다.

"밖에서 미리 **신립**과 의논해보았습니다. 어명만 내리시면 기꺼이 내려갈 것입니다."

선조는 마지못해 **신립**을 불러들이게 했다.

"신을 믿고 죽어 의를 이루게 해주셔서 이 은혜 백골난망이옵니다."

밤중에 궁중에서 임금이 불러 들어온 **신립**은 선조의 물음에 서슴없이 그렇게 대답한다.

"경은 삼도 순변사로 제수했으니 하삼도下三道(경상·전라·충청)의 모든 군병을 독려해서 적을 물리쳐주시오."

그에 대한 선조의 기대는 여간 크지 않았다. 선조는 그를 보내기는 보내지만 계속해서 들려오는 패전소식이 대부분 지휘하는 장수의 말을 듣지 않고 군사들이 도망가는 데에 있음을 알고 본보기로 활용하도록 그에게 칼을 하사할 계획이었다.

조정의 작전이 그랬던가. 이일이 아무리 꾀가 많은 훌륭한 장수라고 하나 혼자 힘으로 적병을 감당하기 어려우니 당대의 명장이라는 그를 보내면 군사들이 그를 두려워하여 잘 복종할 것이라고 생각했던가 보다. 여하튼 두 장수가 힘을 합하면 능히 적을 막아낼 것이라는 기대가 자못 컸던 것은 사실이다.

이튿날 아침 **신립**은 **김여물**과 함께 비변사로 나갔다. 바깥 한길과 마당에는 땟국이 흐르는 삼베옷을 걸친 병사들이 여기저기 몰려 앉아 자기들끼리 속삭이는가 하면 두 손으로 머리를 감싸쥐고 꼼짝하지 않는 이들도 있다.

활을 어깨에 걸친 자도 있고 땅바닥에 내동댕이친 자도 있다. 일부 시정잡배들을 제하고는 대부분이 아무것도 소지하지 않은 농군들이 아니면 더벅머리 종들이다. **신립**은 발걸음을 멈추고 한 바퀴 둘러본 다음 다시 천천히 걷는다.

단상에 있던 3정승과 판서들이 있어서 병조판서 홍여순이 반색을 한다.

"벌써 떠나시려고요?"

"암, 떠나야 하고 말구요."

신립은 섬돌 밑에 버티고 서 있다.

"간밤에는 군사들을 모으느라고 한숨도 못 잤구먼요."

86

홍여순은 마당의 장정들에게 눈길을 주고 공치사를 한다.

"수고들 했소이다. 그래, 얼마나 모였지요?"

"보시는 바와 같이 2백 명도 훨씬 넘지요."

"2백 명도 넘는다?"

신립의 얼굴에는 이내 찬바람이 스친다.

"영감도 아시다시피 하룻밤 사이에 2백 명을 모은다는 것은 예전에 없는 일입니다."

"2백 명으로 막을 수 있는 적인가요?"

"하아, 이거 큰일 났구먼."

신립의 성질을 아는 홍여순은 멋쩍게 웃고 말을 잇는다.

"팔도에 영을 내렸으니 좀 기다리면 많은 군사들이 모여들 것입니다."

"얼마나 기다릴까요?"

"넉넉잡고 열흘만 기다리시오. 함경도, 평안도에서 오려면 그 정도는 걸리지 않겠소이까?"

"그동안 적은 낮잠을 잔답니까?"

쏘아보는 **신립**의 눈길에 홍여순은 입술을 떨고 대답을 못 한다.

"열흘이면 이 도성도 떨어질 것이고, 그때는 당신도 죽지 않겠소?"

"……."

"당신은 도대체 무엇을 하는 사람이오?"

신립이 손에 들었던 채찍을 불쑥 내지르자 홍여순은 풀썩 주저앉아 3정승을 돌아본다.

"하아, 이거 참, 대감들께서 말씀 좀 해주시오 저더러 어떻게 하란 말씀입니까?"

그러나 **신립**의 무서운 눈길을 피해 땅을 내려다볼 뿐 아무도 입을 열지 않는다. 그러자 **신립**은 고함을 친다.

"나라의 운명이 경각에 달했는데 천 리 밖에서 군사들이 오기를 기다릴 것입니까?"

우의정 이양원이 달래며 구슬린다.

"이미 영을 내렸으니 가시다 보면 경기도, 충청도 장정들도 모여 있을 것이오. 염려 말고 떠나시오"

"경기도, 충청도도 이 서울과 같은 모양이라면 어떻게 하지요?"

이양원은 입을 다물고, 좌의정 유성룡이 나선다.

"옳은 말씀이오. 있는지 없는지 알 수 없는 군사들을 믿을 것이 아니라 우리 모두 총동원해서 모읍시다."

그리고 **신립**을 내려다본다.

"영감, 그러면 되지 않겠소?"

그래도 **신립**은 노기가 아직 풀리지 않았다.

"대감네들 댁에는 마필이 여러 마리씩 있으시지요? 그걸 모두 주시오."

벼슬한 사람들의 집에는 교통수단으로 말이며 나귀가 즐비했다. 유성룡은 이산해, 이양원과 의논하여 잠시 후 대답한다.

"궁중을 제외하고 도성 안팎의 모든 마필을 내드리리다."

"관고의 무기도 주시오."

활이니 창이니 간단한 무기는 출전하는 장정들이 스스로 부담하는 것이 관례다. 무기를 소지하지 못한 자는 흥건히 매를 얻어맞은 후에 관에서 지급받는 선례가 있긴 하다.

"그렇게 합시다."

신립은 이것으로 만족했는지 이만 돌아섰다. 중앙 관서와 한양은 일체의 업무를 중지하고 모든 관원은 도성 안팎으로 뛴다. 사지를 제대로 놀리는 장정들은 무조건 끌려오고, 말, 노새, 나귀들은 줄을 이어 사대문 안으로 몰려들어 온다.

4월 22일.

간밤에는 안 좋은 소식이 날아든다. 앞서 내려간 이일이 도중 문경에서 절망적인 보고를 보내온 것이다.

"오늘날의 적은 신병神兵과 같아 감히 대적할 자가 없으니 신은 죽을 수밖에 도리가 없습니다(今日之賊有似神兵 無人敢當臣則有死而已)."

이어서 김해가 떨어졌다. 대구, 경주도 떨어졌다. 급보는 꼬리에 꼬리를 물고 들어온다.

궁중에서는 마필과 안장을 정비하는 등 은근히 도망갈 준비를 서두르는 정황이다. **신립**은 더 이상 지체할 수가 없다. 그는 아침 일찍 비변사로 나오는데, 창덕궁 앞, 남북으로 달린 도로에는 활과 칼, 창으로 무장한 장정들이 저마다 말고삐를 틀어쥐고 도열하고 있다. 이렇게 저렇게 해서 모인 병력은 대충 잡아도 3천 명은 될 것 같다.

신립은 기병전에 명수다. 북방에서 기병전으로 여진족을 섬멸한 경험을 살려 이번에도 기병의 기동성을 이용해 기습 공격으로 적을 짓밟을 구상을 하고 있다. 그는 **김여물**과 함께 천천히 말을 몰아 도열한 인마를 유심히 바라다보고 지나간다. 그러나 아무리 보아도 자신이 서지 않는다. 기병의 장점은 폭풍같이 나타나서 적을 무찌르고 폭풍같이 사라지는 데 있다. 그러기 위해서는 무엇보다도 행동통일이 선결문제다.

그런데 말보다도 속도가 느린 나귀와 노새가 대부분이다. 거기다가 갑자기 불러 모은 것이라서 어느 수종獸種이고, 늙은 것과 어린 것, 강한 것과 약한 것, 형형색색이다. 병사들도 문제다. 이름을 붙이니 병사들이지, 농부, 머슴, 장인匠人, 몸종, 건달, 아전 등 오합지졸이다. 간혹 소는 타보았어도 말이고 노새고 타본 사람은 별로 없다.

사람이고 짐승이고 단련을 해야 싸움터에서 쓸모가 있는 법인데 모두가 한심하다. 오늘 처음으로 활을 만져보는 병사들, 짐을 싣던 말이 아니면 양반의 아낙네들이 경마를 잡히고 타던 나귀에 노새로는 기병전에 어림도 없다. 검열을 마치고 길가 비변사로 들어오자 **김여물**이 걱정하고 있다.

"이 오합지졸로 기병전이 되겠습니까?"

신립은 대청에 걸터앉아 오래토록 먼 하늘을 바라보다가 반

문한다.

"그렇다고 다른 도리가 있겠소?"

김여물이라고 다른 도리가 있을 까닭이 없다. 지금 와서 이러 니저러니 해야 소용없는 일이고, 분명한 것은 이 오합지졸을 이 끌고 싸워야 한다는 사실이다.

"하기는 그렇습니다."

"적을 언제 만나게 될지 알 수 없으나 하루도 좋고 이틀도 좋 고, 하여간 그때까지라도 훈련을 시켜봅시다."

신립은 성질이 좀 급하긴 하지만 실망감을 털어버리는 데는 재빠르다. 심중하기 이를 데 없는 **김여물**은 또 다른 걱정거리를 끄집어낸다.

"그런데 장군, 대장과 졸병들만 있고 중간의 군교軍校장교들이 없으니 이일은 어떻게 해결하지요?"

그의 말대로 중간 간부로는 예전부터 **신립**을 따라다니던 무 관이 5, 6명뿐이다.

"나도 그것이 걱정이오."

"유대감의 수하에는 전투경험이 있는 무관들이 수십 명이 모 였을 것입니다."

신립은 얼굴을 붉힌다.

"싸울 장수에게는 무관이 없고, 뒤에서 빈둥거리는 사람에게 는 무관들이 몰려들어 노닥거리고 있을 테니 기가 찰 일이오."

도체찰사로 임명된 유성룡은 중추부에서 남으로 떠날 준비를 하는 중이라고 했다. **신립**은 **김여물**을 재촉해서 경복궁 앞 중추부로 말을 달린다.

유성룡은 대청에서 김응남[3])과 마주 앉아 의논하는 중이다. **신립**은 마당에서 웅성거리는 무관들을 헤치고 대청으로 올라간다.

"대감께서도 오늘 떠나신다지요?"

그는 전투복 차림의 유성룡을 건너다본다.

"그럴 작정이오"

유성룡은 미소를 지었으나 **신립**의 얼굴에는 노기가 잔뜩 서려 있다.

"저도 오늘 떠납니다. 기왕 함께 갈 바에는 구태여 여기 계신 김 공까지 부사로 가실 것은 없지 않습니까? 저를 부사로 삼아 주시면 일도 단출하고 편하실 것입니다."

김응남 대신 자기가 체찰부사로 가겠다는 것이다.

"별안간 무슨 말씀이오?"

유성룡은 영문을 몰라 한다.

---

3) 金應南[1546~1598]
본관은 원주原州. 자는 중숙重叔. 호는 두암斗巖. 시호는 충정忠靖.
1568(선조 1)년 증광문과에 을과로 급제하여 예문관 홍문관 정자에 등용.
1583년 동부승지로서 병조판서 이이를 논핵한 삼사三司의 송응개·허봉 등이 도리어 유배당할 때, 그들과 일당이라는 혐의를 받고 제주목사로 좌천되었으나, 선정을 베풀어 굶주리는 백성을 돕고 보살펴, 2년 뒤 우승지로 제수된다. 1591년 성절사가 되어 명나라에 다녀와 한성부판윤으로 부임. 이듬해 임진란으로 평안도로 피란하는 선조를 호종. 1594년 우의정, 1595년 좌의정. 1597(선조 30)년 정유재란 때에는 안무사로 영남에 내려가 풍기豊基에서 병을 얻어 서울에 돌아온 뒤 관직을 사퇴. 1604년 호성공신 2등으로 책록되어 원성부원군原城府院君에 추봉.

"저를 부사로 삼아주시면 이 마당에 모여 있는 무관들은 저절로 저의 휘하에 들어올 것이고, 군대도 모양을 갖출 것이 아니겠습니까?"

유성룡은 머리회전이 빠른 사람이다. **신립**을 보내는 터에 중간 간부가 될 이 무관들을 넘기지 않은 것은 자기의 실수였다는 것을 금방 알아차린 후,

"알아들었소. 나랏일에 네 것 내 것이 어디 있겠소? 무관은 모두 80여 명이나 되니 장군이 데리고 가시오."

김여물의 지휘하에 대문으로 몰려 나가는 군상을 지켜보던 **신립**이 일어섰다.

"대감을 모실 장병을 추려 보내겠습니다."

유성룡도 따라 일어난다.

"그럴 것은 없고, 다시 모집해가지고 천천히 떠나지요."

"그러시렵니까. 천천히요?"

"하여튼 갑시다. 어전에 말씀을 드려야 할 것 아니오?"

두 사람은 함께 창덕궁으로 말을 달린다. 선정전에서 유성룡의 보고를 받은 선조는 **신립**을 돌아본다.

"이 궁중을 지키는 금군禁軍도 모두 데리고 가시오."

"그럴 것까지야 있겠습니까? 전하!"

신립이 사양했으나 임금은 내수사의 별좌 김공량을 부른다.

"내수사에는 활솜씨가 있는 종들이 많다면서?"

김공량은 임금이 아끼는 인빈 김씨의 오라버니로 권세가 대

단해서 힘깨나 쓰는 무리들을 숱하게 거느리고 있었다.

"네, 2백 명은 넘습니다."

"금군도 출전하니 지금부터 네가 그들을 거느리고 이 대궐을 지켜라."

임금은 영을 내리고 **신립**을 내려다보았다.

"떠나는 마당에 할 말이 더 없소?"

"일이 터진 연후에야 부랴부랴 시정잡배들을 모아 군대라고 하니 한심한 노릇입니다. 그나마 문서조차 제대로 되지 않아 뒤죽박죽입니다. 평소부터 장정들을 단련해서 쓸 만한 군대를 양성해두었다가 일단 유사시에는 지체 없이 싸움터로 보낼 수 있어야 합니다. 지금같이 해서는 나라의 운명을 예측하기가 어렵겠습니다."

"응~, 홍여순이로다. 병조판서로 앉아서……."

임금은 화를 내고 유성룡에게 묻는다.

"병판을 갈아야 하겠는데 누가 좋겠소?"

"김응남이 좋겠습니다."

김응남은 원주 사람으로 이율곡과 함께 한때는 동서당쟁의 양당 합작 추진에 노력한 상신이다. 이율곡이 좌의정일 때도 유성룡과는 잘 협력을 해서 선정을 베푸는 데 일조를 했다.

"아니, 김응남은 경의 부사가 아니오? 경상도에 내려가기로 되어 있지 않소?"

"신이 떠나기까지는 시일이 있으니 그때 가서 다른 사람을 고르지요."

"그러면 김응남을 병조판서로 하되 참판도 바꾸어서 군을 쇄신해야 하겠소."

"참판으로는 심충겸이 좋겠습니다."

심충겸은 유명한 심의겸의 동생으로 명망이 있는 선비다.

"그렇게 하기로 하고, 지금부터라도 군사들을 모아 훈련해야 하지 않겠소?"

의논 끝에 김명원을 도원수로 삼아 새로 모아들이는 장정들을 한강변에서 훈련하기로 했다.

육십이 가까운 김명원은 정여립 사건에 충성을 보여 경림군의 작호까지 받은 조정의 원로다. 옆에서 듣고 있던 **신립**은 의논이 끝나는 것을 기다려 자리에서 일어난다.

"신은 이제 떠나겠습니다."

"잠깐 기다리시오."

임금은 상자에서 장검 한 자루를 꺼내더니 그에게 건네준다.

"이 상방검尙方劍으로 이일 이하, 장군 중에 거역하는 자는 누구든지 목을 쳐도 좋소."

신립은 감격해 콧날이 시큰하다. 그는 칼을 받아가지고 물러나온다. 원래 상방은 중국 한漢나라 때 관청의 이름이다. 칼을 비롯해 천자에게 소용되는 물건을 만드는 궁중의 작업장을 일컫는다. 말도 능히 벨 수 있는 날카로운 칼이라 해서 정식으로는 상방참마검(方斬馬劍)이라고 한다. 임금에게 불충한 자를 치는 데 쓰이곤 했다. 임금의 패물인 이 칼을 받는다는 것은 최고신임의 표시로 신하로서는 다시없는 영광이다.

마침내 **신립**은 **김여물** 이하 3천 병력을 이끌고 문무백관의 전송을 받으면서 이제 채비를 모두 갖추어 한양을 떠나기 위해 출발하기 시작한다.

조정대신들은 각기 자신의 말 한마디씩 보태어 떠나는 그들을 격려해준다. 남쪽으로 행군하는 **신립**의 병력은 의기양양하게 행진을 시작했다. 한동안 행군 도중에 남쪽에서 비호처럼 달려오는 두 기병이 있었다. 그들은 숨을 헐떡거리면서 도성으로 향하는 파발꾼4)이다.

이일이 진을 치고 상주에서 일본군과 대치 중이라는 소식을 전해주고 도성을 향해 또다시 말고삐를 잡아챈다.

역시 이일이로다. 곧 승전보가 오겠구나."

그런데 그다음 날에 좋지 않은 소문이 들려온다.

그 좋다는 꾀를 써서 간신히 살아난 이일은 문경에 도착했는데, **신립**이 왔다가 다시 충주로 돌아갔다는 말을 듣고 그는 크게 실망했다. 이일은 거기에서 종이와 붓을 구해 패전한 상황을 임금에게 급히 적어 보내고 곧이어 달아나 버린다.

---

4) 擺撥꾼; 공문을 각 역참으로 나르던 사람.

"이미 이일은 피해서 도망쳐오고 있다는데……."

"상주성을 아예 지켜보지도 못하고 쫓겨 온다는군."

그 소문은 즉시 사실로 확인되었다. 가장 놀란 사람은 다름 아닌 **신립**이다.

"그게 정녕 사실이더냐?"

"예. 이일 순변사가 패퇴하여 문경으로 오고 있다 하옵니다."

그렇게 이일 군대는 허망하게 무너지고 말았다.

3

신립은 새재에 못 미쳐 야영 막을 치고 곧 작전회의를 소집한
다. 일본 적을 어느 선에서 저지할 것인가를 논의하기 위해서다.
여기에서 일본군을 완전히 물리치지는 못하더라도 최소한의 시
간은 끌어야 한다.

그래야 조정에서는 근왕병을 추가로 모집해 후속 부대라도
만들어서 한양을 방어해야 할 것 아닌가. 신립이 이끄는 군대
말고는 나름대로 군사의 온전한 조직을 갖춘 병사들은 많지 않
다. 있어 봤자 도성을 순시하는 수비병이 전부다. 당장 동원할

수 있는 거의 대부분의 병사는 **신립**이 이끄는 부대에 재편되었기 때문이다. 그는 그만큼 선조의 신임을 받고 있다는 것을 의미했다.

"왜병들이 이곳까지 도착할 것은 시간문제일 것입니다. 왜적들이 도착하기 전에 병사들을 몰아 급히 진을 펼 수 있는 곳으로는 두 곳이 있습니다. 조령(문경새재)의 험한 산악에서 협소한 골짝을 통과하는 적을 막는 일과 탄금대에 진을 치는 것입니다."

이 같은 한 부장의 말에 아무도 이견을 달리하는 사람은 없다. **신립**과 다른 부장들은 고개를 주억거리고 있다. 그는 다른 부장들이 바라보도록 손가락을 지도의 한 지점에 가리킨다. 남은 문제는 두 곳 중의 어느 곳에 진을 치느냐 하는 것이다.

부장들의 시선은 모두가 한 부장의 입에서 또 다른 무슨 말이 나올까. 하는 쪽으로 모아진다.

"조령에 진을 치면 험한 지형을 이용할 수 있습니다. 우리 병력이 왜병의 숫자보다 적어 방어하기에 최적의 장소라고 생각합니다."

한 부장의 이 같은 주장에 강 부장이 침묵하고 있다가 이윽고 반대를 한다.

"하나 조령에 진을 치면 부대를 작은 단위로 나누어야 하지 않습니까? 그렇다면 원활한 통솔이 가능하겠습니까? 우리 병사들은 대부분 적과 싸워본 경험이 없어 아무래도 믿음이 가지 않아요."

그는 계속해서 말한다.

"솔직히 우리 병사들의 실정을 말씀드리지요. 병사들은 지금
잔뜩 겁을 먹고 있습니다. 탄환이 보이지도 않게 날아와 우리
군사들을 넘어뜨리고 있어요."

강 부장의 말끝에 **신립**이 묻는다.

"조총의 위력은 어떤가?"

"그렇게 강한 것은 아닙니다. 그 탄환의 사정거리가 대강 이
백 보가량이니까 활보다는 조금 멉니다만, 위력은 화살만 못합
니다. 급소만 맞지 않으면 사람이 죽지 않습니다. 튼튼한 갑옷을
입으면 탄환이 꿰뚫지는 못할 것입니다. 우리가 사용하는 승자
총통보다 위력이 약합니다."

"그렇다면 별로 크게 문제 삼을 것이 없지 않은가?"

"그러하오나 일반 병사들이 그런 것을 잘 모르고 있습니다.
소장은 얼마 전에 화통도감[5]에서 일을 했기에 그것에 대해 조
금 알고 있습니다만, 일반 백성들이 화약이나 총포에 대한 내용
을 아는 것은 법으로 엄격하게 금지되어 있는 일 아닙니까?"

강 부장이 일했다는 화통도감, 이는 고려 때부터 화약을 제조
하는 일을 맡아보는 임시 관아다.

---

5) 火㷁都監; 고려 때, 火藥을 제조하는 일을 맡은 임시官衙. 1377(禑王 3)년 崔茂宣의 건
   의로 설치하여 화약을 만들었는데, 우리나라의 화약 제조법이 이때가 처음이다.

"알겠네. 그런데 그 조총을 상대하는 것이 조령에 진을 치는 것과 어떤 문제가 있다는 말인가?"

"조령에서 병사를 여러 갈래로 나누어 배치하면 병사들이 조총의 위력에 놀라 제 위치를 지키지 못하고 뿔뿔이 도주해버릴까 매우 염려됩니다. 훈련받은 정예병사가 아닌 이상, 죽음을 무릅쓰고 제 위치를 지킨다는 보장이 없습니다."

다른 부장들은 모두가 심각한 표정을 짓고 있었다.

어찌 됐건 문경새재는 천험의 지형임엔 틀림없다. 한 명의 군사로도 최대로 천 명의 적을 막을 수도 있다는 요새다.

절벽처럼 단애斷崖가 된 지형은 위에서는 시야가 넓게 트여 좁은 골짜기를 통과하는 병력이 한꺼번에 포착될 수 있다. 그러나 골짜기를 통과하는 적병은 빽빽한 산림에 가려 더군다나 절벽 위쪽은 시야가 좁아 나무 사이 또는 바위를 엄폐물로 조선군 각개병사의 위치를 일본군으로서는 파악할 수 없는 작전상 치명적으로 불리하다. 그래서 나온 말이 우리 병사 하나가 백 명 혹은 천 명의 적을 이길 수 있는 유리한 작전이 가능하다고 한 것이다.

그러나 적이 조총을 가지고 있는 한 잘 훈련되지 않은 조선 병사들이 상대적인 효과를 거둘 수 있느냐는 실전을 해보지 않고는 보장된 말은 아니다. 다만 작전상 유리한 위치인 것만은 분명하지만, 병사들이 한곳에 집중적으로 모여 있을 때 개개인의 행동이 집단을 벗어나면 지휘관의 눈에 확연이 띄게 마련이다. 각개병사는 그렇게 확연이 노출되기에 함부로 도망가기가 어렵다. 그러나 분산시켜 숲 속에 배치해두면 조금 전 적의 목표물로 드러나지 않는 것처럼 다른 병사에게나 통솔자의 눈을 피하는 데도 유리하다. 그래서 지휘부터 용이하지 않다. 병사들 개개인은 **빽빽한** 숲의 은폐물을 이용하여 얼마든지 몰래 도망쳐 버릴 수 있다.

사실은 한양에서 출발할 때 온건한 성품을 지닌 좌의정 유성룡이 모집해 내려가려던 병사들이다. 유성룡 밑으로 모였다가 **신립** 부대로 옮겨올 때부터 장군에 대한 두려움이 아직도 남아 있었다. 게다가 조총에 대한 공포감까지 사라지지 않는 병사는 능히 그러리라는 짐작이 가고도 남는다. 병사는 모여 있을 때 효용가치가 있는 것이지 한두 병사가 꽁무니를 **빼면** 너도나도 서로 눈치를 보며 일사분란하게 흩어지기 마련이다.

오합지졸의 위험이 바로 거기에 있다. 고된 훈련으로 다져진 병사는 정신적인 무장은 물론 나라를 지키자는 충성심까지 간직하고 있을 테지만, 반강제적으로 급하게 모인 훈련되지 않은 무리는 위급한 지경에 처하면 나라에 대한 충성보다 개인적인 위기감에 휩싸여 자기 목숨에 더 애착이 가기 마련 아닌가.

설사 그것이 사실이라 하더라도 마음에 담아두었다 내놓는 강 부장은 이 같은 언사를 해서는 안 된다. 당시의 지엄한 임금과 조정의 실상을 안다면 근왕군의 약점을 노골적으로 늘어놓는다는 것은 무엄한 발상이기에 그렇다.

그러함에도 어인 일일까. 때때로 무자비하다 할 만큼 말과 행동을 서슴지 않던 **신립**이 그것을 용납하다니.

어전회의에서 어떤 임금은 자신의 의중에 반한 발언을 하는 미운털이 박힌 신하에게는 매우 지엄한 사약까지 내리다가도 때로는 형평에 어긋난 발언을 할지라도 임금 자신의 의중이 거기에 이를 때는 어떤 과격한 말도 '그럴 수도 있는 것을 가지고…… 무얼 그러느냐'라면서 두둔하거나 이를 용납할 때가 있다. **신립**도 그런 경우일까. 아니면 그가 상당히 사고가 트인 사람이여서일까. 회의석상에서만은 부장들이 의견을 자유롭게 내놓도록 허용한 것은 사실이다. 그리고 옳은 것은 적극적으로 또는 신속히 받아들인다. 그야말로 성정이 화통한 사람이다. 그런 점들이 장점이 되어 그가 용장으로 위엄을 자랑할 수 있었는지 모른다.

또 다른 부장이 먼저 위험한 발언을 한 강부장의 말을 거든다.

"우리 병력 중에 정예군은 북방에서 말을 달리며 싸우는 데 익숙한 병사들이지요. 그러나 그들은 조령과 같은 험준한 산악 속에서 과거 북방의 전투처럼 능숙하게 활동할 수 있으리라고는 장담할 수 없습니다."

조선 군사의 허점을 먼저 말한 강 부장의 안색이 조금 밝아 보인다. 자기의 솔직한 주장에 동조자가 있다는 데 한시름 놓였던가. 그는 천민 출신으로 그의 성실성이 인정된 데다 신장군의 신임도 두텁다. 지금은 기마부장까지 오른 혈기 왕성한 사람이다.

시간은 너무나 촉박했다. 달포의 시간 여유만 있었더라도 평야에서의 기마전술에 능한 병사들을 다시 조련하여 산악방어전에 걸맞게 배치하고 거기에 필요한 훈련과 장비를 갖출 수 있었을 것이다.

신립은 병사들을 급하게 물려받아 이곳까지 이끌고 내려온 것만 해도 화급을 다투어야만 했다. 그에게는 싸움다운 싸움을 치를 수 있는 여건이 주어지거나 이를 극복해야 하는 여유마저 없었다.

어이없게도 믿었던 여러 유능한 장수들이 일본군과 단 한 차례의 싸움에서 모래성처럼 허무하게 무너져 내린 것이다. 그러고 보니 그들도 싸울 능력을 갖출 여유가 없었던 모양이다.

그는 조선에서 한때는 제일간다는 용장 가운데 한 사람이다. 가장 믿음직스러운 것이 그의 지휘하에 있는 수천 년 역사를 자랑하는 조선 기병의 마지막 군단이다.

그는 자기를 아는 지략이 있는 장수다. 이미 여진족과의 싸움을 통해 명장의 이력을 쌓은 바 있지 않은가. 그런 그가 아무리 하찮은 정보도 허술히 넘길 사람이 아니다. 설사 그가 조선 제일의 명장이라는 소리를 들었다 하더라도 허무하게 무너져 내린 장수들을 무조건 무능하다고 책하지 않았다. 그는 조정에서 믿었던 다른 장수들의 기량과 병사들의 전투력을 그토록 삽시간에 허물어버린 그 무엇인가가 일본 병 안에 있다고 믿는다. 그것이 조총인지 아니면, 용병술을 구사하는 일본 장수의 능력인지, 아직은 알 수 없다. 어쨌든 그 무엇인가에 대해 그는 크나큰 부담을 느끼고 있는 것이 사실이다.

사실 그가 잘 모르는 일이지만, 조선군을 쉽게 무너뜨린 것은 일본 병사가 써왔던 한 가지 전술이다. 일렬횡대로 겹겹이 늘어서서 명령에 따라 일제히 사격하는 전술말이다.

4

임진전쟁이 일기 전, 일본에서는 치열한 통일 전쟁이 벌어진
때가 있었다. 그때 오다 노부나가[6]는 당시 일본 최강이라던 다
케다 신겐의 기마부대에 맞서 삼천 명의 소총수를 삼단으로 나

---

6) 오다 노부나가[織田信長, 1534~1582]
   일본의 전국戰國, 아즈치시대[安土時代]의 무장. 1549년 아버지 노부히데의 뒤를 이어
   오와리국[尾張國: 愛知縣]의 태수가 됨. 이웃의 여러 제후를 평정해 무명武名을 떨침.
   1562년 도쿠가와 이에야스와 동맹을 맺음. 1568년에는 아시카가 요시아키가 막부의
   회복을 청해 와 이를 기회로 삼아 교토[京都]를 진정하고 막부를 재건해 실권을 장
   악. 1573년에는 아시카가를 교토에서 추방시켜 무로마치 막부[室町幕府]를 단절시킨
   다. 그동안 여러 곳에서 반란이 일어나 이를 평정했으나 혼노사[本能寺]에서 부하인
   아케치 미쓰히데의 모반, 습격을 받고 자살.

누어 번갈아 발사하게 하는 일제사격의 전법을 세계 최초로 연구하여 신겐의 부대를 전멸시켰다. 그 일은 일본 전 지역에 충격적인 소문으로 널리 퍼져나갔고 이는 조총에 대한 일본 병사들의 전술개념을 통째로 바꾸어놓았다.

물론 그러한 일제 사격이 필요할 만큼 많은 총이 동원된 대규모 싸움은 적었지만, 현재 조선에 상륙한 일본 병사들은 그 전술을 일부 응용, 사용하고 있었다. 부산성과 동래성이 삽시간에 함락된 것도 그 전술이 크게 작용했을 것이다.

하나 조선군 측에서는 그때까지도 그러한 전술적 내용을 제대로 파악하지 못하고 있었다.

"조총의 위력이 갑주를 뚫지 못한다면, 완전무장한 철기[7]군단에게는 조총이 무용지물이 아니겠는가?"

"그렇다고도 볼 수 있습니다. 탄환이 갑주의 틈이나 얼굴과 같은 열린 곳에만 맞지 않는다면 말입니다."

하지만 앞서 패전한 장수들을 잊어서는 안 된다. 그 장수들은 수성守城전을 펼치다가 전몰했다. 우리가 조령에 진을 친다면 그 역시 천험의 지역을 이용한 한가지의 수성전이라 할 수 있다. 그러나 부산성이나 동래성이 불과 한나절도 못 되어 무너졌다는 것은 성을 사수하는 데 문제가 있는 것이 아닌가?

"그러나 또 다른 진지인 탄금대는 개활지라서, 기마군단을 이

---

7) 鐵騎; 철갑으로 무장하고 말을 타던 군사.

용하는 것이 유리하다고는 하나 배수의 진밖에 더 칠 수 있습니까? 뒤에는 큰 강이 막혀 있어 작전상 후퇴가 불가능합니다. 결국 전멸할 수밖에 없을 것입니다."

또 다른 부장도 말을 거든다.

"……아무런 은폐물도 없고 시야가 넓은 벌판이라서 왜적들이 가진 조총의 위력이 훨씬 유리하고 강할 것입니다."

"하지만 우리에겐 그곳이 기마군단의 위력을 제대로 발휘할 수 있을 것입니다. 조선의 철기를 당해낼 정예는 명나라나 왜적에겐 없습니다."

"부하들을 엄히 다스려 조령에 진을 치는 것이 옳습니다."

"어차피 잘 훈련되지 않은 우리 병졸들이라면 물러설 곳이 없는 탄금대에 진을 쳐, 배수의 진으로 필사의 항전을 하는 것이 더 효과적일 것입니다."

이토록 부장들의 의견은 분분했다. 그러니 '진을 어디에 쳐야 하는 것이 옳으냐?'는 의견은 그렇게 하나로 통일될 리가 없다. 그럼에도 부장들이 내놓은 의견들이 일리가 없는 것은 아니다. **신립**도 딱히 어느 것을 택해야 할 것인가, 갈피를 잡기가 어렵다.

신립은 잠시 동안 자기 휘하에 있는 기마부대를 생각한다. 조선은 예부터 만주와 드넓은 북방에 자리를 잡고 활동했던 기마 민족이다. 예부터 조선족은 말 타는 법과 활 쏘는 법이 널리 알려져 있었다. 조선족의 기마부대는 고대 아세아의 다른 민족에게는 공포의 대상이다. 신라가 삼국을 통일해 좁은 한반도 안으로 국세가 줄어든 이후 수많은 산악과 험로가 있어 기마부대의 필요성이 점점 줄어들게 되었으나, 기마부대의 전통은 아직까지 과거의 영광을 되새기면서 최강의 부대로 인식되어 오지 않았던가.

실제로 오늘날 남아 있는 조선시대의 무술에 관한 문헌을 보면 각종 기마술을 설명하는 도해[8]가 있다.

거기에 따르면 기마술의 수준은 지극히 높았다는 것을 알 수 있다. 칭기즈칸 이후 거의 전설적이다시피 한 몽고족의 말 타는 기술에도 결코 뒤지지 않는다. 어느 분야에서는 오히려 능가했다.

달리는 말 위에서 뒤로 돌고, 말의 배 밑에 몸을 숨기면서 활을 쏜다. 그런가 하면 같은 방법의 말의 배 아래에서 칼을 휘두르기도 한다. 오늘날에 와서는 군중들에게 하나의 묘기로 보여주기에 이른 것이지만, 오늘날 각광을 받는 그 같은 묘기가 당시에는 조선 기마병의 당연한 기본 전술이었다.

더구나 **신립**이 거느린 철기부대는 완전한 철기 갑주로 무장하고 있다. 웬만한 화살이나 탄환으로는 꿰뚫을 수 없다. 그들은 그처럼 무거운 갑주의 무게에도 적응할 만큼 고된 훈련을 받아온 터다. 말도 그런 갑주로 둘러싸여 있어서 적진 깊숙이 돌입

---

8) 圖解; 그림을 곁들여 설명한다.

하더라도 크게 피해를 받지 않는, 하나의 특수 전투부대로 편성되어 있다.

신립은 잠시 동안 눈을 감는다. 자기의 기마부대가 웅장하게 일렬로 대오를 지어 적진을 향해 거침없이 돌격하던 과거 북방지역 여진족을 무찌를 때를 회상하고 있는가 보다.

'조총은 움직이지 않은 상태에서 정조준이 될 때 비로소 우리 기마병을 넘어뜨릴 것이다.'

그는 기마부대를 하나의 노림수로서 사용할 방안을 구상하고 있다. 조총부대는 겨냥을 해야 하는 이상, 움직이지 않는 상태에서 총을 발사할 것이다. 그러려면……,

'일단 두터운 철갑을 벗게 해 몸을 가볍게 해야 한다. 그리고 날랜 속도로 기마부대를 적진 속으로 돌격시켜 조총의 대열을 흐트러뜨린다……. 창을 사용하지 않고 긴 칼을 사용한다면 어떨까?'

신립의 그런 구상은 훗날 나폴레옹 시대부터 제1차 세계대전 직전까지 사용되었던 경기병의 구상과 비슷한 것이다. 보병의 표준 장비가 총으로 바뀐 이후에도 가벼운 칼을 든 경기병들은 계속 중요한 부대로 편성되어 왔다. 그들의 역할은 재빨리 적진에 뛰어들어 가볍고 예리한 칼을 사방에 휘둘러 밀집된 대열로 총을 쏘아대는 보병의 방어진을 허물어뜨린다. 그래서 아군 보병의 공격을 원활하게 하는 것이다. 나폴레옹 시대 이후로는 기마병이 적의 포병을 공격하게 하는 일도 중요한 임무가 되었다. 무려 수백 년 후에 본격적으로 이용될 그런 전술의 개념이 이미 그 당시 **신립**의 머릿속에서 싹트고 있었던 것이다.

이처럼 그는 나름대로 걸출한 생각을 하고 있는 **장군**이다. 그러나 이런 새로운 개념은 안타깝게도 지금은 아니다. 장점보다 단점이 더 많다.

일본 병사는 적어도 족히 3만 명은 넘을 것이다. 그런 대군을 상대로 이 작전을 쓰기에는 조선 기마부대의 수가 너무나 적다. 지금 거느린 기마의 정예는 겨우 50여 명에 불과했으니까.

'왜병의 조총이 아무리 정조준이 잘 안 된다 하더라도 많은 수의 왜병 조총사수가 한꺼번에 집중적으로 쏘아대면 기마부대는 전멸당하고 말 것이다. 그것을 막기 위해서는 철갑을 입어야 하는데, 그러면 속도가 느려진다. 속도가 느려지면 긴 창을 든 부대에 앞을 차단당하기 마련이다.'

그가 대략 따져 봐도 이 작전을 실행에 옮기려면 아무리 작아도 최소 500명, 지금의 10배 이상 숫자의 기마가 늘어나야 한다. 그럴 때 최초의 집중사격과 화살을 피해 적에게 타격을 가할 수 있는 것이다.

경장輕裝을 한 기마대에게는 장창을 든 부대가 가장 위협적인 존재가 아닌가. 기다란 창을 일렬로 세워 눕히면 기마대는 달려오는 속도를 급작스럽게 줄일 수가 없으므로 적진을 바라보는 대각선으로 각을 세워둔 창에 찔리기 십상이다. 그것을 극복하기 위해서는 맨 앞 기병은 어느 정도 타격을 입더라도 계속 그 뒤를 이어 돌진해가는 후속 부대가 필요하다.

그러기에는 현재 조선의 기마부대가 태부족이다. 아무리 기마부대가 일당백의 용맹을 떨친다고는 하나 이 상태로는 반드시 중과부적의 전술일 수밖에 없다.

그는 생각에 생각을 거듭했던 전술적 새로운 구상을 애써 지우지 않으면 안 되었다.

"더 이상 논의할 필요 없다. 일단 조령으로 떠난다."

5

이일이 지휘해야 할 병력은 대구에 모여 있는 경상도 지역 병력이긴 하지만 이전까지의 『제승방략』[9)]에 따른, 종전 일본과의

---

9) 制勝方略; 일종의 지방 사또 관할 단위의 국방체제이다. 각 읍, 진의 군사수가 적어, 유사시에는 각 고을의 수령이 그 휘하의 군사들을 이끌고 전투가 벌어지는 지역으로 이동하여(자기 고을을 비우게 된다) 중앙에서 파견된 군사령관의 지휘를 받게 하는 체제이다. 조선 때 오랑캐를 막기 위해 咸慶道 八鎭의 地勢와 攻守의 방법을 적은 책이 있다. 당시 국가전략인 『제승방략』의 취지를 보면 경상도에 적이 쳐들어올 경우에는 해안에서 막고, 그래도 밀리게 되면 내륙의 신지信地 <예정된 지점>에 경상도의 모든 병력을 집결하여 여기서 적을 맞아 결판을 내기로 되어 있다. 누구나 그 예정지는 경상도의 중심인 대구라고 생각했다. 또 이 부대는 아무나 지휘하는 것이 아니라 어명을 받들고 한양에서 내려온 높은 장수에게 지휘권이 있었다.

金宗瑞가 처음 저술했다고 전해지는 것을, 1588(선조 11)년 함경북도 병마절도사 李

싸움의 예를 봤을 때 한양에서 모집했던 병력이 함께 파견되었던 때도 있었으나, 상주 북천전투 당시는 서울의 군사지원이 거의 없는 거나 마찬가지다.

전시체제하에 들어선 때 이일 외에 삼도 순변사로 임명된 **신립**이 소규모병력을, 그것도 유성룡이 모아둔 병력을 이끌고 조령으로 떠나고, 서울을 방어하기 위한 일부 군사가 있을 뿐 더 지원하기가 어려웠던 것이 사실이다. 이일은 **신립**보다 앞서 2～3일 동안 한양에서 군사를 모으려고 시간을 지체하는 동안 대구에 모여 있던 군사들이 일본군에 의해 쉽게 무너진 것이다. 이들은 총지휘관인 순변사 이일을 눈이 빠지게 기다리고 있었다. 그런 와중에 연일 비는 내리고, 군량마저 바닥이 났다. 적이 기습해온다는 유언비어마저 돌기 시작하자 도망해버리는 병사들이 많았다. 이를 통제 지휘해야 하는 수령들마저 달아나는 판이니 결국 이일이 문경에 도착했을 때는 군사들이 모두 흩어져버린 뒤였다. 이때 대구에 모여 있던 병력규모는 아마도 당시 경상도 자원이 되는 농민의 규모를 생각해볼 때 최소 1만여 명 정도는 되지 않았을까 싶다. 그때 이일이 병력을 제때 수습했다면 개전초반 전투상황이 전혀 달랐을지도 모른다.

鎰이 增補했다. 현재 전해지는 책은 1670(현종 11)년 함경도의 8진인 慶興, 慶源, 鐘城, 穩城, 會寧, 富寧, 吉州, 鏡城진의 산천, 부락, 보루의 위치와 공수의 要害 등을 상세히 기록하고 있다.

이제 이일은 문경을 넘어 24일에야 상주에 도착할 것이다. 그는 객관에서 좌방어사 성응길, 조방장 변기를 비롯해 그의 수하들과 저녁상을 마주하고 술잔을 나누다가 종사관 **박지**를 돌아본다.

"자네 장인의 수고가 많았다네. 덕분에 전세를 만회할 수도 있을 것이야⋯⋯."

그는 **박지**에게 술을 권한다. **박지**는 경상감사 김수의 사위다. 경상도에서 싸우려면 감사 김수의 협력이 필요했다.

이일에게는 이미 **윤섬**이라는 종사관이 있었으나 한양을 떠날 때 선조 임금에게 특별히 간청을 해 그를 또 다른 종사관으로 이끌고 내려온 것이다. 연락에도 편하고 김수도 성심으로 도와줄 것을 기대했다.

박지는 예지력이 뛰어난 젊은이다. 18세에 과거에 합격한 수재로, 대인관계가 부드럽고 겸손해서 승진도 **빠르다**. 나이 30세에 홍문관 교리까지 올라 요즈음은 임금에게 경서를 강의하고 있던 중에 내려온 것이다.

다른 사람들도 김수의 기민한 조치에 한마디씩 하고 동행한 일본인 통역 경응순에게 말을 건다. 전선에서 일본군과 마주치면 의사소통이 필요한 경우도 있을 것 같아 사역원司譯院에서 데려온 관원이다.

"왜놈들이 항복해오면 네가 바빠지겠다."

"그렇게 된다면 얼마나 좋겠습니까?"

젊은 관원은 엷은 미소를 띤다.

저녁상을 물리고 여러 말이 오가는 것을 이일이 가로막는다.

"내일은 새벽 일찍 떠날 터이니 어서 잠자리에 들도록 합시다."

이튿날 동이 트자 충주목사 이종장 이하 관원들과 백성들이 전송하는 가운데 '경상도 순변사'의 깃발을 앞세우고 충주를 떠난 이일 이하 2백여 명의 일행은 쉬지 않고 말에게 채찍을 가한다. 뜨거운 햇살이 내려쬐기 전에 조령의 마루턱까지 도착할 계획이다.

그러나 산에 접어들자 오솔길은 좁고 양쪽에 숲이 우거져 말은 한 마리씩밖에 통과할 수 없다. 거기다 가파른 오르막인데다가 말들 몸에는 땀이 범벅이 되어 허덕인다. 선두가 마루턱에 도착한 것은 정오가 다 되어서다. 그들은 말에게 풀을 뜯게 하고 그늘을 찾아 발을 뻗고 휴식을 취한다. 말을 끌고 남쪽에서 고개를 오르는 사람 2명의 모습이 나뭇가지 사이로 어른거린다. 군관 한 명에 병사 한 명이다.

"파이다."

"망했다."

올라오면서 내뱉는 소리가 들린다. 이일은 그들에게 눈총을 쏘다가 마루턱에 올라서자 손짓으로 부른다.

"너희들은 누구냐?"

군관이 다가와 허리를 굽실거린다.

"경상감영의 군관인데 장계를 전하러 한양으로 가는 길이 아닌기오."

그는 나무에 기대 세운 깃발에 눈이 멎으면서 두 손을 모아 쥔다.

"순변사 어른이시구먼요."

"응, 감사 어른은 지금 어디 계시냐?"

"초계에 계십니더."

"남쪽의 정황은 좀 어떠하더냐?"

군관은 한 팔을 빙 돌린다.

"마, 싹 쓸어버렸습니더."

"쓸다니?"

"부산, 동래, 김해, 창원, 밀양…… 왜놈들이 마구 쑥밭을 만든 기라요. 그것들, 조총을 마구 쏘아대구, 모두들 신병이라카데요."

이일은 소매로 땀을 씻는 군관을 지켜보다 가장 궁금한 것을 묻는다.

"너, 대구를 지나왔지?"

"대구예?"

"군사들이 얼마나 모였더냐?"

"군사예?"

군관은 입을 헤벌리고 순변사 이일을 바라본다. 이일의 입에서는 볼멘소리가 나온다.

"너, 묻는 말에는 대답을 않고 말끝마다 예가 뭐냐?"

군관은 말을 더듬는다.

"대, 대구로 쳐들어갔습니더."

오다가 보니 대구에도 이미 적이 들어왔기에 샛길로 피해 오는 길이라고 했다. 이일은 이 말을 믿을 수 없다.

"너, 함부로 입을 놀리지 마라 알겠느냐?"

"어디예."

군관은 도중에 대구에 모였다가 도망쳐 산속을 헤매는 병사들을 수없이 만났다. 그들로부터 사연을 들었다고 한다.

"가도 괜안십니꺼?"

기다리다 지친 군관이 슬며시 물었으나 이일은 눈을 뜨지 않고 대답한다.

"가보아라."

군관이 떠난 후에도 움직이지 않는 이일 앞에 **박지**가 다가선다.

"떠나야 하지 않겠습니까?"

"떠나야지."

이일은 일어섰으나 도무지 내키지 않는 길이다. 그렇다고 달리 도리가 있는가 하면 그렇지도 않다. 선두에서 말을 몰아 고개를 내려가는 그의 어깨는 축 늘어진 것 같다.

산길을 지나자 문경 고을에 다다른다. 성내로 들어갔으나 주인을 잃은 강아지 몇 마리가 악을 쓰고 짖을 뿐 사람의 그림자는 보이지 않는다.

한양에서 이전 고을까지는 고을마다 관원들이 마중을 나오고, 술과 음식으로 융숭한 대접도 받았다. 그런데 여기는 관원이고 백성이고 아무도 없다. 화가 치민 부하들이 창대로 후려치는 바람에 짖던 강아지들이 꼬리를 내리고 도망가는 모습에 이일은 더욱 화가 치민다.

"아무라도 좋다, 끌어내라!"

사람의 허울을 쓴 자가 나타나면 그냥 두지 않을 작정이다. 병사들은 빈집을 샅샅이 뒤져 체머리를 떠는 앉은뱅이 노인의 사지를 걸머메고 온다.

"문경현감은 어디로 갔는고?"

이일이 고함을 지른다.

"하아, 모르십니꺼?"

"피란을 간 게 아닌기오."

더 물을 것이 없다. 모두 달려들어 관고官庫의 문을 부수고 쌀을 실어내다 이 집, 저 집 부엌에서 밥을 지어 요기를 한다.

되건 안 되건 장수는 계책이 있어야만 하는데, 병사들이 빈집에 흩어져 잠자는 동안 이일은 성응길, 변기 등과 의논 끝에 상주에서 적을 막기로 합의한다. 대구 이북에서 제일 큰 고을로 성도 굳건하고 교통의 요충지이기도 하다. 그러나 병사가 없다. 이일은 울화가 치밀어 두 주먹을 부르르 떤다.

"이거 도대체 어떻게 된 나라가 이 모양이야? 조정에 앉아 있는 자들은 무슨 짓들을 하는지 원……."

박지가 홀로 중얼거리는 소리를 가로막고 묻는다.

"장군, 장계는 어떻게 쓸까요?"

가는 도중 밤을 묵을 때마다 조정에 장계를 올리기로 되어 있었다. 이일의 한마디는……,

"오늘 자네가 본 대로 들은 대로 쓰시오"

4월 23일.

문경을 떠난 일행은 남으로 함창咸昌을 지나 상주로 달린다. 가는 곳마다 관가고 민가고 텅텅 비어 있고 물 한 모금 제대로 얻어 마실 데가 없다.

가끔 남루한 옷차림으로 발을 절뚝거리며 마주 오는 병사들이 있다. 먼발치로 그들을 보기만 하면 옆길로 뛰어 산속으로 숨어버린다.

병사들이 말을 달려 쫓아가 붙잡으면 열에 아홉은 대구에서 도망해온 병사들이다. 한두 대 볼기를 치고는 대오에 편입해 함께 남으로 전진해 가자고 타이른다. 상주에 당도한 것은 해가 저물 무렵이다. 여기도 텅 빈 성에 권길[10] 혼자, 동헌에서 잠을 자다 눈을 비비고 일어선다. 이래저래 심기가 별로 좋지 않은데다 점심까지 굶은 이일은 첫마디부터 호령한다.

"목사牧使는 어디로 갔느냐?"

---

10) 權吉[1550~1592]

본관은 안동. 그는 문신. 1592년에 경상도 상주판관으로 있을 때 임진란이 일어나 상주 성에 쳐들어온 일본군과 싸우다 전사. 그를 제향하는 사당은 1922년에 중건한 건물이며 겹처마 맞배지붕 초익공계의 목조기와집이다. 사면은 홍살로 막고 양옆에 풍벽을 달았다. 안에는 정려편액을 걸었으며 둘레에는 철책담장을 둘렀고 앞에는 철문을 달았다. 충신 문이란 이름은, 1602(선조 35)년에 명정되었다. 소재지: 충청북도 음성군 소이면 갑산리 458번지.

초로의 사나이는 의아스러운 얼굴이다.

"순변사 어른을 마중하러 나갔는데요. 보지 못하셨습니까?"

상주목사 김해는 순변사 영접을 핑계대고 산속으로 달아나버린 것이다. 눈치로 알아차린 이일은 분을 참고 차근차근 묻는다.

"전쟁이라는 것은 너희들도 모르지 않을 것이다. 그런데 이 큰 상주고을에 병사고 백성이고 한 명도 없으니 어찌 된 일인가?"

대청에 무릎을 꿇고 앉은 권길은 눈을 아래로 내리깔고 대답이 없다. 세상만사가 모두 귀찮다는 지친 모습이다.

"내 말이 들리지 않는가?"

"순변사 어른께서는 아직 대구에서 일어난 일을 모르시는 모양이신데……."

이일은 말을 가로막는다.

"알고 있다."

"저는 상주에서 모을 수 있는 장정은 다 모아가지고 대구까지 갔습니다. 목사를 대신해서 말입니다. 5백 명도 넘었습니다마는 병사들이 야음을 타고 도망치기 시작하니 걷잡을 수 없었습니다. 모두 잃고 단기로 돌아왔습니다. 제 자신 군사를 알지 못하는 문관이고, 병사들이라야 싸우는 것에는 미숙한 농군들이어서 어쩔 수가 없었습니다."

이일은 우직한 이 사나이보다 몸만 사리다가 도망친 목사 김해가 고약하기 이를 데 없었으나 이 자리에 없으니 별도리가 없다. 그는 다시 권길을 다그친다.

"핑계를 듣자는 것이 아니다. 너, 그 많은 병사들을 잃고 혼자 도망쳐온 죄만도 용서할 수 없는데 멍청하게 자빠져 있는 건 또 무어냐?"

"저는 아까 정오에 돌아와서 잠시 눈을 붙이고 있던 참입니다."

이일은 손가락으로 그를 지적한다.

"이런 흐리멍덩한 사람이 있나. 그동안이라도 적이 쳐들어오면 어쩔 것이냐?"

"……."

"이놈을 끌어내다 목을 쳐라!"

병사들이 권길을 끌어다 마당에 엎어놓는다. 기운이라고는 하나 없어 보이던 권길은 벌떡 일어나 두 손을 모아 쥐고 외친다.

"순변사 어른, 여유를 주십시오. 지금 당장 나가서 병사들을 모아보겠습니다."

대청에 앉아 있는 이일은 입을 다물고 바라보기만 한다. 초롱불 아래 권길은 머리를 풀어헤치고 눈물을 한 방울 떨어뜨린다.

"죽어도 이렇게 값없이 죽어서야 어디 쓰겠습니까?"

생각하면 죄는 김해에게 있다. 그렇다면 권길은 억울한 점도 없지 않다.

"죽고 사는 것은 너 자신에게 달려 있다. 나가 병정들을 모아오너라."

권길은 밤새토록 돌아다니며 3백여 명의 농민들을 모아가지고 이튿날 새벽에 돌아온다. 이일은 그를 용서하고 묻는다.

"더 모을 수 없었더냐?"

"백성들이 산속으로 피란 간 지 여러 날이 됩니다. 양식이 떨어져 굶주리고 있으니 먹을 것을 준다면 모여들 것입니다."

그 시기는 바로 보릿고개다. 얼마 남지 않은 양식을 가지고 졸지에 산으로 달아났던 백성들은 먹을 것이 떨어져 풀뿌리며 나무껍질을 벗겨 씹고 있다고 한다. 권길의 자초지종을 들은 이일은 고개를 끄덕인다.

"알아들었다. 네 요령껏 해보아라."

권길은 병사들을 풀어 골짜기마다 누비고 외치게 하는 한편 관의 창고의 쌀이며 콩을 풀어 나누어준다.

그러자 백성들이 몰려온다. 그중에서 추린 장정들이 또 3백 명, 한양에서 거느리고 온 2백여 명과 상주 현지에서 모은 장정을 모두 합치면 8~9백 명 정도는 된다. 이일은 창고를 열고 그들에게 활과 창을 나눠주었다.

기대하고 내려온 이일은 대구에 있던 병력이 달아나버려 휘하 병력이 없던 터라 상주에서 병력을 다시 모집하려면 창고를 열어 곡식을 나누어주면 가능하리라는 생각에 권길의 뜻을 따르기로 한 것이다. 산으로 피난을 갔던 백성들을 다시 성으로 돌아오게 하여 민심을 안정시키고, 그중 군사를 모집해 8~9백여 명을 징발하게 되었다. 이일은 이들 농민병과 휘하에 거느리고 온 군사 200여 명을 합해 군을 재편성한다.

6

4월 25일.

새벽이 밝아오고 있다. 한 치 앞을 볼 수 없을 정도로 안개가 자욱하다. 멀리서 포성이 연속적으로 들려온다. 이일은 일본군이 죽현까지 진격해 들어온 것을 알고 북천으로 이동한다. 북천으로 이동한 그는 그곳에서 전투준비를 한다.

일본군 1만 명이 까마귀 떼처럼 이일군의 조련장을 향해 진격해오고 있다.

이일은 농민군으로 구성된 일천여 명의 군사들로는 상주 읍성을 방어할 수 없을 것이라 판단한 것일까. 일본 대군이 사방에서 포위해 들어오는 상황에서는 읍성이 오히려 방해물이 될 것이기에 그랬다. 유리한 지형을 확보하여 일본군을 저지시키는 전략을 선택했으면 얼마나 좋았을까 하는 생각이 들었다.

삽시간에 훈련장은 전투장으로 변해버렸다. 콩 볶듯이 퍼부어 대는 조총 탄에 쓰러지는 조선의 말과 병사들의 부르짖음이 천지를 진동한다. 일본군의 조총 탄은 그야말로 빗발같이 쏟아져 훈련장은 이내 아수라장으로 변했다. "들어라, 당황하지들 말고 대적하라" 하는 장수의 소리가 들려와도 진격해나가는 조선 병사들은 보이지 않는다. 적진을 향해 나가지 못하고 정신을 잃고 있는 것 같다. 그러나 병사들 일부분은 제 몸 하나 살자고 도망가는 자도 있다.

"하늘이 우리를 돕지 않는구나!"

탄식을 하고 있던 이일은 한양에서 데리고 내려온 사수들에게 활을 쏘라고 명령했으나 조총을 당해낼 수가 없다. 일본 병사들은 칼과 창을 휘두르며 조선군을 독 안에 든 쥐를 잡듯 마구잡이로 살육하고 있다. 이일은 칼을 빼어들고 홀로 적진에 뛰어들어 적병 수명의 목을 베고 있는 동안 적들은 그를 가두어 생포하려고 벼리었다. 일본군의 휘날리는 요란한 깃발, 금빛처럼 찬란하게 몸에 두른 그들 장수들이 말 위에서 기세 좋게 칼을 휘두른다.

결국 이일은 북쪽 산줄기를 타고 진중을 빠져나와 도망해버린다. 병사들과 말의 비명소리를 뒤로한 채. 이곳저곳에서 죽어가며 내는 비명소리가 조선군과 일본군 사이에 멈추지 않는다. 이일은 뒤따라온 군관 수명과 함께 북쪽으로 한없이 뛰어간다. 그는 산길을 걸으며 어디로 가야 할지 한동안 허둥거렸다.

전투는 공격이 시작된 후 매우 짧은 시간 내에 끝이 나고 말았다. 날이 저물 무렵에 종료되었으니까. 일본군 본대가 장천에 도착한 것은 아침 무렵이고, 읍성 점령은 오전 중이었다는 것을 말해주기 때문이다. 상주 읍성에서 전투준비를 갖춘 다음 오후에 총공세를 가했을 것이다.

그날 저녁에 개령에 사는 어떤 사람이 이일을 찾아와 일본군이 근방까지 몰려왔다고 알려주었으나 이일은 이런 정보를 믿지 않았다. 오히려 개령 사람을 "민심을 어지럽힌다"는 죄목으로 참斬하려고 하자, 개령 사람은,

"오늘 밤이 지난 뒤에도 일본군이 쳐들어오지 않는다면 그때 내 죄를 인정하겠다"

고 거듭 역설했으나 이를 들어주지 않고 이일은 그를 참형에 처해버린다. 이때 일본군 제1번대 고니시 유키나가는 낙동강을 도하해 선산에 진출, 이날 저녁 상주 남쪽 20여 리 지점인 장천리에 진을 치고 있었다. 이일은 북방에서 실전경험도 여러 차례 겪은 바 있다. 『제승방략』을 보완 저술하는 등 전략, 전술에도 능해 **신립**과 함께 조선을 대표하는 무장인 것은 분명했다. 그런

이일이 기본 전략 중에서도 가장 시급한 척후활동을 소홀히 하고 게다가 손쉽게 얻게 된 정보마저 무시해버린 것은 커다란 오점이다. 일본군이 진격해오는 속도가 생각보다 빠른 탓도 있겠지만, 공식적인 일본군의 진격정보가 제대로 보고되지 않았을 만큼 경상도 지역이 혼란에 빠져 있었다.

7

이일은 병력이 농민이긴 하나 정상적인 상황이라면 어차피 조선의 군사제도는 <양인개병제>[11]로 16~60세 모든 양인 남성은 군 복무를 해야 했기 때문에 일부 직업군인을 제외하면 농민이 곧 예비 군사나 다름이 없다. 그러나 당시 조선은 방군 수조[12]로 대표되는 대립문제가 일반화된 상태였기에 얼마나 많은 농민이 평상시 제대로 된 군사훈련을 받아왔을지는 지극히 의심

---

11) 良人皆兵制; 건강한 국민 모두가 병역의 의무를 가지는 것.
12) 防軍水操; 나라를 방위하기 위해 수군을 훈련하던 일.

스럽다.

이일은 그런 상황이었기에 군사훈련이 급선무라 생각한 모양이다. 그때 주변에 척후병이나 보호병을 배치하지 않았다는 것은 군사전략상 치명적인 결함이다. 적이 공격해오는 속도와 시간을 알 수 없었기에 아직은 여유가 있다고 호기롭게 적의 동태를 경계하는 데 어찌 그것마저도 소홀했을까. 오히려 적은 몇 차례나 척후병을 보내 조선군의 상황을 일거수일투족 정찰해갔다. 훈련을 받고 있던 군사 중에 한 병사는 정찰을 하고 있는 적 척후병들을 발견했지만, 참형당한 개령 사람 생각이 나 감히 보고하지 못했던 어처구니없는 일도 있다. 그렇게 조선군이 훈련을 하고 있던 중 적군은 상주 성내로 진출해 상주 성안 몇 군데에 먼저 불을 지르고 본다. 성안에서 연기가 피어오르자 그때야 이일은 군관 박정호[13] 등을 보내 알아보도록 했다. 그때 군관이 막 다리 밑을 지나가던 순간, 숨어 있던 적이 조총으로 박정호를 저격한 뒤 그의 목을 베어가지고 사라져버린다. 박정호는 한겨울 추운 날씨로 손에 동상이 들어 손가락이 떨어져나가자, 그것을 집어 집으로 보내며, "나는 나라를 위해 죽으리라!"고 했다.

---

13) 朴挺豪[1758~1592]
    본관은 밀양. 이일의 군관으로 상주 전투에서 전사.
    첨정僉正 박세훈의 증손. 어려서부터 괴력이 남달라, 16세 때 호랑이와 격투를 하여 사람들이 맹호장군猛虎將軍이라 부른다. 1583(선조 16)년 여진족 두목 니탕개가 회령會寧·경원慶源 등 육진六鎭을 침입했을 때, 전투에 참여한다. 1592년 임진란 때 순변사巡邊使 이일을 따라 상주에서 싸우다 전사한다. 시체를 찾지 못해, 동상으로 떨어져 나가 집으로 보냈던 손가락으로 장사를 지냈다고 한다.

잠시 후 일본군 본진이 조선군 진지 양쪽 옆을 병행해 들어와 포위하면서부터 치열한 전투가 벌어진 것이다. 적군은 조총을 쏘아대면서 일사천리로 공격해 들어왔고, 조선군은 활살을 쏘아댄다. 그때 이일이 독전했으나 뛰어나가는 자는 몇 사람 되지 않고 오히려 도망치는 자가 더 많다. 적은 계속해서 압박해 들어오고 있다. 조선군은 진이 무너지면서 아직 생존한 병력마저 점차 밀려날 수밖에 없다. 한양에서 이끌고 온 사수 200여 명이 분전했으나 턱없이 역부족이다. 상황이 최악에 이르자 이일은 산길을 타고 진지를 그만 퇴각해버리니…… 그 후 전투는 일방적인 일본군의 승리로 끝나고 말았다.

조선군의 피해는 정확하지 않지만 시체가 산처럼 쌓였다는 표현을 쓴 것을 보면 아마도 참전했던 병사들 많은 수가 전사한 것으로 보인다. 종사관이던 홍문관 교리 **박지**, **윤섬**, 병조좌랑 **이경류**, 판관 권길도 이 전투에서 모두 전사하고 만다. 순변사 이일은 그 길로 문경에 이르러 패전을 조정에 알린다.

"신이 이번에 싸운 일본군이야말로 신병神兵이나 다름이 없었습니다. 신은 죽음으로써 계속 그들과 대적할 것이오니 이번 전투에서 저지른 실수를 너그럽게 용서하시옵소서. 이번 전투에서 패한 것을 재삼 대죄하오니 용서하시옵소서."

그는 용서해달라고 선조 임금에게 거듭 빈다.

그가 문경에 들러보니 문경의 관병들도 대구로 차출되어 갔다가 소식이 끊어져 어찌 되었는지 모르고들 있다. 문경은 백성들이 모두 피난을 떠나 시내가 텅텅 비어 있고, 남은 관병이라야 문경현감 신원길과 수십 명의 부하들밖에 없다. 이일은 문경을 포기하고 도 순변사 **신립**이 있는 충주로 향한다. 그는 결국 충주 **신립** 진영에 도달했다. 이 북천전투에 변기가 참전했는지는 공식적인 기록은 찾을 길이 없었지만, 그의 종사관 **이경류**가 이 전투에서 전사했기에 조방장 변기 역시 북천전투에 참가한 것으로 믿어질 뿐이다. 이일은 변기와 함께 퇴각, 문경에 도착한 그는 변기에게 조령 방어명령을 내리고 충주로 향하지 않았을까 싶다.

8

바로 그때다. 상주에서 돌아온 군관이 나직하게 뭐라고 말을 하자 **신립**은 고개를 주억거린다. 그는 아직 모여 있는 부장들을 향해 다시 입을 연다.

"상주에서 패한 이일이 이곳으로 왔다고 한다. 어찌하는 것이 좋겠는가. 부장들의 의견을 듣고 싶소?"

이일이 무사하다는 소식을 듣자 몇몇 부장들은 다행이라는 듯 안도의 한숨을 쉬며 탄성을 내지른다. 고개만 주억거리는 장수들도 있다.

상주에서 패하기는 했지만, 순변사 이일은 과거에 **신립**과 함

께 여진의 장수 니탕개를 토벌할 적부터 용맹을 떨쳤던 장수가
아닌가. 지략적인 면에서는 그렇게 두각을 나타내지 않았으나
상당한 용맹과 충직한 성품을 지니고 있었다. 그런 장수 한 사
람이 아쉬운 이때에 이일이 살아서 돌아왔다는 것은 무척 반가
운 일이다. 부하들의 그런 분위기를 모를 리 없는 **신립**의 입에
서는 의외의 말이 터져 나온다.

"이일은 순변사로 막중한 책임을 지고 많은 근왕병을 거느리고
나갔다가, 단 한 번의 싸움에 패하여 풍비박산이 되고 말았다. 큰 책
임을 진 장수로서 이는 부끄러운 일이 아닐 수 없다. 군령으로 다스
려 참수하려는데 장수들의 생각은 어떤가? 의견을 말해보아라."

물론 큰 싸움에서 패하여 벌을 받는 것은 당연한 일일 것이
다. 그러나 이번에는 경우가 다르지 않는가. 애당초 승산 없는
싸움이 아니던가. 이 사실은 **신립** 자신도 잘 알고 있었다. 하물
며 한 사람의 병사가 아쉬운 이때 패했다고 해서 참형을 내리는
것은 아무리 생각해도 지나치게도 준엄한 처벌이 아닐 수 없다.
싸움에서 패배한 대가가 참혹한 형벌 아니 목을 베어 죽인다는
것인가. 그것은 조선의 크나큰 손실이다. 선조가 그에게 보검을
하사하면서 당부했던 말을 잊을 리야 없다.
'이일 이하의 장수들 가운데 명령을 듣지 않는 자에게는 이
칼을 쓰도록 하라'는 선조의 명을 그는 기억할 터다. 장군의 말

을 듣지 않는 장수들의 목을 베는 데 이 보검을 사용해도 좋다는 언명, 왕의 말에는 두 가지의 단서가 있다. 이일 이하의 장수가 그 첫 번째 대상이고 또 다른 조건은 명령에 복종하지 않을 때라고 못 박고 있지 않은가! 그는 임금의 조건을 단 명령을 분명히 구분지어 자각해둘 필요가 있다. 임금으로부터 보검을 하사받을 때의 장면을 그는 다시 기억에 떠올려야만 한다.

진정 이일이 참형을 당해야 할 처지라면 위와 같은 임금의 의중을 다시 헤아려보고 난 뒤에 실행해도 늦지 않을 것이다. **신립**으로서는 권한 밖의 일이 아닌가. 위와 같은 정황을 본다면 이일의 생사존망의 권한은 임금인 선조의 몫으로 돌려야 마땅하다. 물론 싸움터에선 비록 왕의 모든 권한을 전폭적으로 위임받아 전쟁을 책임지고 수행한다고는 하나 이일의 생사여탈권까지 위임되었다고 보기에는 지나친 말이다. 분명 이일은 왕의 명에 의해 군무를 띠고 지방의 순찰사를 겸했던 특사였다. '이일을 제외한 나머지……'란 선조의 말을 그는 또다시 기억에 떠올린 후에 참수 여부를 판단해야만 할 것이다.

그때, 장수들이 웅성거린다. 그럼에도 **신립**은 뜨악하지 않는 날카로운 어조로 장막 밖을 향해 소리 지른다.

"게 누구 없느냐?"

"예!"

"패장 이일을 어서 들게 하라!"

"예!"

잠시 후 흙먼지를 잔뜩 뒤집어쓴 참혹하리만큼 부서진 얼굴을 한 이일이 오랏줄에 묶인 채 들어온다. 이일은 생기가 없어 보였지만 안색은 침착하다. 입은 굳게 다물어져 있다.

"그대 순변사로 왜적을 막아야 하는 막급한 임무를 띠고 파견되었음에도 단 한 차례의 싸움도 버티지 못하고 부하들을 전멸케 했으니 군법에 의거하여 단죄함이 마땅하다. 그대의 죄는 참형밖에 없음을 잘 알고 있으렷다."

신립은 전연 다른 사람으로 돌변해 있다. 무표정한 얼굴로 추상같은 호령을 한다. 예전과는 의외로 달라 보인 **신립**의 그런 태도는 예하장수들의 간담을 서늘하게 하고도 남는다.

마침 한 부장이 나선다.

"장군! 이대로 참형을 당하기엔 이일의 재주가 너무나 아깝습니다. 병사 한 사람이 아쉬운 이때 유능한 장수를 처형하는 것만은 다시 한번 재고해주셨으면 합니다."

이때 다른 부장들도 우르르 **신 장군**에게 매달린다. 그래도 불같이 타오르는 그의 다혈질인 성격, 뚝심이 강한 고집스러움은 쉽게 꺾으려 하지 않는다. 부장들도 끈질기게 달려들어 탄원한다.

바로 그때 **김여물**이 들어온다. **김여물**은 **신립**이 도 순변사에 임명되어 충주 지방으로 파견 될 때 특별히 선조에게 주청하여 데리고 온 장수다. 물론 유성룡의 동의도 얻었다.

9

김여물은 선조 10년에 무과가 아닌 문과에 응시하여 벼슬길
에 올랐던 사람이다. 그는 의주목사를 지낸 일도 있었는데, 그가
무에 능하지 못한 것은 병약해서다. 그는 몸집이 호리호리한 편
이지만 지략에 밝고 군의 통솔에 남다른 데가 있었다. 과거 북
방에서 니탕개와 싸울 때에 김여물의 그런 점을 눈여겨보아 두
었던 신립은 이번 싸움에 그를 직접 데려다가 자신의 종사관으
로 삼은 것이다.

그런데 김여물은 행군 도중에 증세를 알 수 없는 신열에 내내

시달리며 많은 고생을 하고 있었다.

결국 자리에 눕는 신세가 되어 작전회의에 거의 참석하지 못했다.

하지만 이번 전투에 대한 그의 주장은 처음부터 단호했다. 새재에 진을 쳐 적을 하루라도 빨리 저지해야 한다는 것이다.

김여물은 오늘 작전회의도 참석하지 못했다. 그러나 이일이 도착했다는 소식을 듣고서 그는 성치 못한 몸을 이끌고 지휘부인 장막으로 달려온 것이다. 다른 장수들은 **김여물**이 나타나자 마음으로 안도의 숨을 몰아쉰다. **신립**의 신뢰를 한 몸에 받은 종사관 **김여물**이 나서서 이일의 목숨을 구해줄 것을 탄원한다면, **신 장군**도 고집을 꺾을 것 같았기 때문이다.

김여물은 알 수 없는 열에 시달려온 터라 병색이 완연하다. 몹시 지쳐 보인다. 그는 지금도 땀을 비 오듯 쏟고 있다. 그러나 목소리만은 여전히 카랑카랑하다.

"이일이 비록 패장이라고는 하나 그만한 장수감을 찾아보기도 어려운 일이 아닙니까. 더구나 일본군과 실전을 치른 소중한 경험을 지니고 있느니만치 이일을 지금 당장 처단하는 것은 시기적으로도 옳지 않다고 봅니다."

강 부장과 또 다른 부장을 비롯한 장수들의 의견도 그와 일치했다. 결국 **신립**은 이일을 엄히 꾸짖고 몇 계급 낮추는 선에서 일단락 짓기로 했다. 처벌은 훗날로 미루고 종군하게 하는 것으로 결정이 난 것이다.

이일에 대한 사건처리가 일단락되자 진중의 회의는 자연스럽게 내일 진을 쳐야 할 형세 문제로 다시 화제가 옮겨간다. 조금 전 **신립**은 조령에 진을 치는 것으로 마음먹고 있던 참이었으나 강 부장과 또 다른 부장 등 다른 몇몇 장수들이 새재에 진을 치는 것이 불가하다고 주장하고 있다. 반면에 **김여물**은 내내 새재에 진을 쳐야 적은 군사로 많은 적을 막을 수 있다고 역설한 바 있기 때문에 다시 논의가 길어져 가고 있다.

밤은 이미 깊어져 자정이 다가오고 있다. 야음을 타고 들려오던 풀벌레 소리도 멈춘 지 이미 오래다. 하늘엔 별빛만 초롱초롱 빛을 발하고 있다. 군사들은 휴식을 취하도록 조치 해두었다. 작전회의는 아직 끝날 기미조차 보이지 않는다. **신립**은 머리가 무거운지 고개를 숙이고 있다. 얼굴은 매우 침통하다.

김여물과 다른 장수들은 여전히 팽팽한 의견 대립을 하고 있다. 이일은 자신이 방금 목이 떨어질 뻔했던 패군지장의 몸이라는 것을 느끼고 있어서 목소리를 높여 의견을 내놓지 못하고 있다. 다만 이일은 자신이 패전한 경위를 약간의 변명 비슷한 말로 아뢰면서, 새재에 진을 치는 것이 좋을 것이라는 말을 덧붙인다. 그러면서 이일은 **김여물**을 은근히 바라본다.

김여물이 좀 더 강력하게 주장해주기를 바라고 있는 것 같다. 그래서 새재에 진을 쳐야 한다고 강력하게 주장하는 것은 주로 **김여물** 쪽이다.

"조령에 진을 쳐야 합니다."

김여물은 아예 칼로 무 자르듯 단호하게 의견을 내세웠으나, 다른 장수들의 의견도 만만치는 않다.

"소장이 판단하기로 이일 장군이 패전한 것은 군병들의 사기가 해이해졌음이 가장 큰 이유인 듯합니다. 그런데 하물며 숲이 우거져 긴밀한 연락을 취하기 수월치 않은 조령에 진을 치다니요. 그랬다가는 안 그래도 훈련이 덜 된 군병들을 일사불란하게 다스리기가 더욱 어려울 것입니다. 기마전술로 정면 돌파를 하는 것만이, 승승장구, 사기가 올라갈 대로 올라간 왜병들의 기세를 꺾는 가장 좋은 전략일 듯싶습니다."

"조총의 위력은 기마전술로 돌파될 성질의 것이 아니요, 문제는 조총이란 말씀입니다."

"조총이라 할지언정 그 보유수가 많다 뿐이지 우리의 승자총통과 다를 바 없어요. 갓 징집된 일반 병사들이 화약무기의 내용을 잘 몰라서 지레 겁을 먹는 것뿐이지, 조총이라는 무기의 질을 제대로 알게 된다면 두려움을 떨쳐 버릴 것입니다. 문제는 군병들의 집중된 싸움에 있는 것이지 그깟 조총이 아닙니다."

"우리가 도성을 출발하기 전, 서애 대감께서 염려하여 당부하시던 말씀을 못 들으셨습니까? 유 대감께서도 조총의 위력에 어떻게 대처해야 할지 걱정하고 계시지 않았습니까? 지금 조령을 버리면 탄금대 앞, 벌에 진을 칠 수 밖에 없는데, 그렇게 탁 트인 곳은 그야말로 조총을 쏘기에 최상의 장소라는 것을 모르십니까? 적은 군사로 보다 유리하게 싸울 수 있는 곳이 있는데, 왜

구태여 사지로 뛰어들어야 한단 말입니까?"

김여물은 도성을 출발하기 전 유성룡이 **신립**에게 말했던 내용까지 끄집어내면서 열변을 토했으나 그것은 오히려 실책이다.

"탁 트인 벌이 아니면 기병을 운용할 수 없어요. 우리가 지금 적들보다 나은 것은 오로지 정예기병뿐입니다."

사실 **신립**은 여진족과 싸울 때에 승자총통을 비롯한 조선의 앞선 화약 무기들을 사용하여 전과를 올린 일은 있었지만, 그 자신은 그러한 무기의 성능에 대해 달갑지 않게 생각하고 있었다.

강선이 없는 단순한 원통형의 총열을 지닌 당시의 조선 화약 무기들은 실제로 명중률이 극히 낮았다. 그런 무기들은 살상용이라기보다는 위협용, 또는 적의 진격을 저지하려는 목적으로 주로 사용된 것이다.

당시 조선군이 사용하던 화약무기들은 천자, 지자총통 등의 대형 화포와 현자, 황자총통 등의 중형화포, 그리고 승자총통과 세자총통 등 개인용 화기에 이르기까지 다양했다.

세자총통은 지금의 권총에 해당하는 무기다. 길이는 일곱 치 (약 15센티미터) 정도밖에 되지 않는다. 극히 소형 무기다. 이것을 봐도 조선군이 얼마나 다양한 화기를 사용하고 있었는지 쉽게 짐작이 간다. 이처럼 다양한 무기를 보유하고 있음에도 조선군이 화기를 대량으로 사용하지 못했던 이유는 다른 데 있었다. 화약이 절대적으로 부족했기 때문이다.

10

　당시 화약은 현재 흑색 화약으로 불리는 초보적인 단계의 화약이다. 이 화약은 유황, 목탄, 염초의 세 가지 성분으로 만들어져 있다. 목탄은 가장 흔한 재료이고, 유황은 다소 비싸기는 하지만 자연 상태 그대로를 사용하는 것이라 큰 문제는 없었다. 그러나 가장 중요한 염초는 제조민가의 오래된 구들 밑 먼지나 지붕 밑의 먼지를 긁어 제조하는 것밖에는 달리 알려진 방법이 당시에는 없었다. 염초는 질산 성분이 들어가는데, 공기 중의 질소가 산화되어 정착되려면 먼저 오래 묵어 썩어가는 나무 주변에서 암모니아로 변한 다음 다시 질소산화물로 변하는 단계를 거쳐야 한다. 당시에는 질소를 얻어내는 방법이 자연 상태의 채취밖에 다른 방법을 찾아내지 못하던 때다. 당연히 염초는 상당히 희귀할 수밖에 없다. 이처럼 귀한 화약을 대량으로 사용해 작전을 수행하기란 매우 어려운 일이다. 이런 질소의 정착 법은 근래에 와서는 '공중질소 정착법'이라는 공정으로 가능해진다. 그 이전 제1차 세계대전 때만 해도 칠레초석[14]은 주요한 군수물자 중의 하나로 꼽히기도 했다.

아마 모르긴 해도 세계 최초의 염초를 대량 생산했던 것은 임진란 당시 남해에서 수군을 운용하고 있던 **이순신**이었을 것이다. **이순신**은 나무 먼지에서 얻어지는 염초의 원리를 생각해 나뭇가지와 잎을 끊어 처리하는 방법으로 염초를 수천 근씩 대량 생산하는 방법을 찾아냈다. 이 방법은 아직까지 사용되고 있다. **이순신**의 함대가 화포를 능란하게 사용하여 아군의 피해가 거의 없었다. 그래서 전과를 올리는 전략을 채택할 수 있었던 것은 바로 이 염초의 대량 생산이 뒷받침되지 않았다면 불가능했을 것이다.

"대단히 실례되는 말씀입니다만, 우리 조선군이 여진족을 물

---

14) 칠레초석; 칠레 부근에는 수천 년에 걸쳐 새의 배설물이 쌓여 이루어진 바위들이 있다. 조류는 질소성분을 요산으로 만들어 배설하기 때문에 그 배설물이 뭉쳐 이루어진 바위는 질산으로 바뀌어 그 성분이 강하다.

리친 것과 지금 왜군을 상대하는 것은 입장이 정반대입니다. 날랜 기병 중심의 여진족을 우리가 화약무기를 써서 격파한 것은 주지의 사실입니다.

그러나 지금 더 앞선 화약무기를 대량으로 보유한 왜군에게 기병전술로 상대하겠다는 것은 우리가 여진족의 입장으로 바뀌어 스스로 패배를 자초하는 것이 아니고 무엇이겠습니까?"

김종사이 이렇게 말하자 또 다른 부장이 화를 내며 큰 소리로 말한다.

"여진은 미개하여 철화살촉조차 쓰지 못하는 군대였소 그러나 우리는 수천 년의 역사를 가진 정예 기마병이 아닙니까! 어떻게 그들과 같은 처지로 생각할 수 있습니까!"

신립은 막하장수들의 열띤 토론을 묵묵히 듣고만 있었다.

바로 그때다. 또 다른 부장의 반대의견에 소리 높여 무슨 말인가를 외치려던 **김종사**이 갑자기 끙끙거리는 신음소리를 내며 동시에 그 자리에 픽하고 엎어지는 것이 아닌가! 장수들이 우르르 **김종사** 옆으로 달려온다. 그중 한 장수는 급히 종군 의원을 부른다. 의원이 도착하고 진맥이 시작된다. 의원은 **김종사**이 안 그래도 신열이 있는데다가 언쟁을 벌이느라 몹시 흥분하여 열이 머리로 쏠렸다고 간단히 진단한다. **김종사**은 곧 병사의 등에 업혀 그의 막사로 갔다……. **김종사**이 업혀 나간 후 이번에는 이일이 나서서 조령에 진을 치는 것이 더 유리하다는 것을 강력히 주장한다. 그가 자신의 경험을 바탕으로 조목조목 이야기하자 많은 부장들이 그의 의견에 호응하기 시작한다. 그러나 **신립**의 입에서는 전혀 뜻밖의 말이 터져 나온다.

"제장 여러분! 이만하면 진을 치는 문제는 충분하게 이야기를 나눈 것 같다. 우리는 더 이상 밤새워 논하지 않아도 된다. 여기서 이만 논의를 멈춘다. 그리고 탄금대에 진을 치기로 한다."

그는 결론을 말하고는 곧바로 회의를 종결해버린다. 한시바삐 진군하여 탄금대에 진을 치기로 한 것이다.

이일을 비롯하여 다른 막하 부장들은 말을 더 이상 입 밖에 내지 못했다. 이미 내려진 지휘관의 결론은 뒤집을 수는 없는 법이다. 이제는 원하든 원치 않든 모두가 지휘관을 따르는 도리밖에 없다. 이일은 불안과 두려움에 심장이 쿵쾅대는 것을 억누를 수 없었다.

김종사은 병졸의 등에 업혀 가면서도 알아들을 수 없는 소리를 내고 있다. 자기 자신과 일부 막하 부장들, 그리고 많은 부장들이 함께 동조해주는 주장이 받아들여지지 않을 예감이 **신립**의 얼굴에 드러나 있어 끝까지 탄금대에 진을 치려는 것을 반대하는 소리인지 모른다. 종군의원은 **김종사**의 급작스러운 발작증이 머리까지 치솟은 것은 그의 몸에 높은 열이 있던 차, 갑자기 그가 일으킨 흥분에 의한 신열 때문이라고 간단하게 진단을 내렸던 것이다. 이것은 의원으로서 자기가 갖고 있는 지식, 즉 한의학적 관점에서 진단을 내렸을 테지만, 그런데 알 수 없는 것은 사람의 눈에 띄지 않는 또 다른 작용이 인간을 지배하고 있는 것은 아닐까. 설사 그렇다 치더라도 도대체 무슨 이유에서 그의 입을 통해 내는 말소리를 내지 못하게 하고 발짝을 일으켜 장군의 장막에서 내쫓고 있을까.

참으로 괴이한 일이 아닐 수 없다. 그것이 설사 잡귀의 훼방이라 한들 그것이 속한 나라의 중대사와 위대한 사람의 권위에는 굴복한다는 말도 있지 않은가! 이 같은 불길한 상황이 무엇 때문에 벌어지고 있는 것일까. 막하 부장들은 그 같은 불길한 상황이 조선 전체를 파국으로 몰아가는 것은 아닐까 하는 불안한 기색이 역력하다. 그러나 그럴 리가 없다. 하늘이 엄연히 조선을 보호해줄 것이라고 믿고 있는 터에 그런 일은 결코 일어날 수 없다. 다른 여러 장수는 비장한 각오와 다짐으로 그런 잡스러운 생각들을 떨쳐 버리고 그 같은 생각을 믿으려 하지 않는다.

50여 기마병을 이끌고 **신립**은 남쪽을 향해 행군해가고 있다.
좌우가 맞닿을 지경으로 좁은 이 새재고개를 넘어가면서 종전에 신열이 있어 앓아누워 있던 **김종사**은 어느 정도 높은 열이 가라앉았는지, 일어나 동행하면서 이렇게 말한다.
"장군, 유사시에는 이곳에서 적을 맞아 치면 적어도 일당백은 될 것입니다. 천혜의 요새올시다."
이미 내려진 결정을 진담 반 농담 반으로 우스갯소리처럼 말하면서 **신립**의 마음을 또 떠본다. 그러자 **신립** 역시 농담조로 받아넘긴다는 마음인지 웃으면서 옆으로 고개를 돌려 나란히 말을 타고 가던 **김종사**을 바라다보고,

"허허, 문관인 그대도 그런 것을 다 아시오?"

그러나 그가 이끄는 병사들과 함께 문경에 들어가 보니 성내는 텅텅 비어 있었다. 이때 **신립**은,

"어찌 된 노릇인지 알아보라."

곧이어 부하들은 이일이 종전에 성내의 사람들을 끌어 모아 싸우러 떠난 뒤 다시 돌아오지 않았기에 문경이 비어 있다는 것을 알려왔다.

"음, 안 되겠다. 아직 우리는 준비도 안 되었는데 여기서 적을 맞닥뜨리면 승산이 없다. 전부 퇴각한다."

옆에 있던 **김종사**이 또 나선다.

"장군, 적을 맞아 싸우러 내려오셔서 이대로 퇴각한다는 건 있을 수 없소이다."

"허허, 지금 상황이 여의치 않질 않소. 준비태세를 갖추고 싸워야 승산이 있는 법 아니겠소."

급기야 군사들은 허겁지겁 왔던 길을 되돌아 새재를 다시 넘으려 한다. 새재 초입에서 **김종사**이 다시 한번 제지한다.

"장군, 이 조령에서 적을 기다리소서. 이곳이야말로 우리에게 백이라 해도 적에게 유리한 점은 하나도 없는 곳입니다."

그러나 이미 간담이 서늘해서 도망치는 그가 **김종사**의 말을
들을 리 없다.

"내게도 다 계획한 작전이 있소. 잠자코 계시오."

김종사은 속으로 한탄하지 않을 수 없었다.

'아아, 새재여! 나는 이번 싸움에서 죽겠구나!'

11

4월 26일.

일본군은 상주로 거의 무혈입성하고 있었다. 그러나 험한 새재를 넘어간다는 것이 몹시 두려웠다. 문경현감 신원길은 100여 명의 병사들과 결사의 신념을 갖고 방어하기로 작정하고 대기해 있었다. 시간이 얼마나 지나 그곳에 도착한 것일까.

"이곳이 어디냐?"

일본 장수들은 문경에서 하늘을 찌를 듯 솟아오른 산세를 올려다보며 포로로 잡은 조선인들에게 묻는다.

"새도 울고 넘는다는 문경새재라는 곳이옵니다."

조선인 포로가 대답하자,

"과연 험하기 이를 데 없구나! 군사 숫자가 적어도 지키기는 수월한 데 반해 우리가 적을 치기에는 매우 어려운 곳이 바로 이곳이로구나!"

"분명 조선 군사들이 매복하고 있을 텐데 어찌 이곳을 지나간 단 말이오?"

일본 장수들은 오랫동안 토론한 후에 일단 척후병을 보내기로 했다. 그런데 얼마 후에 돌아온 척후병들이 알려오는 소식은 놀랍다.

"새재 남쪽에 옛 성인 고모성이 있습니다. 여기는 좌도 우도의 경계가 되는 곳이라서 양쪽 산골짝이 묶어놓은 듯하고 가운데는 큰 냇물이 흐릅니다. 그런데 길이 그 사이로 나 있습니다. 이곳에 군사를 숨기면 당해낼 재간이 없을 텐데 어쩐 일인지 개미새끼 한 마리도 보이지 않았습니다."

"뭐라고 아무도 없어?"

"예."

"잘못 본 것이 아니냐?"

"정말입니다."

일본 장수들은 그 말이 믿어지지 않는가 보다. 그들은 두세 차례 척후병을 더 보낸다. 정말 아무 방비 없이 새재를 조선군이 그들에게 넘겨주었다는 것을 알았다.

"으하하하!"

"하하하! 조선에는 과연 인물이 없는가 보구나! 어쩜 이렇게들 어리석단 말이냐?"

"어리석은 조선 놈들 덕에 우리 일만 손쉬워졌소이다."

"아, 통쾌하다. 이는 하늘이 우리를 도와주신 것이다. 누구 없느냐? 노래나 한번 통쾌하게 불러봐라."

그들은 노래를 부르고 춤을 추면서 새재를 쉽게 통과하고 있었다.

적들은 어느새 성을 넘어와 동헌 앞마당까지 밀어닥친다. 그러자 조선 관병은 관복을 벗어던지고 도망가기 시작한다. 신원길은 옆에 있는 막에 오르더니 환도를 빼들고 일본 병을 닥치는 대로 내려치면서 뒤따르는 병사들을 데리고 북쪽에 있는 조령 쪽으로 말머리를 돌리는 순간 적이 쏜 총탄에 말이 쓰러지고 달려드는 적에게 포로가 되고 만다. 신원길은 그의 용감한 태도에 감복한 적장은 일본군에 붙어 부역하는 조선 통역을 불러 항복해 일본군에 협조할 것을 권고한다. 그러나 그는

"도적들에게 항복하는 주인을 보았느냐? 이놈들, 조선 땅과 우리 백성들을 짓밟고는 누구보고 항복을 하라고 하느냐?" 하고 그는 눈을 부릅뜬다. 조선인 통역이 서툰 일본어로 통역하자, 일본 장수는 크게 화를 내어 신원길을 발로 내지르고 일본도로 단칼에 목을 벤다. 그래도 분이 덜 풀렸는지 또다시 몸을 향해 내려친다. 상주 전투는 조선군과 일본군이 이렇게 비참하게 끝을

맺었다. 최후의 장면이 영화의 한 장면처럼 막을 내린 것이다. 고니시의 주력군은 문경에서 신원길을 죽이고.

4월 27일.

새벽, 4시경에 문경을 떠나 하루 종일 조령을 넘어 다음 날 정오에야 단월역 근방까지 진격해 들어온다.

훗날 명나라 장수 이여송[15])이 일본군을 추적하여 이 조령을 지나면서 이처럼 험한 요새가 있었는데도 지킬 줄 모른 **신 장군**은 실로 책략이 없는 사람이라고 말한 바 있다. 그것은 뼈아픈 사실이다. 이여송은 아버지에 못지않은 군사적 재능과 무용을 지녔다. 그는 어려서부터 아버지의 병기兵機를 익혔다. 그는 도독 첨사로 관직을 옮겨 신기영의 우부장右副將이 되었다.

---

15) 李如松
　　이성량의 동생 이성재는 참장을 역임. 그의 아들 이여송, 여백, 여정, 여장, 여매는 모두 총병관을 역임. 여제, 여오, 여계, 여남도 모두 참장까지 올랐다. 맏아들인 여송은 자를 자무子茂라 함.
　　부음父廕으로도 지휘사 동지가 된다. 영원백寧遠伯이라는 아버지의 지위도 물려받는다. 아버지에 못지않은 군사적 재능과 무용을 지녔던 그는 어려서부터 아버지의 병기兵機를 익혔다. 그는 도독첨사로 관직을 옮겨 신기영의 우부장右副將이 됨. 1584 (만력 11)년, 산서 총병관으로 임명되자 급사중 황도첨 등의 부자父子가 동시에 중진重鎮을 지키는 것은 부당하다고 주장한다. 1592년 조선에 임진란이 발발하자 이때 그는 계주薊州, 요동遼東, 보정保定, 산동山東의 모든 군을 통솔하는 제독으로 임명되어 조선으로 출병한다.
　　12월에 그의 군대가 조선에 도착하자 심유경이 일본에서 일본 장수 고시니 유키 나가가 책봉을 바라며, 명나라 군대가 평양에서 북쪽으로 물러나면 대동강을 경계로 삼겠다는 말을 전한다. 이여송은 심유경이 요망한 짓을 했다고 꾸짖고 참수하려 한다. 이때 참모 이응시가 심유경의 말대로 일본을 책봉하고 몰래 기습하는 것이 계책이라고 건의한다. 이여송도 옳다고 여겨 심유경을 병영에 가두고 도강하려고 했다.

12

이여송에 대한 이야기가 나온 터에 그를 통해 일본과의 평양성 탈환을 알아보고 넘어가도 과히 나쁘지 않을 것 같다.

그의 할아버지는 이산군理山郡(禮山)이 고향인 조선 사람이다. 그는 살인죄를 짓고 부부가 중국으로 망명하여 요동 철령鐵嶺으로 가 살았다. 그의 아들 성량이 군에서 공을 세워 좌도독 광령총병廣寧總兵 영하백寧夏伯이 된다. 조부 때부터 중국에 뿌리를 내린 덕에 아버지가 군의 총수가 되고 아들 여송이 영하의 반란을 평정한 공이 있어 명장으로 이름을 얻게 된다. 따라서 동생 여백, 여매, 여장, 여오, 여정 등 모두가 참장 또는 총병관으로 조선에 진출하게 되었다.

1595(만력 21)년 1월 4일.

이여송은 숙련관肅寧館에 도착한다. 이때 일본의 제1군대장 고니시 유키나가는 21명의 막하 부장들을 이여송 부대에 보내 책봉사신을 영접할 것이라고 통보한다. 이여송은 참장 이녕생을 보내 그들을 생포하라고 지시하는데, 그러나 그 사실을 알아챈 일본군이 강하게 저항하자 3명만 잡아놓고 나머지는 놓치고 말았다.

고니시는 깜짝 놀라 심복 소서비를 보내 자세한 내막을 묻게 했다. 이여송은 좋은 말로 위로하고 그들을 돌려보낸다.

1월 6일.

이여송 부대는 이날 평양부근까지 진출한다. 고니시는 책봉사절이 올 것으로 생각해 풍월루風月樓에서 기다린다. 일본군의 부장들은 꽃무늬로 새겨진 옷을 입고 도로로 나와 영접할 준비를 갖추었다. 이여송은 평양 주변에 군대를 배치하고, 명나라군의 장수들은 주변을 빙빙 돌면서 들어가려고 하지 않는다. 명나라군의 의도가 노출되자 일본군은 성벽으로 올라가 완강히 저항한다. 이날 밤 일본군은 이여백의 진지를 습격한다. 다음 날 아침, 이여송은 동쪽을 제외한 삼면을 포위하고 공격하라고 명령한다.

일본군은 평소에 조선군을 무시하는 버릇이 있다. 이여송은 이러한 일본의 심리를 이용해 부장 조승훈[16]에게 적을 속여 유인하라고 지시하고 서남쪽에 군대를 매복토록 한다. 유격 오유충에게는 북쪽으로 나아가 모란봉을 공격하라고 명령한다.

이여송은 친히 대군을 이끌고 동남쪽을 공격한다. 일본군이 활과 조총을 쏘아대자 명나라군은 조금씩 후퇴하지 않으면 안 되었다. 이여송은 이때 가장 먼저 물러난 자를 참수하고, 결사대를 선발, 사다리와 갈고리를 이용, 성벽을 오르게 한다. 일본군은 조선군이 진을 친 남쪽을 노리고 공격하다가 갑자기 조승훈이 이끄는 명나라군이 나타나자 깜짝 놀라서 급히 군대를 나누어 가로막아 방어진을 친다. 이 무렵 이여송은 부장 양원 등을 독려해 소서문小西門을 먼저 점령한다. 잇달아 이여백의 부대가 대서문大西門으로 진입한다. 일본군 화기가 발사되자 순식간에 포연이 하늘을 가린다. 가슴에 총을 맞은 오유충은 아랑곳하지 않고 큰소리로 독전한다. 이때 이여송의 말도 조총에 맞아 쓰러지자, 그는 재빨리 다른 말을 갈아탔지만 다시 추락하자 또다시

---

16) 조승훈[祖承訓, ?~?]

그 명나라 말기의 요동 부총병이다. 임진란 당시 명우군 부총병으로 3,000명의 군사를 데리고 조선에 1차 원병 사령관으로 참전한다. 그러나 제2차 평양전투에서 일본군의 매복술에 크게 패한다. 이후 겨우 수십 기의 병사만 데리고 요동으로 돌아갔다. 그러다가 제4차 평양전투에 다시 부총병으로 참전해 승리한다.

뛰어서 또 다른 말에 오른다. 그런 광경을 지켜본 명나라 군사들은 용감하게 앞으로 진격해 나아간다. 치열한 전투는 어느덧 멈추고 일단 명나라군의 승리로 끝이 난다. 일본군은 1,200명의 군사를 잃고 풍월루를 물러난다. 이날 밤중에 고니 시는 대동강을 건너 용산龍山으로 물러나고 말았다.

참장 이녕생과 부총병 사대수는 정병 3천 명을 이끌고 샛길에 잠복했다가 적 360명을 사살한 전과를 올린다. 19일에는 부총병 이여백이 개성을 수복한다. 잃었던 황해·평안·경기·강원 등의 4개 도가 잇달아 수복된다. 함경도로 갔던 가토 기요마사도 서울로 퇴각하고 만다. 생각보다 쉽게 일본군을 물리치자 명나라군은 적을 소홀히 여긴다. 27일에 명나라군은 서울을 향해 진군하는데, 조선에서는 적이 서울을 포기할 것이라고 전해온다.

이여송은 그 말을 믿고 경기병만 거느리고 서울에서 30리 지점인 벽제관碧蹄館까지 진격해간다. 그러나 벽제관에는 일본군의 노장 고바야 다카가게의 부대가 기다리고 있었다. 이여송의 경기병이 들어오자 일본군은 사자 떼가 누 떼를 만난 듯 이여송의 부대를 여러 겹으로 에워싼다. 포위된 이여송은 부하들을 독려하며 전력을 다해 대항한다. 금빛 갑옷을 입은 일본 장수가 이여송을 잡으려고 하자 지휘 이유성이 죽음을 무릅쓰고 구출해내려 혼신을 다 쏟는다. 이여백과 이경 등이 달려와 협공하고, 이

여매가 이여송을 공격하던 일본군 장수에게 활을 쏜다. 적장이 말에서 떨어지자 양원까지 달려와 포위망을 뚫는다. 결국 일본군이 물러났지만, 명나라군은 수많은 병력을 잃고 말았다. 마침 비까지 오랫동안 내려 말을 달리기가 어려웠다. 일본군은 북악산과 한강이 북쪽과 남쪽으로 가로막혀 있는 서울로 들어간다. 서울의 부근에는 커다란 나무가 우거져 있다. 성 주위에는 높은 누각이 많아서 활을 쏘아도 명중시키기가 어렵다. 결국 이여송은 개성으로 물러난다.

2월 16일(음력).

밤이 되자 일본군 20만 명이 또 조선으로 들어온다는 첩보가 있다. 이여송은 양원에게 평양으로 물러나 대동강을 가로막을 준비를 하는 동시에 퇴각하는 명나라군이 먹을 양식을 준비하라고 명령을 한다.

이여백은 보산寶山에 주둔해 성원을 하고, 사대수는 임진臨津에, 이령과 조승훈은 개성에 주둔한다. 이여송 자신은 상황에 따라 동서를 오가며 지휘하기로 하고, 조선 주둔 일본군 총사령관 우키다 히데이에가 용산龍山에 군량미 수십만 석을 비축했다는 소식을 들은 이여송은 사대수에게 비밀리 결사대를 동원해 불을 지르게 한다. 곡물이 불타 소실대자 일본군은 어이없게도 군량미가 떨어져 굶주리게 된다.

처음에 명나라군은 평양에서 승리한 후에 기세가 등등해 책봉공사에 대한 일은 없었던 것으로 간주한다. 그러나 벽제관에서 대패한 그는 기세가 한층 꺾이었다. 경략 송응창도 이 전쟁을 오래 끌려고 하지 않았다.

이 무렵 남해에서는 **이순신**이 일본 해군을 완전히 제압하고 있었다. 경상도와 전라도에서는 의병이 일본군을 심히 괴롭히고 있고, 그런 어려운 상황에서도 일본군은 바다로 군수물자를 운반하려던 계획이 무산되자 육로를 이용하려고 했으나, 그것도 여의치 않았다. 게다가 용산의 군수기지마저 사대수의 명나라군에 의해 불타버리자 보급이 곤란해진 일본군은 그냥 물러가려고 한다.

그때 평양에 갇혀 있던 심유경[17)이 다시 일본군의 진영으로 파견된다.

일본은 심유경에게 이같이 화평을 위한 협상 조건을 내건다.

---

17) 沈惟敬[?~1597]
　　명나라의 사신. 그는 절강성浙江省 가흥嘉興에서 출생. 명나라에서 상인으로 활동했다가 1592년 임진란 때 조승훈이 이끄는 명나라 군대를 따라 조선에 들어온다. 평양성 전투에서 명나라 군이 일본군에게 대패하자 일본과의 화평을 꾀하는 데 역할을 했다. 평양성에서 신기삼영유격장군神機三英遊擊將軍의 신분으로 일본의 고니시 유키나가와 만나 화평 협상을 추진했으나 실패한다. 하지만 겨울이 되면서 일본군도 현지에서 식량을 조달하는 것이 점점 어려워지고 궁지에 몰리기 시작한다. 또한 **이순신**의 남해 제해권 장악으로 일본으로부터 보급도 어려워진다. 이듬해 협상을 재차 진행하였지만 여전히 양측이 제시한 협상조건은 타협이 불가능하다.

1. 명나라 황녀를 일본 천황의 후궁을 삼는다.
2. 무역증서 제도를 부활한다.
3. 일본과 명나라 양국 대신이 각서를 교환한다.
4. 조선 8도 가운데 4도를 일본에 이양한다.
5. 조선의 왕자와 신하를 볼모로 일본에 보낸다.
6. 포로로 잡고 있는 조선의 두 왕자를 석방한다.
7. 조선의 권신이 일본을 배반하지 않겠다는 서약을 한다.

일본의 이 같은 조건에 반해 명나라의 조건은 더 강렬하다.

1. 일본군은 조선에서 완전히 물러가야 한다.
2. 조선의 두 왕자를 송환해야 할 것이다.
3. 도요토미 히데요시가 이번 전쟁을 공식적으로 사죄해야 한다.

심유경은 두 나라의 상반된 협상조건을 무시하고 명나라 황제에게 "도요토미 히데요시는 일본의 국왕으로 책봉되기를 바라며 그렇게 된다면 신하로서 조공을 바치겠다"는 내용으로 조작 변경해 명나라 황제로부터 협상을 허락받는다. 심유경은 명나라 황제가 히데요시에게 보내는 일본 국왕 책봉 국서를 가지고 일본으로 건너갔다. 나고야성에서 히데요시를 만나게 된다. 국서를 받은 히데요시는 격분한다. 이로써 명나라와 일본 양국 사이에 심각한 불신만 초래하는 결과를 낳게 되었다. 평화 협상이 실패로 돌아가자 일본군은 1597년 다시 조선으로 출병해 정유재란을 일으킨 것이다. 정유재란은 명나라로 쳐들어가는 것이 목적이 아니라 조선의 남부 지방을 침탈하는 것이 목적이다. 심유경은 감금되었다가 석방되었고 또다시 일본과 평화 교섭을 진행했으나 이것마저 실패로 돌아가자 일본으로 망명을 기도하다가 경상북도 의령 부근에서 명나라 장수 양원에게 붙잡혀 처형되고 만다.

13

마침내 일본군이 서울에서 물러나고 이여송과 송응창이 입성한다. 한강을 건너 후퇴하는 일본군의 경계태세가 만만치 않자 이여송은 감히 공격을 하지 못한다. 일본군은 부산까지 후퇴해 병영을 구축하고 장기전에 돌입할 준비를 갖추고 있다. 일본의 이런 상황을 안 명나라 조정에서는 갑론을박으로 회의가 시끄러워진다. 일본군을 계속 공격하지 말아야 된다는 주장에 유정 한 사람만이 반대한다. 중국 내각의 수보 조지고[18)도 철군과 강화 외에는 다른 대책이 없다고 해 석성[19)의 주장을 지지한다. 여러

차례 상소해 국가의 근본을 안정시키고 광세鑛稅를 폐지할 것 등
을 논한다. 황제가 높이 평가했지만 그 이상의 조치는 없었다.
나이가 들고 나약하다 하여 조사朝士들에게 경시되고 사방에서
비난이 일자 분노를 참지 못하고 사직해버린다. 신종은 다른 사
람들의 의견을 듣지 않고 12월에 유정의 천병川兵을 수비군으로
남기고 나머지는 모두 철군해버리라고 명령을 내린다. 그러나
조지고의 판단은 결정적인 실수다. 강화협상을 이용해 잠시 숨
을 돌려 일본군은 1597(만력 25)년 정월에 다시 조선을 침략해 들
어온 것이다.

---

18) 趙志皐[1524~1601]
　　명나라 절강浙江 난계蘭溪 사람. 자는 여매汝邁. 1568(隆慶 2)년 진사가 되고, 편수編
　　修에 올랐다. 만력 초에 시독侍讀에 올랐다. 상소하여 오중행과 조용현을 구하고,
　　오중행 등이 장거정의 잘못을 논한 상소를 사관史館에 보내기를 청했다가 장거정의
　　미움을 사 적관謫官당한다. 장거정이 죽은 뒤 재기하여 이부시랑吏部侍郞까지 올랐
　　다. 1591(융경 19)년 신시행이 퇴직하면서 그와 장위로 대신할 것을 천거했는데, 예
　　부상서禮部尙書 겸 동각대학사東閣大學士에 올라 기무機務에 참여한다. 다음 해 수보
　　首輔가 된다. 얼마 뒤 건극전建極殿에 나가고. 황제가 만류했지만 병이 이미 깊어 업
　　무를 볼 수 없다고 하면서 힘써 상소해 광세를 없애고 건저建儲할 것을 주청. 집에
　　서 죽었다. 시호는 문의文懿. 저서에는 『영동산방집靈洞山房集』과 『내각주제고內閣奏
　　題稿』, 『사유고四遊稿』가 있다.

19) 石星
　　자는 공신拱宸. 명나라 신종 때 병부상서.
　　지금 사람들은 입만 열면 1592년에 명나라 군사가 우리나라로 나오게 된 것은 그
　　공이 오로지 석성 한 사람에게 있었으니, 재조라는 은공은 오직 석성에게만 해당된
　　다고 했다.
　　심유경 같은 자는 본래 무뢰배無賴輩로 일본의 사정을 익히 알았던 까닭에, 석성이
　　신종에게 주달, 심유경에게 유격장군을 제수시켰으니, 그것도 결코 조선을 위해서
　　이지 딴마음이 있었던 것이 아니다. 평양에서 용만龍灣까지는 아주 가까운 거리이
　　므로, 만일 심유경이 날짜만 약속해놓고 부동하지 않았던들 일본은 한 걸음 더 들
　　어오게 되고 대가大駕(임금의 가마)는 반드시 압록강을 건넜을 것이다.
　　이보다 앞서, 본조本朝의 종계를 개정할 때에도 역관 홍순언이 석성의 애희愛姬(부
　　인)에게 부탁해 나라의 명예를 빛내는 공훈을 이루었으니, 그의 은혜 또한 막대한
　　것이다.

명나라 조정은 병부상서 형개, 첨도어사 양호, 마귀 등에게 군사를 주어 다시 조선에 지원군을 파병한다. 그해 12월, 양호가 일본군과 싸워 대패하고 1만여 명의 병력을 잃자 중국 조정은 그를 파면해버린다. 조선에 출병한 양호가 패전을 거듭하자, 조지고는 중국 조정의 공격대상이 된다. 당시에 화의를 주장했던 병부상서 석성도 양호가 패전한 후에는 조지고와 마찬가지로 탄핵을 받는다. 석성과 조지고가 가깝다는 것을 안 명나라 조정신하들은 석성을 공격하는 것이 조지고를 공격하는 것이나 다름없다고 생각한다. 조지고는 잇달아 사직서를 올렸지만 신종은 허락하지 않는다. 조선 주상이 이미 나라를 버리고 가게 되었다면 민정民情이 장차 어느 지경에 이르렀을까. 중국 조정에서는, "중국으로서 한 외번外藩을 위해 재력을 탕진할 수는 없으니, 마땅히 조선국을 둘로 나눈 다음 적을 능히 막을 만한 자를 골라서 맡겨주는 것이 좋겠다"라는 의논이 많았다. 이는 중조 사체로써 말하면 좋은 계책이 아니라 할 수도 없다. 그런가 하면 "조선이 일본을 끌어들여 중국을 침략하도록 했다" 하여, 여러 입이 떠들어댈 때에도, 석성이 또 그렇지 않다는 것을 역설하면서 온 가족의 목숨으로 보증했기 때문에 천병天兵이 비로소 조선으로 나오게 되었던 것이다. 그가 전후로 적극 노력해 조선에 큰 은덕을 입혔는데, 나중에 심유경과 함께 죽임을 당한 것은 오로지 조선 일로써 죄책을 입은 것이다.

이항복이 연경에 갔을 때 석성의 문인 양씨楊氏라는 자가 찾아와서, "귀국에서 그분을 위하여 한마디의 해명이라도 해주기 바란다"고 간청했다. 그러나 조선에서는 가만히 보기만 할 뿐, 한 사신도 보내어 그의 억울함을 변명해주지 않았으니 무슨 이유였을까?

그 당시에 천자天子가 절浙·섬陝·호湖·천川·운雲·귀貴·면緬 등 남북 지방의 군사를 출동시킨 것이 21만 명이 넘었다. 군량을 사들이는 데 쓰인 은銀만도 8백83만 냥이 넘었다. 이로써 남쪽 백성들의 재력이 거의 탕갈蕩竭되었으니 이것이 어찌 조선 한두 명의 신하가 하소한 힘으로 될 일인가? 모두 석성의 힘이었던 것이다.

그때 만일 석성 같은 이가 죽음을 무릅쓰고 나서서 다투지 않았다면 이 의논이 반드시 통과되었을 것이다. 이 일을 생각하면 그의 은공이 망극罔極(임금이나 어버이의 은혜가 워낙 커서 갚을 길이 없다)할 만했다.

석성은 군주를 기만했다는 죄명을 주었으나, 신종은 조지고에게는 책임을 묻지 않았다.

철군한 이여송을 일본과 화친으로 나라에 치욕을 가져다주었다고 탄핵했지만 황제 신종은 이를 불문에 부쳤다. 결국 병부상서 석성은 패전한 장수들과 조선으로 귀화해 조선으로부터 극진한 대접을 받는다. 그 후손은 대대로 조선에서 뿌리를 내려 살아가고 있다.

14

신립이 이끄는 부대는 결국 아무 소득 없이 충주로 돌아가 싸울 준비를 한다고 부산했다. 지각이 있는 사람들은 험한 곳은 내버려 지키지 않으면서 호령만 요란했다고 증언한다. 그렇게 소란스럽게 지껄이는 장군을 보니 패할 것이 자명했다고도 한다.

유성룡은 그 뒤 그때의 실책을 거울삼아 이곳에 관문을 쌓았다. 우륵이 제자를 가르쳤다는 천하의 절경 탄금대[20] 앞의 남한

---

20) 彈琴臺; 1400여 년 전 신라 진흥왕 때에 가야국의 우륵(조선의 3대 악성 중 한 사람)이 이곳에서 가야금을 타면서 망해버린 가야국의 한을 달랬다는 전설이 있다. 1592년 임진란 때 신립 장군이 이곳에 배수진을 치고 8,000여 명의 군사와 함께 일본군

강과 달천은 서로 연인처럼 부드럽게 만나 유유히 흘러내리고 있었다.

새벽, 먼동이 떠올랐다. **신립**은 군사 8,000명을 이끌고 충주를 떠나 탄금대로 향한다. 그는 탄금대에 올라 왕에게 올리는 글을 쓴 뒤, 군사를 거느리고 나아가 두 강 사이에 진을 친다. 죽기를 각오하고 싸워 이기겠다는 배수진이다.

김종사가 주위를 살펴보고는 또 말한다.

"장군, 이곳은 왼쪽과 오른쪽에 논이 있고 물풀이 뒤섞인 습지여서 말을 달리기가 불편합니다. 자리를 옮기소서!"

"허어, 이게 바로 배수진이라는 게요. 죽기를 각오하고 싸우는데 그까짓 거가 문제가 되오?"

이윽고 그는 군사들을 독려하며 말한다.

"이제 우리는 물러갈 곳이 없다. 이곳, 뒤에는 강이고 앞에는 적이다. 오로지 적을 무찌르고 이기는 길만이 살길임을 명심하여 싸워라!"

8천 명의 군사들은 두려움에 떨었지만 도망가는 자들을 붙잡아다 사정없이 참수하는 **신립**이 무서워 꼼짝할 수가 없다.

남한강과 달천이 합류하는 중간 지대인 습한 곳에 진을 친 **신립**은 적이 산 쪽에서 나타나기를 기다리고 있다. 정오가 되어서야 비로소 일본군이 나타나기 시작한다. 고니시 유키나가가 다

과 싸우다가 장렬하게 전사한 역사적인 장소.

른 장수들과 함께 말에 올라타고 앞서 오고 보병부대가 뒤를 따라오는 모습이 멀리서 보인다.

탄금대 전투에 참전한 일본군의 병력은 고니시가 주력군으로 7,000명, 우익대장 마츠우라 시게노부 2,000명, 좌익대장 다이라노 히라요시가 6,500명, 모두 15,500명이다. 일본군 예비대 3,200명은 충주성을 점령하러 그쪽으로 진군했다.

고니시는 두 장수를 불러 "제장들은 들으시오, 지형을 보니 북쪽은 강이고 조선군이 진을 치고 있는 곳은 뒤로 강을 배수진으로 삼고 있는 것을 보니 조령에 복병을 두고 있지 않는 이유가 있는 것 갔소. **신립**이 북쪽 여진족과의 전투에서 써먹은 방법을 이곳에서 써먹으려는 모양인데 지금까지의 성을 점령하는 식의 전투로는 아니 되겠소. 적의 주력 기병이 나옴과 동시에 저들 우측을 우익군이, 적의 좌측은 좌익군이 포위하도록 하고 내가 중앙을 맡을 것이오. 절대 우리 군이 먼저 좌우익으로 포위하는 것 같은 인상을 주어서는 안 되오. 토끼처럼 적을 중앙으로 유도해 호랑이처럼 좌우익이 나가면서 덥석 적을 섬멸해야 하오."

우익대장 마츠우라 시게노부는 "우리는 기병이 없고 대부분이 보병인데 어떻게 적을 포위합니까?"
라고 문제를 제기하자 고니시는
"그러니까 전쟁이지, 지금 우리가 이곳에 군사훈련을 하러 온줄 아시오? 우리에겐 저들이 없는 조총이 있지 않소이까."

마츠우라는 더 이상 아무런 대꾸를 하지 못하고 있다가 제각
각 자기 위치로 나가 대기 상태로 들어간다.

시간이 얼마나 흘렀을까. 이윽고 일본군이 길을 나누어 가까이
에서 공격해온다. 그 기세는 급조한 조선군과는 비교가 안 된다.

질풍노도처럼 밀려오는 그들의 모습은 마치 지옥의 사자들이
끝나는 날 몰려드는 것 같다. 비바람이 몰아치는 것과도 같았다.
그들은 들판을 까맣게 개미 떼처럼 덮으며 몰려오고 있다. 조선
군사 가운데서는 겁에 질려 그 자리에서 주저앉아버린 자도 있다.

일본군은 산을 따라 동쪽으로 오는 부대와 강을 따라 내려오
는 부대로 나뉘었다. 기선을 제압하기 위해 쏴대는 총소리가 땅
을 진동시키는가 하면 하늘을 뒤흔들어댄다.

그들이 쏘아대는 포연은 주위에 검은 안개를 일으킨다. 그것
은 흑기黑氣를 몰고 다니는 악한 귀신과도 같다. 몸이 검고 눈이
푸르고 머리털이 묶인, 사람을 잡아먹는다는 귀신.

"흔들리지 마라! 적은 별개 아니다. 힘껏 싸우라."

신립은 군사들이 당황하는 기색을 알아차리고 부하들을 독려
한다. 그러나 이미 기가 꺾인 군사들을 그가 혼자 위무할 수는
없다.

그는 비장한 각오로 조선군 기마부대의 선두에 서 있다……
자신이 스스로 선봉에 서 있는 것이 군의 사기를 드높이는 데에
도움이 된다고 생각했다.

이 부대마저 패한다면, 도성인 한양까지 일본군을 막을 조선

군 부대는 없다.

'내가 패한다면 모든 것이 끝장이다.' 그는 속으로 중얼거리면서 북방에서부터 거느려왔던 자신의 정예 기마부대를 생각 깊게 바라본다.

그들은 모두 비늘을 겹겹으로 두른 갑옷인 두꺼운 두정 갑으로 일본군의 총알을 막을 수 있도록 중무장했다. 그들은 모두가 번쩍이는 눈빛으로 보아 필승의 결의에 차 있는 것 같다. 그러나 수효는 많지 않다. 완전무장한 정예 기병은 오십이 넘지 않았다. 그중에서도 급히 끌어 모아 말에 태운, 정식 기마 훈련을 받지 못한 병사가 이십 명이 넘는다.

'수천 년 역사의 조선군 기마부대가 이제는 겨우 이것뿐이라니…….'

그는 남모르게 한숨을 내쉬면서 총포부대를 사열한다. 소포의 승자총통으로 무장된 총병력이 이십여 명, 그리고 대완구총통이 세 문인데, 이것은 조선조의 가장 큰 쇠붙이 화포다. 그 직경이 30센티미터가 되는 쇠 혹은 돌로 만들어진 둥근 탄환이 발사되곤 한다.

그리고 소완구총통이 다섯 대, 신기전[21]을 쏘는 화차 두 대가

---

21) 神機箭; 1448(세종 30)년에 제작된 병기인데, 고려 말기에 崔茂宣이 화약국에서 제조한 로켓형 화기인 走火를 개량한 것이다. 大神機箭, 散火신기전, 中神기전, 小神기전 등 여러 종류가 있다.
    병기도해兵器圖解의 기록에는 신기전에 대한 내용은 세계에서 가장 오래된 로켓 병기의 기록이다. 대신기전은 총 길이 5,583밀리미터, 안정막대 길이는 5,310.8밀리미터다. 지금의 로켓 엔진에 해당하는 약통은 길이 695밀리미터, 직경 102밀리미터, 두께

있다. 북방 싸움에서는 이 것 외에도 많은 포를 사용할 수 있었지만, 대부분이 너무 무거웠다. 그리고 성에 설치된 고정 장비들이어서 끌고 올 수도 없다. 그뿐만 아니라 화약의 재고도 충분하지 못하다. 재원은 대나무로 만든 화살대의 윗부분에 한지로 만든 약통을 부착하고, 폭탄에 해당하는 방화 통을 약통 위에 올려놓고 도화선을 약통과 연결해 신기전이 목표지점에 가까워지면 자동으로 폭발하도록 설계되어 있었다. 약통에는 화약을 채우고 바닥에 지름 37.5밀리미터, 크기의 구멍을 뚫어 화약이 연소되면서 가스를 분출시켜 로켓처럼 날아갈 수 있도록 했다. 사정거리는 약 2킬로미터에 달한다. 병기도설에 의하면 신기 전기는 직경 46밀리미터의 둥근 나무통 100개를 나무상자 속에 7층으로 쌓은 것으로 이 나무 구멍에 중·소신기전 100개를 꽂고 화차의 발사 각도를 조절한 후 각 줄의 신기전 점화 선을 모아 불을 붙이면 동시에 15발씩 연속으로 100발이 발사되었다.

16.2밀리미터, 내경 63.1밀리미터, 분사구멍 직경 37.5밀리미터다. 세종 때, 90개가 제조되어 의주성에서 사용된 기록이 있다.

산화신기전은 총길이와 안정막대 길이가 5,310.8밀리미터로 같고, 약통의 제원은 대신기전과 같으나 발화통을 변형해서 윗부분이 地火와 發火를 함께 넣어 적을 혼란에 빠뜨릴 목적으로 사용된다.

중신기전은 총길이 1,455밀리미터, 안정막대 길이는 1,406밀리미터이며 약통은 길이 200밀리미터, 직경은 28밀리미터, 두께 5.7밀리미터, 내경 16.6밀리미터, 분사구멍 직경 7.2밀리미터다. 약통과 발화통의 구조는 대신기전과 같은 구조로 만들어졌다.

소신기전은 총길이 1,152밀리미터, 안정막대 길이는 1,103밀리미터이며 약통 길이는 147밀리미터, 직경이 22밀리미터, 두께는 4.2밀리미터, 내경은 11.6밀리미터, 분사구멍 직경 4밀리미터다. 신기전 가운데 가장 작은 형태로서 대신기전, 중신기전과는 달리 폭발물이 저장되어 있지 않다. 사정거리는 중신기전이 150미터, 소신기전은 100미터. 1451(문종 1)년 화차가 제작된 이후로는 화차의 신기전에서 주로 발사했다.

15

 신립은 이어서 보병부대를 사열한다. 7천이 넘는 수하 군졸 가운데 대부분을 차지한 것이 바로 이 보병이다. 이들은 정예의 군졸뿐 아니라 도성 내의 포졸, 문지기, 지원병, 갓 징집된 농군이 뒤섞인, 그야말로 오합지졸의 병력이다. 이 병력이 어떻게 싸워주느냐에 따라 승패가 결정 난다고 생각하니 그는 한편 우울한 기분이 들기도 했다.

 "모두 들어라!"

 그는 부대의 사기를 진작시키기 위해 큰 소리로 외친다.

"이 싸움은 반드시 이겨야 한다. 우리가 여기서 물러서게 되면 한양이 왜놈들의 말발굽에 짓밟힌다. 임금이 계시는 도성이 왜놈들에게 짓밟히게 된다는 말이다. 그러면 임금과 궁궐은 어찌 되겠느냐? 우리는 결코 물러설 수 없다. 그래서 이곳 탄금대에 배수진을 치게 된 것이다. 우리의 뒤는 깊은 강물이 흐르고 있다. 우리는 물러설 곳이 없다. 물러서도 죽음이 있을 뿐이다. 모두 죽기를 각오하고 싸우면 반드시 승리할 수 있을 것이다. 우리 조선 땅을 짓밟는 흉악한 왜놈들을 반드시 물리쳐야 한다."

그의 말이 끝나기가 무섭게 병사들은 환호성을 지른다. 비록 오합지졸일망정 조선을 침략해온 일본 적들에 대해서는 모두 깊은 원한의 감정을 품고 있었다. 이때 병사들의 사기는 하늘을 찌를 것 같다. 그는 이럴 때 일본 병들이 갖고 있는 조총에 대해 일반 병사들에게 알리는 것이 좋겠다는 생각이 들었다.

"왜병들은 조총이라고 하는 화약무기를 대량으로 가지고 있다. 그러나 겁먹을 필요는 없다. 조총이라는 것이 우리가 가지고 있는 승자총통보다 못한 소형 무기다. 그 소리라든가 위력 면에서는 승자총통이나 큰 화포인 대완구총통과는 비교가 안 될 정도로 밋밋한 것이 조총이다. 제법 소리가 난다고는 하나 총탄이 눈에 잘 띄지 않을 정도로 작은 밭 콩알 남짓 되는 것이다. 그것이 꼭 쏘는 대로 맞느냐 하면 그렇지도 않다는 것을 여러 병사는 알아야 한다. 그러니 우리가 겁먹을 이유가 무엇이 있겠느냐?"

그가 외친 말은 조금 과장되긴 하나 병졸들의 사기를 북돋기 위해 어쩔 수 없는 과장법 언사를 사용한 것이다.

일본군의 주력화기인 조총(화승총)은 사실 포르투갈에서 들여온 것이다. 실제로 군편성에서는 조총병이 부대의 20%를 차지하고 있다. 화승에 불을 댕겨 화약통에 불이 붙어야 그 충격으로 총알이 튀어나가게 되는 성능을 갖고 있다.

화승총의 사정거리는 50미터 이내지만 실제로는 '적의 얼굴에 있는 지점까지 보일 때' 사격해야만, 효과를 거둘 수 있다. 훨씬 후대에 유럽에서 쓰인 머스켓(화승이 아닌 부싯돌 발화장치를 가진 총) 부대의 활용법은 양 부대가 줄지어 가깝게 접근한 후 마주 보고 서로 총탄을 교환해야 교전이 이루어진 것이니 완전한 기능이라고 보기에는 무리가 있다.

그러나 화약무기의 위력을 제대로 알지 못하는 일반 군졸들은 장군의 말이 무색할 정도로 잠시 술렁거린다. 그는 입술을 깨물고 총포부대의 별감을 불렀다.

"화차에 신기전 스무 발을 장치하여 왜적에게 발사해라!"

그는 다시 병사들 쪽으로 몸을 돌리고 소리친다.

우리 조선의 무기를 보면 왜병들이 더 이상 겁나지 않을 것이다. 보라! 이것이 우리가 보유한 화차며 신기전이다."

그가 명을 내리자 별감은 신기전 스무 발을 발사한다. 신기전이란 길게 불을 뿜으며 날아가는 화살로 화차라고 불리는 거치대에 몇십 발을 꽂아놓고 연속으로 발사하는 화기인데 현대무기로 다연장 로켓포에 해당하는 무기다.

북방의 여진족들은 이 신기전을 보기만 해도 겁에 질릴 정도로 비록 명중률은 희박하다고는 하지만 한 지역을 거의 제압할수 있는 당시로서는 막강한 화력을 가진 무기임엔 틀림없다.

사실, 그는 이러한 무기를 잘 운용하기로 소문이 난 장수다. 그러나 승자총통 등 당시의 개인용 작은 화기는 대량으로 생산되지 못했다. 강선腔線, 즉 탄환이 회전하면서 나가게 하기 위해 총구의 구멍 안에 장치한 나선의 홈이 없는 무기다. 그런 장치가 되어 있지 않아 탄환은 일직선으로 나가게 되어 있다. 정조준 없이 쏘아진 탄환의 명중률이 높을 리가 없는 것은 당연하다.

그래서 개인용 화기를 다량으로 사용한다는 것은 비효율적인 것이라고 생각했다. 그보다는 규모가 큰 화기로 적의 기세를 꺾은 후 기병으로 접전하는 것이 가장 효과적인 전술이라고 그는 굳게 믿고 있다.

신기전에 화수火手가 불을 붙이자, 신기전은 긴 불꽃과 연기를 뿜으면서 펑 펑 펑 연속적으로 날아간다. 평범한 농민들의 눈에 그것은 상상도 할 수 없었던 무서운 무기다. 이런 무기를 보유하고 있다면 겁을 낼 것이 없다는 생각에 군사들은 사기가 충천하다.

"와!"

군사들의 함성을 듣고 그는 만족해한다. 마지막이 될지도 모르는 훈시를 다시 시작한다.

"비록 왜군들에게 조총이 있다고는 하나 겨누는 대로 맞는 것은 결코 아니다. 우리 모두가 한마음 일체가 되어 죽기를 각오하고 돌격하라. 뒤에서는 화포를 쏘아 조총을 든 소총수들을 와해시키고 바로 기병부대가 앞장서서 돌진할 것이다. 그 뒤를 이어 보병이 돌격하면 적진은 무너질 것이다. 남은 것은 왜병들의 목을 따는 것뿐이다. 적의 수급을 벤 자는 나라에서 포상할 것이니, 모두 나라를 위해 힘껏 싸워 많은 공을 세우도록 하라!"

16

　훈련되고 잘 조직화된 몇 만이나 되는 일본군사의 병력과 그들이 지닌 실용적인 소화기에 비하면 조선은 8천 정도밖에 안 되는 대다수 훈련이 안 된 병졸들과 조총에 비해 실용성이 떨어진 무기로는 아무래도 열세였던 것이 분명하다. 이런 상황에서 그들이 충신이 아닌 일반 병사들의 사기를 북돋아주기는 어떤 방법을 동원하더라도 어려운 일이다. 그럼에도 그는 충의로써 몸을 내던지려는 일념을 쏟고 있다. 그의 훈시는 병졸들에게 강한 힘과 용기를 불어넣는다. 신명을 내걸었으니, 불사불멸한 그의 영혼이 깃든 훈시다. 그의 호소력은 병졸들 개개인의 가슴에 그의 충혼을 불어넣는 강렬함이 있다.

병졸들의 환호성이 또다시 터져 나온다.

그는 맞은편 멀리 떨어지지 않는 위치에 있는 고니시의 진을 말없이 바라보고 있다. 조선군의 진영보다 압도적이었고 병력 수도 세 배는 넘을 것 같다.

"진군!"

그는 큰 소리로 외침과 동시에, 몇 문 되지 않는 화포의 엄호를 받으며 기마대를 몰아 수만의 일본 병들이 우글거리는 적진을 향해 돌격해 나아간다. 그 뒤를, 제대로 훈련도 받지 못한 보병들이 의기만을 앞세워 드높게 고함을 지르며 뒤따라 질주해간다.

진중의 문이 열리고 조선군 최후의 기마대와 2차 보병들이 밀물처럼 기마대의 뒤를 따라 일본 병들의 진지로 돌입하기 시작한다.

그의 전술은 나름대로 신중함에서 나온 것이다. 그러나 미처 예상하지 않았던 결점들이 속속 드러나기 시작한다. 조선의 기마병들은 두터운 두정 갑으로 무장하고 일본군 진영으로 돌입하는 데는 일단 성공을 거둔다. 오랜 역사 동안 면면히 내려온 조선 기마병들이기에, 그 수는 아주 적었으나 무서운 투혼으로 싸워 일본군의 방어진 일부를 허물고 돌입하여 많은 수의 적군을 살상한다. 그러나 이것은 커다란 강에서 쪽박으로 물을 퍼내는 것과도 뭣이 다르랴! 아무리 조선 기마병들이 죽기를 무릅쓰고 돌진한다 한들 수만에 달하는 일본 병들의 수는 별로 줄어들지 않았다. 더구나 일본군을 지휘하는 고니시 유키나가는 녹록한 장군이 아니다. 이 고니시는 조선 침략 일본군 제1진 부대 장수다. 전쟁이 끝난 후에 알려진 이야기이지만, 그는 드물게도 기독교사상을 따랐던 사람이다. 가토 기요마사에 비해 인정이 많은 사람이다. 이 전투가 아닌 차후의 일이지만, 그는 조선 서쪽을 향해 진군해왔기에 항상 **이순신**의 공격에 보급로가 끊겨 고전하게 되는 불운한 장수다. 그는 군사를 모두 합해 4만 명을 이끌고 진격해 들어왔지만, 행주산성도 끝내 함락시키지 못한 비운이 뒤따르곤 했다. 평양까지 진격하여 일단 평양성을 무너뜨리지만 얼마 못 가 그곳마저 조선과 명나라 군사로 이루어진 연합군에게 의해 성을 다시 내주어야 했다.

처음에 그는 **신립**의 전술에 의표를 찔린다. 수적으로는 적은 조선군이 막상 강력한 공격을 해올 줄은 몰랐다. 숫자가 적은 병력으로는 요령껏 방어를 해도 어려운 전술이거늘 어찌 저리 안하무인으로 돌격해올 것인가. 고니시의 생각은 미처 거기까지 미치지는 못했다.

특히 조선 기마부대는 강력한 공격으로 돌진해오는데, 미처 그들이 조총을 쏘아 조선기병의 진로를 막고 그들의 보병 또는 기마병이 출동하여 대적하기도 전에 그들의 진지에까지 돌입하여 많은 사상자를 낸 것이다.

조선 기마병들의 무예는, 수십 년 동안 전란을 치러 얻어낸 것이다. 흉포해질 대로 흉포해진 일본 병들의 무예에 비해 전혀 뒤지지 않는다. 사실 당시 일본의 사회 상황으로 보아 비록 오랫동안 전란을 치르기는 했다지만 체계적인 무술이나 병법의 교육이 일반화된 것은 아니다. 약간의 검술이나 창술의 기회를 가지고도 일부가 병법자라 일컬으며 그 기화로 밥을 먹고 사는 자들이 더러 있었다. 그러기에 일본 병들은 체계적인 교육이나 조련보다는 실전에서 닦은 몸놀림과 강한 담력을 주 무기로 삼고 있다. 일대일 싸움의 기회보다는 전술적인 훈련에만 주로 길들여져 있다. 그러기에 검술이나 기마술 등의 정통 군사무예의 소양에 대해서는 정규훈련을 받은 조선군보다 당연히 뒤질 터다……. 그것은 실전을 치른 경험의 유무에서 비롯되는 것이다. 일본 병들은 자기네가 많이 다치고 죽어나가는 데도 더욱 기를 쓰고 짐승처럼 포악하게 달려들었다.

그들은 조선군의 화려한 기마전술에 조금도 주눅이 들지 않는 것 같다. 그들도 기마부대가 있었으나 조선군과의 단병접전[22]에서는 승리할 수 없다. 창이나 칼 등의 간단한 것을 들고는 가까이 접근해 싸움을 걸어오기가 어렵다. 그들의 갑옷은 주로 가죽에 물을 들이고 얇은 철판을 접어 만든 것인 데 비해 조선군 기마병이 착용하고 있는 두전갑과 용린갑[23]은 두툼한 쇠

22) 短兵接戰; 창, 칼 따위 단병을 가지고 가까이 접근하여 싸운다.

비늘이 빽빽하게 돋아 있는 것이라 일본군의 창칼이 아무리 잘 든다고는 해도 쉽게 뚫을 수가 없다. 전투에서의 몸을 보호해주는 일종의 방어복이다.

그런 까닭에 중무장한 조선 기병대는 나름대로 호각지세(서로 비슷한 위세)를 이루며 싸울 수 있었으나, 불행히도 보병은 전혀 그렇지 못하다. 두터운 갑옷으로 보호되지도 못하고 징집되거나, 소집된 지도 얼마 되지 않는 병사들은 어지럽게 쏘아대는 조총에 맞아 칼 한번 휘둘러보지도 못하고 들판에 나뒹구는 총알받이에 지나지 않았다.

---

23) 龍鱗甲; 용의 비늘 모양으로 비늘을 달아 만든 갑옷.

17

비록 조선군의 신기전과 몇 문 안 되는 화포들이 불을 뿜었지만 일본 군사의 진영을 흐트러트릴 만한 위력은 발휘되지 못했다. 또 일본 군사들은 화포에 별반 겁을 먹지도 않은 것 같다. 더구나 일본 병사들은 전체의 3분의 1가량이 조총으로 무장을 하고 있다.

탄금대의 전투에 동원된 조총만 해도 1만 정 이상이 된다. 이러니 비 오듯 쏟아지는 탄환 속에서 조선군 보병은 수없이 죽어 나자빠질 수밖에 없다.

이는 고니시의 냉정한 지휘에 비롯된 것이기도 하다. 그는 자기 진영으로 돌입하는 조선 기마병의 수가 그리 많지 않은 것을 냉정히 파악하고, 각 부대에 일러 기마병 쪽으로 몰리지 말고 보병들의 사격대열을 성기게 늘이도록 지시한다. 따라서 소수의 조선 기마병들은 적진에 돌입하여 용맹무쌍하게 무찌르며 싸웠지만 그들 군의 진영은 거의 흐트러지지 않았다. 소총수들은 끈기 있게 조선 기병의 뒤를 따른 보병들에게 집중적인 사격을 해 댄다. 무장도 허술하고 사기도 드높지 못하고 훈련도 부족한 조선 보병들은 글자 그대로 와르르 허물어져 버린다. **신립**도 이일과 **김종사** 등의 막하 부장들을 거느리고 일본군 진영에 돌입하여 장검을 휘두르며 혈투를 벌였으나 서서히 힘이 소진되고 있다는 것이 역력하다.

그때다. 일본 병들이 조총을 쏘아대며 차차 거리를 좁혀온다. 조선 병사들은 우왕좌왕 갈 곳을 몰라 방향감각을 잃고 있다.

"장군! 형세가 불리하오이다! 보병들이 따라오지를 못하니 일단 퇴각함이 옳을 것 같습니다."

신립은 정신없이 일본 병들을 베어 넘기다가 숨을 헐떡거리는 **김종사**의 말을 듣고 피로 물든 장검을 들어 올리며 잠시 주위를 돌아본다.

기마병이 쳐들어간 진지의 일본 병들은 자기네 진 안에서 함부로 총을 쏘지도 못하고 육박전으로 달려들다가 조선 기마병의 말에서 내리치는 칼과 창에 수없이 죽어간다. 그러나 시간이 지남에 따라 일본 병들은 정신을 차려 전열을 가다듬고 긴 창을 앞세워 돌진할 기세다. 게다가 일본군의 기마병들도 자기네 진지를 짓밟으면서까지 조선 병사들 앞으로 돌입해올 기세다.

결국 **신립**은 막하 부장들이 앞을 가로막은 틈을 타 뒤로 말을 돌리면서 퇴각의 징을 울리게 한다. 그의 작전은 성공과 실패가 반반이다. 일단 기병이 돌입하여 일본군의 일부 진영을 헝클어트린 것까지는 성공이다. 그러나 그 뒤를 이은 보병과의 연계가 잘 이루어지지 않았다. 또한 적진을 돌파하여 일본 병들을 포위하기에는 기마병의 수가 너무 적었던 것이 실패의 원인이다. 더군다나 그가 기대하고 있던 화포의 위력도 일본 군사들에게 별로 먹혀들지 않았다. 그가 화포를 주 무기로 기선을 제압한 경험이 있던 곳은 여진족과 싸울 때의 북변이 주 무대다. 여진족의 생활은 당시 일본에 비해 극도로 미개할 때다. 철화살촉조차 변변히 쓰지 못하고 뼈로 만든 화살을 사용하거나 석기를 사용하던 수준이다. 다만 여진족은 빠른 기병전술로 돌입하는 것을 장기로 삼았다. 여진족의 공격은 화포 몇 방이면 스스로 지리멸렬해질 수밖에 없는 전술이다. 그러나 지금 일본 병들은 다년간 전쟁을 겪은 경험이 있는데다가 조총을 쓰는 것을 워낙 많이 보아온 터라 규모는 조금 크다고 하나 몇 문 안 되는 조선의 화포와 신기전 따위에 결코 겁을 먹지는 않는 것 같다. 더구나 조총의 위력은 **신립**이 생각하던 것 이상이다.

"아, 이럴 수가! 내 유 대감의 말을 더 귀 기울여 들을 것을……!"

그는 남은 군사들을 수습하여 뒤로 후퇴하다가 잠시 유성룡의 말을 떠올리며 탄식한다. 그가 도 순변사로 제수 받고 파견되어 내려올 적에 유성룡은 그에게 조총의 위력을 경계하라는 이야기를 해주었다. 그러나 그는 어찌 그것이 쏘는 대로 다 맞겠느냐고 웃어넘기며 조총을 승자총통정도로만 생각한 것이 실책이라면 실책이다.

사실 조총은 사거리나 위력 면에서 승자총통보다는 약하다. 그래서 승자총통을 제대로 맞으면 살기가 어려웠지만 조총은 급소에 적중되지 않는 한 그 탄환 하나로 사람이 쉽사리 죽지는 않는다. 그러나 그가 미처 생각하지 못한 것이 있다. 승자총통은 들고 쏘는 작은 화포지만 조총은 어깨받침이 달린 현대의 소총 형태를 지니고 있었다는 점이다. 즉, 승자총통은 가늠을 대강 눈대중으로 잡아 쏘아야 하지만 조총은 시선을 총구와 나란히 두고 조준을 하는 것이 가능하다. 그래서 조총의 명중률은 그가 생각하는 것보다 훨씬 뛰어났다. 더구나 대량의 조총을 일렬로 서서 쏘아대는 데야 몸을 피할 틈이 없다. 명중률과 상관없이 빗나가는 총알이 드물었다. 일본 병은 조총을 든 사수들을 여러 대로 나누어 일단의 병사들이 조총을 발사하는 동안 다른 대의 사수들은 화약을 먹이고 철환을 장전하여 앞서 발사했던 사수들이 발사를 마치면 연이어 발사하는 전법을 구사한다.

어쨌든 그렇게 허물어지는 대오를 시의적절하게 퇴각시킴으로써 피해를 줄인 것은 그가 장수로서의 기량을 보여준 것이라 할 수 있다. 그러나 조선군이 입은 타격은 막대하다. 비록 일본군 진지로 돌입하여 수백 명의 일본 병을 살상하긴 했으나 제대로 싸워보지도 못하고 총에 맞아 죽거나 다친 조선군의 수도 천수백 명은 족히 넘는다. 양측의 피해가 비슷하다 하더라도 조선군의 병력은 일본군의 3분의 1밖에 되지 않았으니 그렇게 따지면 조선군이 받은 피해가 훨씬 크다고밖에 할 수 없다. 더구나 **신립**의 지휘부에서는 이를 타개할 만한 전략도 더 이상 세울 겨를이 없다. 배수진을 쳐서 퇴각할 길도 전혀 없다는 것이 조선군의 또 다른 패인 중에 하나다.

고니시는 조선군이 퇴각하는 것을 유심히 지켜보고는, 비록 조선군의 대오가 허물어지기는 했으나 그 기세가 질서를 잡아가고 있고 또 자기편의 피해도 상당히 있고 해서 조선군의 뒤를 추격하지는 않았다.

하지만 그런 이유보다는 조선군의 조총의 일제사격이라는 전술 앞에 더 이상 대적할 수 없음을 깨닫고 느긋하게 전멸을 시키려는 나름대로 여유를 갖자는 것이다.

습지로 잘못 들어선 말 탄 장교들은 말발굽이 진흙탕에 박혀들어 넘어지는 바람에 일본군들의 좋은 목표가 되어 금방 목 잃는 시체가 되어버린다. 뒤로 도망가다 강물에 빠져 떠내려가는 군사가 마치 봄날 물가의 꽃나무에서 꽃잎 떨어져 너울너울 떠내려가는 듯했다.

"음, 큰일이다."

그는 어찌할 바를 모르다 용감히 말을 채찍질하며 말한다.

"나를 따르라."

그는 직접 적진으로 돌격하려고 말을 달려 나간다. 그러나 이를 본 일본군들은 그의 주위로 집중적인 조총을 쏘아댄다. 그의 돌격대는 그 앞에서 멈칫거릴 수밖에 없다. 그 사이에 조선군은 시체로 산더미를 이루었다.

이 광경을 본 **신립**은 또다시 적진 한가운데로 돌진하려 했다. 그러나 조총의 사정거리 안에 들어가기만 하면 죽어 넘어지는 것을 본다. 그는 군사들을 몰고 그 안으로 들어간다는 것은 위험천만이다. 일본군은 과거 **신립**이 높은 말에 올라타 적진 가운데로 치고 들어가면 산산이 흩어졌던 여진족이 아니다.

일본군은 저승사자와도 같은 눈에 잘 띄지 않는 탄환을 조총구에서 연일 토해내고 있다. 그들은 오랜 내전 경험에서 익힌 엄격한 군율이 있다. 일전에 유성룡이 '예전 왜적과 지금왜적과는 다르다' 한 말은 허언이 아니었다. 그의 말대로 전쟁은 맨주먹으로 하는 것이 아니라 무기로 하는 것이다. **신립**은 그때 유성룡의 말을 귀담아두었어야 했다. 이제 그가 후회한들 무슨 소용이 있을까. 그를 향한 많은 탄환들이 일본 병의 손아귀에 있는 화승총구 끝자락을 이미 벗어난 상황인데.

그는 얼굴을 가리고 말머리를 들린다.
"아! 이러고도 어찌 임금을 뵐까!"
그는 이미 지리멸렬한 대오를 뚫고 급작스럽게 강으로 뛰어든다. 말은 허우적거리며 떠내려갔지만 무거운 갑옷을 입은 그는 한두 번 고개를 내밀다 이내 가라앉아 흔적을 찾을 수 없다.
뒤이어 일본군에게 떠밀린 군사들도 강으로 뛰어드니 그 무수한 시체가 강물을 뒤엎고 있다.
"장군! 장군! ……."
강가에서 끝까지 **신립**을 찾던 사람은 새재를 지키자던 **김종사**이다.
그는 목에서 피가 터지게 장군을 부르며 군사들을 독려했지만 이미 일본군의 얼굴을 뚜렷이 확인될 정도로 가까이 다가온 적들을 보고는 그도 삶에 대한 미련을 져버린 것일까. 그 역시 말을 탄 채로 강물로 뛰어들어 물위에 떠내려가는 꽃 넋이 되었다.

18

조선 관군은 본격적인 첫 전투에서 보기 좋게 참패했다. 일본 군은 경상도와 충청도 일부를 완전 점령했다.

일본군은 일단 전선을 수습한 다음 2번대의 가토 기요마사와 1번 대장인 고니시는 충주에 입성해 서로 만난다. 그들은 한성 공략에 대해 이야기를 나누는데, 이번엔 고니시가

"장군, 수고가 많았소이다. 이제 조선에는 우리와 대적할 장 수가 없소. **신립**도 죽고, 이일도 아마 죽었을 것이오. 이제 우리

가 해야 할 일은 조선의 수도인 한성을 하루속히 점령해 조선 왕을 사로잡아 항복을 받는 것밖에 남지 않았소. 장군은 무슨 계획이 있소이까?"

고니시는 다시 가토 기요마사를 바라보고 말한다. 가토는 미리 준비하고 있었는지 작전계획을 털어놓는다.

"1번대가 잘 싸워주어 그동안 승승장구했소이다. 제 생각으로는 출발 전 태정대신께서도 말씀이 있었지만, 조선의 서울인 한성부는 천혜의 요새로 북쪽에는 험한 북한산성이 있고 남쪽에는 남한산성이 있소이다. 도성 남쪽에는 한강이 있어 도강하는 데 좀 애로가 있을 것입니다. 장군께선 우로인 여주를 경유하되 수심이 얕은 곳을 택해 남한강을 건너 동대문 쪽으로 진격해 들어가시지요. 나는 좌로인 음성, 죽산, 양지를 거쳐 용인 방면으로 진출한 뒤 따라오는 부대와 합류, 남대문 쪽으로 향하겠습니다."

"예, 좋습니다. 하지만 조심하십시오."

죽주산성과 용인성, 남한산성 등은 조선군이 그냥 내주지는 않을 것입니다. 특히 한강 도강이 좀 어렵지 않겠습니까. 고니시가 걱정했다.

"걱정 마십시오. 이제 조선 장수들이 다 죽었는데 무슨 걱정이 있겠습니까? 조선의 서울인 한성에서 만납시다."

조선의 서울 한성공격작전은 일본 장수들 간에 이렇게 합의를 보았다. 고니시는 가토가 조선의 관문이라 할 수 있는 남대문으로 진격한다는 데 대해서 내심 불쾌해했다. 도요토미 히데요시에게 한성의 관문을 먼저 당당하게 쳐들어가 점령을 과시하려는 공명심 때문이다. 그러나 고니시로서는 그동안 1번대가 전투를 수없이 겪으면서 먼저 선두를 달려왔기에 병사들이 많이 피로해 있다는 점을 생각해 동대문 방향으로 일찍 들어간다면 오히려 자기에게 유리하게 전개될지 모른다고 생각했다. 이래서 일본군 9개 편성대가 조선의 경상도는 완전, 충청도 일부를 정복하고 각 군을 각 지방 중요한 곳에 분산 배치했다.

19

그런가 하면 지략과 용맹으로 보아 천하에 적수가 없었던 명나라 총병 홍승주,[24] 오삼계, 왕박 등이 거느린 명나라 구원병은 13만의 대군을 이끌고 조선으로 들어와 전투를 도왔다. 그러나

---

24) 洪承疇[1593~1665]
   자는 언연彦演. 호는 형구亨九. 1593(萬曆 21)년 복건 천주부 남안현福建 泉州府 南安縣에서 태어남. 1665(康熙 4)년, 사망. 향년 73세. 소사少師로 추증, 시호는 문양文襄, 어비御碑가 세워지고, 그의 묘지는 북경北京시 해전구 차도구海澱區 車道溝에. 건륭乾隆제는 그의 공로를 인정해, 이신貳臣 갑등甲等에 배치, 『청리이신전淸史·貳臣傳』에 넣는다. 그는 숭정崇禎 연간에, 『고금평정략古今平定略』12를 지었다. 후세인이 편집한 『홍승주 장진문 책 휘집洪承疇章奏文冊彙輯』, 『경략기요經略紀要』 24권이 있다.

청나라의 각라[25] 2천 군사와 마주치자 단번에 혼비백산했던 부대 지휘관들이다. 13만의 명나라 대군은 믿을 수 없도록 물거품과 같이 허무하게 무너지고 만다. 군사래야 2천도 채 못 된 각라의 군사에게 포위되어 바로 목전에서 마주 보면서 썩은 가랑잎 부스러지듯 멸하고 만다. 명나라 구원병들은 행산에서 탑산까지 바다로 쫓기고 밀려 죽은 자가 이루 헤아릴 수 없이 많았다. 청나라 황제가 지은 전운시全韻詩에는 명나라 군사가 패한 최후의 장면을 이렇게 묘사한다.

'바닷물 위에는 명군의 시체가 기러기나 따오기 떼처럼 떠 있다. 그러나 청군은 잘못 부상한 자가 여덟 명으로서 나머지는 피 한 방울도 흘리지 않았다. 청나라가 이 싸움에서 노획한 것은, 군사 5만 3천7백 명을 죽이고, 말은 7천4백 필, 약대가 60마리, 갑옷 9천3백 벌을 노획하였다.'

이 '송해의 싸움'에서 명나라 군사의 결정적인 패인은 청나라는 태종이 부하장수에게 위임하지 않고 친히 작전을 이끌었다. 명나라 대군이 지나는 여러 길목을 끊어 그곳에 수백 명 씩 분산 매복을 해두었던 군사들이 잠복을 하고 있다가 갑자기 나타나 끊긴 길목마다 우왕좌왕하는 명나라 군사에게 사방에서 공격해 들어가는 기습작전이 주효한 것이다. 상상도 할 수 없는 기

25) 覺羅; 청나라 황실의 성은 '애친각라愛親覺羅'인데, 여기서는 청 태종을 말한다.

적적인 일이 일어난 것이 아니고 무엇일까. 어떻게 2천여 명의 청나라 태종 군사가 13만의 명나라 대군을 격파할 수 있었느냐? 정말 상상할 수 없는 일이다.

청나라 태종 군사는 적의 진행방향에 길목을 자르고 그곳에 2백여 명씩 군사를 10여 곳에 분산 배치해둔다. 적은 군사 숫자가 많고 적고 간에 당연히 잘려진 길목에 다다르게 되면 선두에서 거느리는 장수들은 어찌할 바 모르고 당황하기 마련이다. 그런 상황이 분산된 10여 곳에서 한결같았을 것이다. 13만의 적이 한 장수가 거느린 휘하에서 한꺼번에 몰려다니지는 않을 테니까. 결국 승자는 청나라였다. 그렇다면 적은 당연히 명나라여야 하지 않겠는가. 만여 명의 적이 잘려진 길목에서 앞으로 나아가지 못하고 머뭇거리려는 순간 적장이 다시 작전지시를 내릴 틈도 없이 매복해 있던 청나라 군이 와~, 아우성을 치며 사방에서 급습하는 것이다. 이때 당황해 허둥대는 만여 명의 적은 포위될 수밖에…… 느닷없이 습격을 당한 적장은 정신을 잃게 되고 미처 명령도 하달할 수 없는 혼비백산이 되어버린 상황에 뒤늦게 명을 내린들 무슨 효험이 있을 것인가. 넋이 나가버린 병사들에게는 누구나 목숨은 소중하게 여겨질 것이다. 순간 생명에 애착을 느낀 병사들은 어떻게든 피해 달아나려 할 것이 아닌가. 항복해서라도 살고자 하는 것은 생명을 보존하고자 하는 인간의 본능일 것이다. 그래서 명나라군은 5만 3천7백여 명이 전사한다. 그렇다면 절반가량인 7만 6천여 명이 살아남았을 것이다.

고도로 정신적 훈련이 되어 소명의식을 기른 소수의 충신을 제외한다면……

현대전처럼 무기가 다양하지 못했던 예전 싸움은 그만큼 전술이 중요함을 후대에게 교훈으로 남겨진 것이다.

이것은 1640~1641(崇禎 庚辰)년에 일어난 청나라가 명나라를 이긴 전쟁이다.

20

신립이 당시 일백여 년 후의 이런 교훈을 전술로 미리 활용할 수는 없었을까. 그랬더라면 얼마나 좋았을까.

아니 조령에 진을 치기만 했더라도 상황은 크게 달라졌을 것이란 믿음이 사라지지 않는 것은 어인일일까.

신립이 세상을 떠난 후 그의 작전에 대해 설왕설래가 많았다.

그는 조령을 피해 왜 탄금대 벌판에서 싸우려 했을까? 그의 능한 재주는 기병술에 있었다. 그것을 이용한 돌격전법을 구사하는 것이다. 조선군 중에 최정예는 역시 평안도 기병의 돌격이

갖는 유용한 전력을 알고 있다. 그러니 그는 진지방어보다는 넓은 벌판에서의 싸움을 택했다. 그는 조총 등의 화학무기에 대해서 전연 모르고 있지는 않았을 터. 아니 그는 화학무기에 대해 잘 알고 있었다. 그것을 보여주는 것이 탄금대 전투가 아닐까 싶다. 그는 이미 여진족과의 싸움에서 여진족도 중국에서 들여다가 사용한 총통에 대한 정보를 얻었을 것이다. 총통의 수준이라는 것이 그것을 사용하기에는 많은 제약이 따랐다. 그래서 그는 기병돌격이라는 작전계획을 세운다. 조총이라는 것도 이미 선조가 그 정보를 알고 있었다. 이것을 만들어보라고 유성룡에게 별도로 지시하기도 했다. 그 이전에 대마도주가 조총 2자루를 보내와 그 성능 등을 들어 어느 정도 알고 있었다. 그것을 실험해 본 결과 명중률이 많이 떨어진다는 것도 알았다. 당시 화학무기라는 것이 다 그랬다. 다만 일본군이 이를 체계적이고도 집중적으로 운용할 것이라는 것을 그가 생각하지 못한 것은 아닐까.

당시에 조선군은 화학무기라는 것이 종류에 따라 무게가 있어 전선으로 운반 문제도 있었지만, 사용하기에도 매우 번거로웠다. 탄약이나 탄포를 장전하는 데 어느 정도 시간이 필요 했다. 그 사정거리도 그렇게 멀지 않았다. 그런 결점이 있어 집단 운용되지 않는 경우에는 그다지 좋은 무기라 할 수 없을 것이다. 게다가 비에 젖기라도 하면 총포를 사용할 수 없다. 그러니 **신립**으로서는 당연히 기병돌격전법을 채택할 수밖에 더 있었을까.

기병이 돌격할 때에 화기를 다루는 병사들을 보호하는 방진[26]이 유럽에서는 성행했다. 파이크병[27]을 들 수 있다. 특히 기마병에 대한 효과는 절대적이다. 파이크가 무기로 처음 사용된 것은 마케도니아군이 사용한 때로부터 1600년이 흐른 15세기의 스위스에서다. 그때까지 할베르트(halbert, 도끼 같은 날과 그 반대편에 갈고리가 달려 찌르기 위한 예리한 날도 갖추고 있는 창) 같은 것으로 싸운다. 스위스 병사들은 이 무기가 적국인 오스트리아의 기병들이 쓰는 랜스(lance, 중세부터 근대까지 주로 유럽의 기병들이 사용했던 창)에 대응하기에는 너무 짧았기 때문에 몇몇 전투에서 패한 적이 있었다.

따라서 파이크를 사용하는 병사가 기존의 군대와 전술상 다른 점은 바로 공격력에 있다. 파이크의 손잡이는 상당히 길어서 상대가 기병일 때, 그뿐만 아니라 보병일 때도 큰 효과를 발휘한다. 보병과 싸울 때, 파이크를 갖고 있는 병사들은 횡대로 사선의 진을 짜서 전진한다. 상대가 기병일 때, 그들은 왼손에 파이크를 들고 끝부분을 왼쪽 무릎에 대고 오른발을 이에 맞추어 무릎높이에 고정시킨다. 공격해오는 상대편 기병에게 이렇게 파이크의 끝을 겨누며 대항한 것이다. 파이크 병사들은 전쟁터에

---

26) 方陣; 사각형 모양으로 친 진지.

27) 파이크 병; 긴 槍을 소지한 창병.
   파이크는 15~17세기에 쓰인 창의 일종. 무게는 3.5~5kg. 이 창은 찌르기와 던지기용 창이 있는데, 일반적으로 효율적인 무기다. 지르기용 창은 무겁고, 던지기용 창은 가볍다. 일반 검보다 길이가 길어 싸움에 유리한데, 이 무기의 사용법이 상대를 찌르는 것이지만 적을 위협하는 데 가장 효과적인 수단으로 사용된다.

서 유리한 점을 많이 갖고 있었기 때문에 종종 퇴각하거나 형태를 바꾸려는 아군 기병이나 파이크 이외의 무기를 쓰는 보병을 엄호하는 임무를 맡는다. 화기가 전쟁터에 등장한 뒤에 파이크 병사들은 머스캣을 장비한 부대가 탄환을 다시 채우거나 형태를 바꾸는 사이에 그들을 계속 엄호한다.

이들의 역할은 기병돌격에 대해 화기를 다루는 사수를 보호하는 일이다. 나중에는 물론 유럽의 기병들도 이에 대항해 집단으로 말을 타고 오가면서 기병용 단총으로 파이크 방진을 공격하는 "카라콜(karakol)"을 구하기도 했다. 어떻든 화학무기의 비효율성에 대해 잘 안다고 자부하던 **신립**은 기병을 이용해 재패함으로써 일본군을 격퇴하리라 굳게 믿고 있었을 것이다.

여기에 훈련이 미숙한 농부 출신에 비해 일본은 나가시노 전투에서 3단 사격으로 다케다 신겐의 기병을 물리친 오다 노부나가의 작전을 그대로 물려받아 활용했다. 이 전략의 핵심은 방진과 울타리, 조선기병은 그 울타리를 넘지 못했다. 이들에게 퍼부어진 집중사격은 저조한 명중률에도 조선기병과 병사들에게 많은 피해를 입힌 것이 사실이다. 우왕좌왕한 조선 기병의 수도 턱없이 부족한 터라 **신립**의 패인은 두말할 나위가 없다. 그는 오직 하늘이 돕지 않았다는 말밖에 나오지 않았다.

충주에서 서북쪽으로 3킬로미터쯤 남한강 하류를 따라 내려가면 칠금동 나지막한 대둔산 안에는 이 산보다 더 유명한 탄금대라는 명승지가 있다.

악성 우륵이 망국의 한을 삼킨 이곳, 임진란 때는 팔도 순변사 **신립**이 순절한 곳이라는 것을 이내 알아차리게 된다. 근래에 와서는 이곳이 이름난 충북지방기념물 4호로 지정되어 있다. 충주시 도시공원이다. 탄금대에는 **신립** 장군에 대한 전설이 서려 있다.

조정에는 매일 변보가 열 차례 이상 계속 들어오고 있다. 이 일의 보고가 들어온 것은 지난 4월 27일이다. 한양의 인심은 술렁거렸다. 궁중에서도 서행할 뜻을 비치기 시작했다. 대신들은 임금이 서쪽으로 피난하리라는 생각은 꿈에도 없었다. 그럼에도 종친들은 행여나 종묘사직을 버리고 가는 것이 아닌가 하고 의심을 품고 있다. 선조 임금도 종친들 입에서 우려의 목소리라도 나올라치면

"과인이 어디로 가겠는가?"라고 말한다.

27일 밤늦게까지, 대신들은 퇴청을 못 하고 걱정만 하고 있다. 별 뾰족한 방법이 나올 리 없다. 적을 막아낼 장수도 무기도 없고 싸울 병사들도 없다.

어떻든 간에 **신립**의 패전으로 선조 임금은 결연히 서울을 떠나기로 마음먹고 서두르지 않을 수 없다.

강가에서 생지옥이 벌어지는 동안 동쪽 산기슭을 외롭게 내 닫는 자가 있었다.

옷통을 벗어버리고 머리를 봉두난발한 그는 다름 아닌 이일 이다. 이미 쫓겨본 경험이 있는 터라 그는 산속으로 빨려들 듯 재빨리 사라진다.

21

그가 이마에 옷소매를 적시며 숲이 무성한 산등성이를 넘고 있을 때다.

'헛되게 죽은 넋이 독충도 되고 원학遠鶴이 된 자가 몇 천 몇 만이던가' 하는 소리가 바람결에 아스라이 들려온다.

그들이 쏟아낸 의분은 하늘로 치솟아 오르고 거기서 맺힌 이슬이 구름이 되어 떠돈다. 원통한 소리는 어둠 속에서 낮은 곳으로 잠겨드는가 싶더니 어느새 시냇물이 되어 흘러가고 있다.

달천 가까이 다다랐을 때다. 냇물 소리가 그의 귀에는 목매어

서글피 우는 영혼들의 곡소리로 들려오는 것처럼 착각에 빠져든다. 제멋대로 나동그라진 숲 속의 백골은 하얀빛을 띠고 싱그러운 풀잎은 드넓게 펼쳐진 푸른 벌판을 이룬다. 그는 몹시 마음이 울적하다. 이 모든 것이 슬픔으로 혼곤하게 오감을 적신다. 이런 가슴 메어진 아픔들이 그를 분노에 떨게 한다. 휘몰아치는 격정이 용광로의 불길처럼 타오르는가. 슬퍼하고 한탄했던 회포를 한번 풀어야 그의 노여움이 좀 누그러질 것 같다.

전장터에 꽃다운 풀은 몇 번이나 새롭게 돋아났는가.
바람과 비가 그를 가로막을지라도
벌써 다가오는 한식절을 어쩌랴.
남은 뼈에 이끼만 푸르게 끼었고

늦은 봄 까마귀 솔개 사라진 뒤
물새 떼 날아와 둥지 트는구나.
해 떨어진 모래밭엔 길만 아득하고
공연히 기억만 새로워……

저 꽃다운 풀 푸른 것 차마 볼 수 없어라.
갑옷 입고 첨벙 물에 뛰어들 때 탄금이 흐느낀다.
썩은 뼈가 들에 쌓인다.
산 정상에 걸친 달도 이제 나지막하게 기울어간다.

누가 신공으로 하여금 명예가 일찍 드러나게 해
차마軍馬 이끌고 서쪽에서 부질없는 싸움을 충동질했는가!

옛 시를 읊듯 그의 입은 계속 중얼거린다.

"동쪽엔 죽령, 남쪽엔 조령의 방어진, 중국에선
그래도 우리가 이기리라 믿었다.
누가 넓은 들에 진을 치라고 명령했습니까?
오! 참, 말 들으니 장군이 밤에 영을 내렸다고 합디다.

배수의 진을 치고도 공을 세우지 못하고
모든 군사들이 그만 손발이 묶이고 말았네요.
회음후가 천 년 뒤의 일을 그르친 거나 같아요.
임금의 행차가 의주로 갈 줄 모른 체 시냇가에는

말없이 뒹구는 뼈만 썩어가고 있다.
뼈 썩는 것은 아깝지 않다고 하지만
임금이 하사하신 의식을 허비한 게 아까울 뿐이다."

그는 길게 숨을 들이마셨다가 다시 내뿜는다. 에헴, …… 헛기
침하듯 목의 가래를 네댓 번 훑어 내린다.

22

그는 승정원의 1차 명에 따른 보고를 마친 지 몇 달이 지난 후, 다시 화산花山의원으로 출장을 떠나던 때다. 그곳에 백성들의 진정사건은 쥐 죽은 듯 잠잠하다. 관청 일은 그런대로 한가롭다. 그는 여유로운 마음에 유고를 한번 살펴보게 된다.

온몸이 땀 거품으로 범벅이 된 말 세 마리가 숭인문을 통과해 도성으로 달려 들어온다.

세 마리의 말 위에는 각각 전립을 쓴 사내 셋이 타고 있었다.

"워워! 잠시 서시오."

도성의 사람들은 그들이 남쪽에서 올라온 것으로 보아 분명히 **신 장군**의 싸움결과를 알고 있을 것이라 생각하고 길을 가로막는다.

"남쪽에서 올라오는 길이오?"

"싸움이 어찌 되었소?"

"신 장군이 이겼지요?"

막아선 사람들이 너도나도 앞을 다퉈 궁금한 것을 묻는다. 말 위의 사람들은 할 수 없다는 듯 목청을 돋워 말한다.

"어제 **순변사**는 충주에서 왜적과 싸우다 패하여 죽고 군사들은 다 무너져 대부분 죽었소.

우리는 겨우 몸만 빠져나와 이렇게 한양의 집안사람들을 피난시키려 하는 것이오."

"아니, 그럴 수가!"

"이제 그럼 큰일 난 것이 아닌가?"

사람들은 그들의 말에 술렁거리기 시작하고, 이 소문은 삽시간에 서울 곳곳으로 퍼져나간다.

곧이어 그들은 대궐로 들어섰다.

"전하, 이일과 **신 장군**이 충주에서 대패하였나이다."

그해 4월 28일.

선조는 충주가 무너졌다는 보고에 큰 충격을 받는다. 충주가 일본군에 넘어갔다는 것은 곧 서울이 위태로움을 뜻하기 때문이다. 초저녁에 선조는 신하들을 불러 대책을 의논한다.

"이 사태를 어쩌면 좋겠소?"

"이일과 **신 장군**이 싸움에서 졌다는 소식은 성내의 인심을 동요시키고 있사옵니다."

"그럼 종묘사직을 버리고 떠나야 한단 말이오?"

왕이 개탄스러운 목소리로 말한다. 마룻바닥에 그냥 앉은 그에게 촛불은 빛만 처연하게 비추고 있다.

"종묘와 왕릉이 모두 다 여기 있는데 이곳을 버리고 장차 어디로 가시렵니까? 응당 한양을 굳게 지키면서 외부의 응원을 기다려야 하지 않겠습니까?"

중추원부사 김귀영[28]이 간이 끊어질 듯이 목소리로 말한다.

---

28) 金貴榮[1519~1593]

본관은 상주尙州. 자는 현경顯卿. 호는 동원東園. 김응무의 아들.

그는 문신으로 1547(명종 2)년 알성 문과에 급제, 예문관 검열이 되고 정자·박사·대교待敎를 역임하면서 『중종실록中宗實錄』의 편찬에 기사관으로 참여한다. 이어 부수찬·정언 등을 거쳐 1555(명종 10)년 김홍도 등과 함께 사가독서의 은전을 입는다. 을묘왜변이 일어나자 도순찰사 이준경의 종사관으로 종군한 후 이조정랑·승지·이조참의를 거쳐 1560(명종 15)년 7월 18일 한성부우윤에 임명된다.

선조 즉위 후 도승지를 거쳐 예조판서에 오른 뒤 이조 판서를 8차례, 사신으로 북경을 내왕하기 9번을 거듭하고, 1581(선조 14)년 우의정에 발탁된 후 좌의정이 되었다가 1589년의 정여립의 옥사를 다스린 공으로 평난공신 2등 상락부원군上洛府院君에 봉해지고 기로소에 들어갔으나 조헌의 탄핵을 받고 상주로 은퇴한다. 임진란 때는 원임대신으로서 왕자 임해군을 시종, 함경도로 갔다가 일본군에 포로가 된다. 일본 장수 가토오에 의해 화의를 목적으로 석방되어 선조에게로 보내어졌으나 양사兩司의 탄핵을 받고 희천熙川에 유배되어 죽는다. 1664(현종 5)년 손자 김명장의 상언으로 복관되었다.

"전하께서 만일 신의 말을 듣지 않고 종내 도성을 버리신다면 신의 집에는 팔십 노모가 있사온데 저는 어머니가 계신 만큼 종묘의 대문 밖에서 자진[29]하겠습니다. 감히 전하를 따를 수 없사옵니다."

우승지 신잡[30]이다.

"전하께서 성문을 한 번 나가시면 인심은 걷잡을 수 없게 될 것이고 전하의 가마를 메고 가는 사람들도 장차 그 가마를 길모퉁이에 내버리고 달아날 것입니다. 으ㅎㅎㅎ!"

수찬 박동현[31]은 목을 놓아 아예 통곡을 하고 있다. 임진란 전에 일본이 중국 정벌을 위해 길을 빌려달라는 국서를 보내오

---

29) 自盡: 식음을 끊거나, 병들어도 약을 먹지 않아 스스로 죽음을 택한다.

30) 申磼[1541~1609]
　　본관은 평산平山. 자는 백준伯峻. 호는 독송獨松. 시호는 충헌忠獻. 1584(선조 17)년 정시문과에 급제, 이조·형조참판을 지냈다. 1592년 임진란 때 비변사 당상備邊司堂上으로 활약했다. 1595년 관내 철산군鐵山郡에서 탈옥사건이 생겨 파직되었으나 곧 다시 기용, 1604년 호성공신 2등으로 평천부원군平川府院君에 책봉된다. 영의정이 추증. 그는 신립, 신할의 맏형이다.

31) 朴東賢[1544~1594]
　　본관은 반남潘南. 자는 학기學起. 호는 활당活塘. 이이와 성혼을 스승으로 모셨으며, 뒤에 서인 산림山林거사가 된 김장생과 친했다. 40여 세에 학행學行으로 천거되어 의금부도사·석성현감 등을 지낸다. 1588(선조 21)년 문과에 급제해 사간원정언·홍문관 수찬 및 응교 등의 삼사 언관직과 이조정랑 등의 요직을 맡았고, 사간까지 승진한다.
　　임진란 전에 일본이 중국 정벌을 위해 길을 빌려달라는 국서를 보내오자 유성룡 등은 분란을 피하기 위해 덮어두자고 했지만, 윤두수와 함께 중국에 그대로 알려 사대의 예를 지키자고 주장해 그대로 시행하게 했다. 전란이 일어나자 선조의 피난길을 수행한다. 임금이 신하의 비판을 자주 들어야 한다고 하여 경연을 자주 열 것을 주장해 받아들여진다. 정치활동의 중심은 활발한 언론활동이었고, '심성이 맑고 곧아 스스로를 잘 지킨[淸介自守]' 인물로 평가받는다.

206

자 유성룡 등은 분란을 피하기 위해 덮어두자고 했지만, 윤두수
와 함께 중국에 그대로 알려 사대의 예를 지키자고 주장해 그대
로 시행하게 했다. 전란이 일어나자 선조의 피난길을 수행한다.
임금이 신하의 비판을 자주 들어야 한다고 하여 경연을 자주 열
것을 주장해 받아들여진다. 정치활동의 중심은 활발한 언론활동
이었고, '심성이 맑고 곧아 스스로를 잘 지킨[淸介自守]' 인물로 평
가되었다.

다른 신하들이 극구 명분을 내세워 피란을 반대하는데 영의
정 이산해만은 탄식하며 눈물을 흘리더니 신잡에게

"신공, 옛날에도 피란한 일이 있었소이다"
라고 말하자 신하들은 벌 떼같이 들고 일어나 이산해를 공격한다.

"전하, 이산해는 벌써 싸울 요량도 않고 피란 갈 궁리부터 하
옵니다."

"이산해를 파면하소서."

"자자, 조용히들 하시오. 대책을 강구하는 마당에 무슨 얘기
인들 나오지 않겠소? "

선조는 그렇게 신하들을 진정시키면서 차분하게 마음을 가라
앉히고 이원익[32]을 부른다. 그는 임진란 중에 진주변무사[陳奏辨誣使]

32) 李元翼[1547~1634]
　　1569(선조 2)년 문과 별시에 병과로 급제하여 이듬해 승문원권지부정자로 관직을
　　시작한다. 정자·저작을 거쳐 1573년 성균관 전적이 된다. 그해 성절사 권덕여의

로 중국에 다녀온 뒤 영의정에 임명되었으나, 당시 이이첨 일파
가 유성룡을 공격하자 이를 변호하다 병을 이유로 사직한다. 그
뒤 중추부사에 임명되었다가 영의정에 복직되었다. 1627년 정묘
호란 때에는 도체찰사로 세자를 호위해 전주로 갔다가 강화도로
와서 왕을 호위하고, 서울로 환도해서는 훈련도감제조에 제수되
었으나 고령으로 체력이 달려 사직을 청하고 낙향한다. 그는 얼
마 안 있어 호성공신이 될 것이다. 이는 선조의 파천을 호종한
공로로 이항복[33] 등 86명에게 내린 훈호였다. 그는 다섯 차례나

질정관으로 중국에 다녀온다. 호조·예조·형조의 좌랑을 거쳐 황해도도사에 임명
되었는데 이때 병적을 정비하면서 능력을 발휘해 이이에게 인정받아 여러 차례 중
앙 관리에 천거된다. 사간원정언이 되어 중앙으로 돌아온 뒤 지평·헌납·장령·수
찬·교리·응교·동부승지 등을 역임한다. 우부승지로 있을 때 파직되어 5년간 야
인으로 지내기도 했다.

1587(선조 20)년 이조참판 권극례의 추천으로 안주목사에 기용된다. 이후 임진란이
일어나기 전까지 형조참판·대사헌·호조판서·예조판서·이조판서 등을 지낸다.
임진란으로 평양이 함락되자 정주로 가서 군졸을 모집하고 관찰사 겸 순찰사가 되
어 일본군을 토벌해 공을 세운다. 1593년에는 이여송과 합세하여 평양을 탈환하고
그 공로로 숭정대부에 가자된다. 선조가 환도한 뒤에도 평양에 남아 군병을 관리한
다. 1604년 호성공신에 녹훈되고 완평부원군完平府院君에 봉해진다.
광해군 즉위 후 다시 영의정이 되었지만, 광해군의 형인 임해군의 처형을 반대하다
가 뜻을 이루지 못하자 병을 이유로 낙향한다. 다시 대비폐위를 반대하는 극렬한
상소를 올렸다가 홍천으로 유배되었다. 인조반정 후 영의정에 복귀하여 1624년 이
괄의 난 때에는 공주까지 왕을 호종했다.
저서로는 『오리집梧里集·속오리집梧里續集·오리일기梧里日記』가 있으며, 가사로 「
고공답주인가雇貢答主人歌」가 있다. 인조 묘정에 배향되었다. 여주의 기천서원沂川書
院, 시흥의 충현서원忠賢書院 등에 제향, 시호는 문충文忠.

33) 李恒福[1556~1618]
본관은 경주. 자는 자상子常. 호는 필운弼雲·백사白沙.
고려조 대학자 이제현의 후손으로 참찬 몽량夢亮의 아들, 경기도 포천 출신이다.
오성부원군鰲城府院君에 봉해졌기에 '오성대감'으로 알려졌으며, 이덕형이 그의 죽
마고우다.
9세 때 아버지를 여의고 어머니 슬하에서 엄한 교육을 받았다. 1571(선조 4)년 성
균관에 들어가 수학하고, 영의정 권철의 아들인 권율의 사위가 되었다. 1575년 진

영의정을 지냈지만 퇴관한 뒤에는 조석거리조차 없을 정도로 청빈했다. 그는 청백리에 녹선되었다.

그는 대동법을 시행해 공부貢賦를 단일화했다. 문장에도 뛰어날 뿐 아니라 성품이 원만하여 정적으로부터도 호감을 샀다. 서민적인 인품으로 애칭(오리 정승)이 따랐다. 이항복은 이덕형[34]과 함께 명나라에 원병을 주청하고, 1594년 전라도의 민란을 진압. 도원수 겸 체찰사로서 남도를 돌며 민심을 수습하고 <안민방해책安民防海策>을 올린다. 이항복은 영의정 겸 영경연·세자사를 역임하고, 1601년 호종 1등 공신에 녹훈되었다. 다음 해 정인홍 등과 맞서 성혼을 비호하다가 정철의 편당으로 몰려 영의정을 사퇴한다.

1608년 좌의정 겸 체찰사에 제수되어 이언적과 이황의 문묘 배향을 반대하는 정인홍 일당과 대결하다가 1613년 인재를 잘못 천거했다는 이유로 해직되고, 왕비를 폐위하자는 주장에 맞

사과에 오르고 1580년 알성 문과에 병과로 급제하여 승문원 부정자가 된다. 이듬해 한림에 오른 뒤 성균관 전적·이조좌랑·직제학·우승지·호조참의 등에 임명, 정여립의 모반사건을 처리한 공로로 평난공신 3등에 녹훈된다. 1592년 임진란이 일어나자 선조를 의주까지 호종. 이조참판으로 오성군에 봉해진다. 형조판서 겸 오위도총부도총관·이조판서 겸 홍문관 대제학 등을 거쳐 의정부 우참찬에 승진. 저서로『백사집』「유연전柳淵傳」 등이 있다. 시호는 문충文忠.

34) 李德馨[1561~1613]
문신. 본관은 광주廣州. 자는 명보明甫. 호는 한음漢陰·쌍송雙松·포옹산인抱雍散人. 1580년 별시문과에 을과로 급제하고, 1583년 사가독서한다. 1598년 좌의정이 되어 훈련도감도제조訓鍊都監都提調를 겸한다. 1601년 행판중추부사行判中樞府事로서 경상·전라·충청·강원 사도의 도체찰사가 되어 전후의 민심 수습과 군대의 정비에 노력하면서 대마도의 정벌을 건의한다. 1602년 영의정이 된다. 저서로『한음문고漢陰文稿』가 있다. 시호는 문익文翼.

서다가 1618(광해군 10)년 관작이 삭탈되고 함경도 북청으로 유배
되어 그곳에서 일생을 마친다. 그가 읊은 철령가가 애달프다.

"철령鐵嶺 높은 봉峯에 쉬어 넘어간 구름아
고신면루孤臣寃淚를 비삼아 여다 가는 임 계신
구중심처九重深處에 내려 볼가 하노라"

<철령가鐵嶺歌>는 당시 북청으로 유배 가는 그의 심정이 잘
나타난 작품으로 널리 유행 되었다.

이덕형은 1608년 광해군이 즉위하여 진주사陳奏使로 명나라에
다녀온 뒤 다시 영의정에 복직한다. 1613년 영창대군永昌大君의 처
형과 폐모론廢母論을 반대하다가 삭직되어 양근楊根으로 가서 세상
을 등진다.

"경은 과거에 안주安州를 다스릴 때에 관서 지방 백성들의 민
심을 크게 샀던 관계로 지금까지 그들이 경을 잊지 못한다 하오
그러니 그대가 수습하도록 하시오. 적이 남쪽 지방으로 가깝게
쳐들어와 여러 고을이 날마다 함락되는데 만약 적이 도성 가까
이 들이닥치면 응당 서쪽으로 옮겨가야 할 형편이오. 이런 의사
를 경은 잘 알 것이니 가서 준비하시오."
"예."
이원익이 왕 앞을 물러났다. 이번에는 최원익을 부른다.

"경은 예전에 해서 지방의 관찰사로 있었지 않았소. 그곳을 그대가 잘 다스려서 해서의 백성들이 지금까지 그대를 두고두고 생각한다고 하오. 그런데 지금 변란을 맞아 인심이 흉흉할 때 윗사람을 극진히 대하고 어른을 위해서 목숨을 바치는 의리가 없지 않겠소? 경은 황해도로 가서 노인들을 불러 모으고 먼저 임금이 베풀어준 깊고 두터운 은혜에 대해 잘 타일러 그들의 마음을 굳게 묶어놓은 다음 군사를 모집하시오. 그렇더라도 혹시 배반하지 않도록 해서 내 행차를 맞도록 하시오."

"예, 분부대로 거행하겠나이다."

그들은 그날로 길을 떠났다. 나머지 신하들은 편전의 앞문 밖에서 기다리다가 왕의 분부를 받았다. 임해군은 함경도로 가게 하고, 순화군은 강원도로 나뉘어 떠나게 한다. 신하들도 각각 나누어 그 뒤를 따라가게 했다.

그들에게는 각각 군사들을 모집해 싸움에 내보내라는 의무가 주어진다.

23

선조는 이어서 광해군을 세자로 책봉한다. 임금인 자신에게
무슨 일이 생길 것을 대비해서다. 선조는 그 후 김명원35)을 도

---

35) 金命元[1534~1602]
　　본관은 경주慶州. 자는 응순應順. 호는 주은酒隱. 대사헌 김만균의 아들, 문신.
　　이황의 문인으로 1558(명종 13)년에 사마시에 합격하고 1561년에 식년문과에 갑과
　　로 급제하여 홍문관 정자가 되어 저작·박사로 승진되고 다시 수찬·헌납 등을 역
　　임. 1568년 함경도 지방의 군무를 순찰하고 다음 해에 종성부사로 부임. 그 뒤 동
　　래부사·형조 참의·나주목사·정주목사를 거쳐 1579년에는 의주목사에 이어 평안
　　병사가 됨. 그 뒤 호조참판·병조참판 한성부좌윤·경기 감사·전라 감사·함경 감
　　사를 두루 역임하고 1584년 형조판서를 거쳐 도총관이 된다. 1587년 우참찬이 되
　　었을 때 일본군이 녹도鹿島를 점령하자 도순찰사가 되어 적을 퇴치하고 좌참찬으로
　　지의금부사를 겸한다. 1589(선조 22)년 정여립의 모반을 수습하는 데 공을 세워 평

원수로 신각36)을 부원수로 임명해 그들에게 한강을 지키도록
한다. 임진란이 일어나자 순검사巡檢使가 되고 이어 팔도 도원수
로서 한강방어의 책임을 맡았으나 실패. 평양이 함락된 뒤 순안
順安에 주둔하면서 행재소 경비에 힘쓴다. 그리고 변연수37)를 유
도대장으로 정한다.

이처럼 세 가지 일의 책봉을 하고 선조가 떠날 준비를 차곡차

난공신 3등에 책록되고 경림군慶林君에 봉해진다.

임진란이 일어나자 순검사巡檢使가 되고 이어 팔도 도원수로서 한강방어의 책임을
맡았으나 실패. 평양이 함락된 뒤 순안順安에 주둔하면서 행재소 경비에 힘쓴다.
임란 후 신병으로 사직했다가 호조·예조·공조판서를 역임하고 정유재란 때는 병
조판서로 유도대장을 겸해 도성 방어의 책임을 맡는다. 그 후 좌찬성·이조판서·
우의정을 지내고 1601년 부원군府院君에 진책되면서 좌의정에 올랐다.

성리학에 조예가 깊을 뿐 아니라 병서와 궁마弓馬에도 능하다. 조정에서 그의 승진
이 지나치게 빠르다는 논의가 일자 임금이 '장차 병마절도사가 될 것이니 고칠 수
없다' 할 정도로 무장으로서의 자질을 인정받았다. 결국 그에게 평안 병사가 제수
되고 북방에 오랑캐의 위험이 있을 땐 북변, 또는 남방에 일본의 위협이 있을 땐 남방
에 기용 된다. 임진란 때나 정유재란 때는 수도방위와 국왕근위의 중책이 맡겨진다.
타고난 자질이 호쾌하며 어려서부터 기국器局과 풍도風度가 있어 조급한 말소리나
당황한 얼굴빛을 볼 수 없다. 일찍이 영달했으나 사교보다는 자신의 지조를 중히 여
긴다. 관홍寬弘으로써 남의 길을 열어주곤 한다. 그는 시詩·서書에도 조예가 있어
임란 후 재가 된 경복궁터를 돌아보며 감회를 읊은 시가 전해진다. 시호는 충익忠翼.

36) 申恪[?∼1592]
본관은 평산平山. 무과에 급제하고, 영흥永興부사를 거쳐 1587(선조 20)년 경상도방
어사로. 5년 후 임진란이 일어나자 서울 방위를 위해 중위中衛대장이 되었다가 도
원수 김명원의 부원수로서 한강 싸움에서 패한 후 유도대장 이양원을 따라 양주楊
州로 피해 감. 이곳에서 함경도병마사 이혼의 원군을 만나 전열을 정비하고 해유령
蟹踰嶺에서 일본군을 대파, 이때 임진강으로 패해 후퇴했던 도원수 김명원이 명령
불복종으로 몰아 무고함으로써 참형을 당함. 양주의 첩보를 접한 조정에서는 선전
관을 급파, 형의 집행을 중지하게 했으나 이미 죽은 후였다. 연안延安의 현충사顯忠
祠에 배향.

37) 卞延壽[1538∼1592]
본관은 초계. 자는 오원吾元. 문무를 겸비해 일찍이 무과에 급제, 훈련원 주부. 임진
란이 일어나자 의병을 일으켜 참전한다. 이순신·김효성 등과 함께 옥포에서 적 함
선 30여 척을 격파. 당포唐浦에 이르러 분전하다가, 아들 입岦과 함께 전사. 향리에
정문이 세워지고, 병조판서에 추증.

곡 진행하자 많은 사람이 몰려와 대궐문을 두드리며 통곡을 한다.

"전하! 한양을 버리지 마옵소서."

"전하, 끝까지 이곳의 종묘사직을 지켜야 하옵니다."

선조는 민심의 이반을 몹시 두려워했다. 사람들을 대궐 문밖으로 내보내 그들을 달래게 한다.

"자자, 주상께서는 마땅히 그대들과 더불어 죽음을 각오하고 떠나지 않겠다 하십니다. 돌아들 가시오"

순박한 사람들은 설마 왕이 거짓말하랴 싶어 그냥 돌아들 갔다. 다음 날 저녁 이미 궁 안, 마당에는 떠나려는 관리들과 그 일가친척, 소와 말로 가득 메워져 있었다. 이미 대궐 문을 지키는 군사들도 도망가고 남은 것은 떠날 사람들뿐이다.

하늘은 짙게 흐려 늦은 봄비가 한바탕 쏟아질 것만 같다. 선조와 광해군은 말을 타고, 왕비는 지붕이 있는 가마를 탔다.

"자, 떠나자!"

선조는 차마 고개를 돌려 궁궐을 쳐다보지 못하고 소매를 들어 눈을 가리고 운다. 긴긴 행렬이 궁궐을 아침 일찍 빠져나와 경복궁 앞에 이르자, 길가의 사람들은 땅바닥에 엎드려 통곡한다.

"마마! 한양을 버리지 마옵소서!"

그러나 그들은 이내 시위군에게 떠밀려 사라져간다.

궁녀들은 모두 통곡을 하며 허우적거리는 발걸음을 떼어놓는다. 일행이 한양을 빠져나가자 비가 내리기 시작한다. 홍제원을 지나면서부터 빗방울이 더욱 굵어져 숙의 이하의 여자들은 모두

가마에서 내려 말을 탔다. 가마꾼들이 진창에서 걷지를 못했기에.

유성룡은 일찍이 이이의 말을 듣지 않았던 생각이 떠올랐다. 그는 하늘을 우러르며 개탄해 마지않는다.

"이문성 공은 진실로 우리나라의 성인이었구나, 그의 말을 귀여겨 들을 것을……."

이제와 그가 후회한들 무슨 소용이 있으랴! 화살은 이미 과녁을 향해 떠나버린 것을. 어느덧 점심때가 되자 다다른 곳이 벽제관이다.

"전하 수라이옵니다."

간단한 점심상이 선조 앞으로 올라온다. 아무래도 다른 사람들이 음식을 먹는 것 같지 않아, 선조가 묻는다.

"세자는 어찌 되었느냐?"

경기도 관찰사 권징[38]이 옆에서 눈언저리에 물기 가득한 채로 말한다.

"송구하게도 세자저하의 수라는 마련하지 못했나이다." 임진왜란이 일어나자 경기도 관찰사에 임명되어, 임진강臨津江에서 일

---

38) 權徵[1538~1598]

본관은 안동. 자는 이원而遠. 호는 송암松菴. 시호는 충정忠正. 고려 말·조선 초의 문신. 학인 찬성사贊成事 권근의 후손. 사직사直 권굉의 아들이다. 1562(명종 17)년 별시문과에 병과로 급제해 검열, 1567년에 주서注書, 1568(선조 1)년 병조좌랑으로 춘추관기사관春秋館記事官을 겸직. 『명종실록』 편찬에 참여한다. 이후 여러 청환직淸宦職을 거쳐 동부승지에서 도승지에 이르고 형조참의에 임명된다. 전주 부윤으로 있을 때 경내에 정여립이 살았으나 사람됨을 꺼려서 만나지 않았는데 이로 인해 안변부사로 좌천, 다시 강원도 관찰사. 1586년 형조참판, 1588년 충청·함경도 관찰사. 1589년 병조판서로 승진했으나 정철의 실각과 함께 평안도 관찰사로 좌천된다. 사후 영의정에 추증.

본군을 막으려고 최선을 다했으나 패한다. 광해군의 분조分朝에서 경기도 순찰사로 군량미 조달에 힘쓰고 그 뒤 권율과 함께 경기·충청·전라 3도의 의병들을 규합, 일본군과 싸웠다. 1593년에는 서울 탈환작전에 참가한다. 명나라 제독 이여송이 일본 병과의 화의를 추진하자 이를 반대하고 일본 병을 끝까지 토벌할 것을 주장했다. 전후 공조판서로 일본 병에 의해 훼손된 선릉宣陵(성종 능)과 정릉靖陵(중종 능)의 보수를 주관했다. 1594년에 병으로 벼슬에서 물러난 뒤에도 자주 상소를 통해 자신의 의견을 제시했다.

부근의 민가는 다 비어 있어 음식 구한다는 것이 하늘의 별 따기나 다름없다.

"아아, 나의 죄가 크구나!"

선조의 양 볼에는 눈물이 하염없이 흘러내린다. 그는 숟가락을 들지 않고 장탄식을 하고만 있다.

곁에 있던 신하들도 모두가 통곡을 한다. 이렇듯 선조 일행은 저녁때가 되어 임진나루를 건너게 된다. 하늘은 칠흑같이 캄캄한데도 등불 하나 없었다.

밤이 깊어지자 강을 건넌 선조는 명령을 내린다.

"왜군이 쓰지 못하도록 배는 가라앉혀라. 그리고 강가의 저 집들은 헐어서 왜군들이 뗏목을 만들지 못하도록 해라."

선조 일행은 모두 흩어져 굶주리고 지친 몸으로 추위에 떨고 있다. 그들은 여염집에 들어 겨우 추위에 몸을 의지했다. 밤새토록 강 건너에서는 길이 막혀 건너오지 못한 자들의 통곡과 아우성소리가 어둠을 가른다. 선조가 한양을 떠나자 이 소문은 장안에 순식간에 퍼져나갔다.

"왕이 우리를 버렸다."

궁궐은 텅텅 비어 있다. 성난 난민들은 관청과 궁궐로 몰려다닌다. 불을 지르고 난동을 부리기 시작한다. 곳곳에서 검은 연기가 비를 뚫고 솟아오른다.

일본군이 입성하기도 전에 궁궐은 벌써 수라장으로 변해 있다. 왕을 비난하는 백성들의 원성과 분노 또한 높아만 갔다. 도성을 지키는 자는 도원수 김명원이다. 그는 한강을 지키기로 작정하고 제천정39)에 나가 있었다. 1624(인조 2)년 이괄의 난으로 왕이 왕대비와 함께 종묘와 사직단의 신주神主를 받들고 공주公州로 피난길을 떠나던 날 밤, 한강을 건널 때 제천정 건물에 불을 질러 그 불빛을 의지해서 강을 건넜다고 한다. 그때 일본군은 충주의 큰 싸움을 이긴 뒤 두 패로 길을 나눠 한 패는 안성, 여주,

---

39) 濟川亭; 이 정자는 조선시대 왕실소유로, 주변의 아름다운 경치와 함께 사랑을 받았던 대표적인 정자 중 하나다. 1456(세조 2)년에 세워진 것으로, 성종은 월산月山대군이 세상을 떠난 뒤 이곳에 자주 나왔다. 한때는 정자의 규모가 작고 좁다고 해서 이를 크게 고쳐 짓고, 1558(명종13)년에는 이 정자에 올라 수전水戰을 관람하기도 한다. 1958년에 발행된 『서울 명소 고적』의 기록에 따르면 이 정자 건물은 청일전쟁까지도 남아 있었으며, 그 후 왕실에서는 미국인 언더우드(H. G. Underwood)에게 불하했는데, 현장을 답사해보니 그 뒤 언제 없어졌는지 그 자리마저 황량했다. 오늘날 남은 제천 정 자리에는 표석이 현대 하이 페리온 입구 담장 앞 화단에 수표 터와 함께 덩그러니 남아 있다.

이천을 건너 서울 동쪽으로 올라오고, 나머지 한 패는 죽산, 용인으로 달려와 이미 한강 남쪽에 그 모습을 드러내었다.

의기양양하게 서로 앞을 다투어 한양을 향해 올라오는 그들의 기치창검은 천리나 뻗어 있는 것 같다. 그들의 총소리는 서로 마주쳐 가까이서 들려온 것 같다.

일본군은 지나는 곳마다 요새를 만들어 군사들을 남겨두면서 올라온다. 그들은 밤이면 서로 횃불을 들어 신호를 주고받는다. 그렇게 해서 자신들을 알려온다.

"장군! 왜군이 강 건너에 나타났습니다."

한강을 지키던 김명원은 높은 곳에 올라가 일본군이 오는 쪽을 바라본다. 일본군은 한양이 가까워지자 하늘에 조총을 연속적으로 쏘아댄다. 그러고는 미친 듯이 달려오고 있다.

그 기세는 가히 메뚜기 떼가 온 들판을 덮으며 날아오는 것 같다.

"아니, 저렇게 왜군이 많단 말이냐?"

김명원은 이미 일본군을 보는 순간 전의를 상실해버린다. 난생 처음 보는 조총 소리는 천지를 진동시키는 것 같다.

"안 되겠다. 역부족이니 퇴각해야 하겠다."

겁을 잔뜩 먹은 김명원은 화급하게 지시를 내려 준비해두었던 화포, 군기, 기계를 강물 속에다 집어넣은 뒤 옷을 갈아입고 도망가려고 한다.

"장군! 어디를 가시려고 하시오?"

김명원을 막아선 이는 종사관 심우정[40]이다. 그는 문관이었지만 부임하는 고을마다 치적을 올린 성실한 문신이다. 강화도에서 산성을 수축하면서 도민의 원망을 사지 않은 점을 인정받아 정유재란 때는 광주목사가 되어 일본군의 진격을 막을 남한산성을 수축하는 일을 맡는다. 영남에 주둔한 명나라 군대의 군량을 조달하는 일을 맡기도 했다.

"임금께서 장군을 남기시어 한양을 대신 지키라는 분부이신데 싸워보지도 않고 도주하려고 한단 말이오?"

"보시다시피 역부족이지 않소? 사태가 부득이할 때는 후퇴하여 기회를 엿봄이 병가의 기본이거늘 심 종사관은 정황을 똑똑히 바라보면서 어찌 그리 경망스러운 말을 하시오?"

"그래도 물러가면 아니 됩니다. 상께서 한양을 비운 지 얼마 되지도 않았거늘 신하 된 자로서 일각이라도 버텨 시간을 벌어야 하는 것이 도리가 아닙니까?"

"허어, 글쎄 임금께선 이미 멀리 가셨소. 한강에서 물러나 한

---

40) 沈友正[1546~1599]

　　본관은 청송靑松. 자는 원택元擇. 1576(선조 9)년 진사가 되고 1583년 문과에 장원한 후 성균관전적, 형조좌랑, 지평, 정언, 호조 등의 좌랑, 전라도사, 해운판관, 선천군수를 지내고 임진란 때는 도원수 김명원에 의해 종사관으로 선발되었으나 한강과 임진강의 전투에서 패한다. 그 후 필선이 되어 피란길의 세자를 수행했다. 소모사召募使에 임명되어 강원도에서 군대를 모집하게 되었으나 적극적으로 나서지 않고 이천에만 머무른 데다 임진강에서 패전한 후 장수를 버리고 도피한 것까지 문제가 되어 파직된다. 군기시정·파주목사·사간·헌납·광주목사 등을 역임했다. 이조판서에 추증.

양성을 지키면 될 게 아니오?"

그러나 한강에 나가 있던 군사들이 흩어지는 것을 지켜본 한 양성의 유도대장 변연수는 더 이상 도성을 지킬 수 없음을 알았다. 그가 도망치리라고 다잡아 마음먹은 것은 불가피한 일이라 생각했다.

"안 되겠다. 미련하게 이곳에서 죽느니 후일을 도모하자."

그는 성내를 깨끗이 비우고 창고나 곡식은 불을 질러 없앤 뒤 한양을 빠져나갔다.

그는 양주로 후퇴한 뒤 군사들을 재정비하기 시작했다.

24

　그때 변성엔 둥근 달이 차오르고, 채색한 누각에서는 풍경 소리가 요란스럽게 들려온다. 만월은 이미 중천에 떠 있다. 그러나 밤은 그렇게 깊지 않았다.

　그는 베개에 의지해 많은 것들을 떠올리고 있다.

　순간 의식이 가물가물하더니 어느덧 사라져간다. 그때 커다란 나비 한 마리가 너풀너풀 그에게로 날아든다. 그는 귀신에 홀린 듯 나비를 따라 나선다. 산을 넘고 내를 건너 어느 곳에 이르렀을까. 마음은 시원스럽게도 확 트이는 것 같다. 기분은 날아갈 듯이

상쾌했다. 그는 주위를 살펴본다. 아무런 기척도 없이 고요하기만 하다.

너풀너풀거리던 나비는 어느새 자취를 감추어버리고, 그는 홀로 이리저리 머뭇거리다 한 나무에 의지해 깊은 생각에 잠겨 있다. 바로 그때다. 급작스럽게 불어오던 모진 바람은 노여움을 드러낸 듯 휘몰아쳐 온다. 무섭고 거친 살기가 주위에 휩싸여 드는 것 같아 몸이 오싹했다. 꼭 한기가 들 것만 같다. 하늘과 땅은 왜 이렇게 칠흑같이 어두워 지척도 분별할 수가 없을까. 그때 너른 벌 아스라이 움직이는 횃불과 등불이 무리를 지어 그가 있는 곳을 향해 서서히 다가오고 있다. 수많은 장부들의 떠드는 소리가 점점 가까이 들려온다. 그가 정신을 가다듬고 서 있으려는데, 머리털이 모두 하늘로 쭈뼛 치솟아 오른다. 그는 급히 몸을 숨기고 장부들의 동태를 엿본다. 그들은 쫓고 쫓기면서 서로 이름을 불러댄다.

머리가 없는 이, 좌우 팔이 끊긴 자, 좌우 다리가 잘린 이, 혹은 허리만 있고 다리는 없는 자, 다리만 있고 허리가 없는 이, 배를 내밀고 절뚝거리는 자들로 들끓고 있다. 풀어헤친 머리에 얼굴이 덮이고, 토해내는 피는 비린내가 역겹다. 그들은 하늘을 향해 한마디 부르짖고 가슴을 치며 통곡한다. 그 소리에 산악이 흔들리고 흐르던 물도 멈추는 것 같다. 그들은 대게 강물로 뛰어든 군사들이 많다.

이윽고 구름이 흩어지자 이지러진 데 없는 달은 슬픈 빛을 띠고 얼굴을 내민다. 사위는 침묵으로 뒤덮여 있다. 여러 전사자가 각기 눈물을 씻고 말한다.

"하늘이 무너지고 땅이 꺼졌다 한들 이 원통함은 끝이 없을 것입니다. 달빛은 희고 바람은 잠잠한데, 이렇게 좋은 밤을 어찌 한자리 얘기로만 넘길 수 있단 말입니까."

그들은 함께 노래를 부른다.

"살아서 쓰이지 못했던 자
죽어서 또 무엇 하리오
나를 낳아준 이는 부모이지만
우리를 죽게 한 자 누구입니까.
길러준 은혜 깊기도 하지만
나라에 충성하는 일도 급하지 않습니까.
대장부란 한 번 죽음이 있을 뿐
목숨은 진정 아까울 것 없습니다."

합창이 끝나자 그들은 팔꿈치를 맞대고 앉아 서로 쳐다보면서, 한 전상병이 말한다.

"고당古堂에 계신 늙은 부모에게 맛있는 음식은 누가 올려야 합니까? 안방, 예쁜 아내의 얼굴에서 눈물만 부질없이 흐릅니다. 죽었는지 살았는지 궁금해하다가 빈 말 안장만 돌아 온 것을 보고, …… 지전紙錢을 사르며 혼을 불러들이고 있나 봅니다."

이때 한 전상병이 빙그레 웃으며 말한다.

"어찌 자질구레한 말을 합니까. 여기 우리 이야기를 엿듣는 속인이 있는 것 같습니다."

그는 정신이 퍼뜩 들자 나르듯 그들 앞으로 달려 나아간다. 여러 장수와 선비들이 모두 일어나 그에게 길게 읍을 한다.

"그대는 조금 전 여기를 지나던 사람이 아닙니까. 그대가 조금 전에 읊었던 시가 율은 깊이 풍자가 섞여 있고 절과 구는 더욱 처절해서 우리로 하여금 스스로 읽지 못하고 얼굴을 붉히게 했습니다. 그야말로 우리들 영혼을 울릴 만했습니다. 오늘 밤, 어떤 저녁인가 했더니 다행히 군자를 만나게 되었습니다그려! 지나간 일들은 마치 흩어진 구름 같아서 다 이야기할 수 없으나 그중에서 한두 가지를 군자에게 이야기해, 세상에 전할 수 있다면 얼마나 다행이겠습니까?"

온몸에 상처를 입은 한 선비가 말한다.

"군사들에게 위엄을 보이던 장수가 적과 싸울 때는 진지를 바꾸고 바다를 치고 깃대를 뉘었어요. 그렇게 당당하고 위엄 있던 모습이 졸지에 구름처럼 갈라지듯 흩어져 버렸다니까요. 힘차고 용감하던 병사들은 이리처럼 뒤만 돌아보고 들쥐처럼 숨기 바빴지요. 잘 싸울 만한 장수만 있고 잘 싸울 군사가 없다고 하여 어찌 우리들만 베인단 말입니까. 세상에 뛰어난 재주를 가지고 뛰어난 공을 세울 무리들은 어째서 이곳에서 죽게 했느냐 말입니다."

땅을 치면서 **장군**의 무 지략을 폭로한다.

참살을 당해 머리가 없는 한 전상병은, **장군**이 위엄을 내세워 자기 의견만을 고집하느라 좋은 계책들이 무시되고…… 군사들로 하여금 싸움다운 싸움을 해보지도 못하게 하고 억울한 죽음만 맞았다고 애통해한다.

죽령은 지리의 호조건을 갖추고 있었다. 한 사람이 관문을 지키고 있고, 만 명이 덤벼든들 열 수 없는 천혜의 요새다. 그럼에도 장군은 저 촉도[41]보다 더 험한 산악지형을 방어진지로 구축하지 않았다.

하늘은 기 끝에 조금 보이는데	天形旆尾擲
산세는 칼날처럼 날카롭구나!	岡勢劍鋩摧
안개는 온갖 숲에 비를 보내오고	霧送千林雨
강 소리는 만 리 밖에 뇌정이 울리는 듯한데	江奔萬里雷

---

41) 蜀道; 파촉巴蜀의 잔도棧道. 험하기로 유명한데, 이백李白은 촉도난蜀道難이라는 시를 지어 "촉도의 어려움이 하늘 오르는 것보다도 어렵다"고 했다(『익재난고 제1권』).

이리저리 우거진 숲 뚫고 들어가	班班穿薈鬱
뾰족뾰족한 봉우리로 올라가니	矗矗上崔嵬
말에서 내려도 나란히 가기 곤란하고	下馬行難並
사람이 맞닥치면 되돌아가야겠네.	逢人走却廻
놀라는 원숭이들 제자리에 머뭇거리고	驚猿空躑躅
날아가던 새도 빙빙 돌기만 하는구나!	去鳥但徘徊
아침 햇살 겨우 비추는 듯하다가	才喜晨光啓
갑자기 깜깜하게 저물려 하네.	俄愁暮色催
금우金牛의 고사도 허망한 듯하고	金牛疑妄矣
유마流馬도 운행하기 어려웠겠네!	流馬笑艱哉
다리에 쓴 손님에게 말하노니	寄謝題橋客
다시 오려고 약속할 것 무엇인가.	何須約重來

아깝게도 그는 이 같은 계획조차 세워보지 못하고 자신의 위험만을 내세운 것이다. 그의 고집은 **김 종사**가 '산길을 굳게 지키자'는 건의를 근거 없는 말이라고 하면서 받아들일 수 없다 한다. '차라리 물러가 경성을 지키자'는 이순변의 말이 더 이유 있어 보였음에도 그런 주장들을 전연 받아들이지 않는다. 그것에 대한 그의 변은 이렇다.

"배에서 내린 적은 걸어가기 어렵기가 마치 개나 돼지와 같은 것이다. 평탄한 넓은 들이야 한 칼에 무찌를 수 있을 것이니 어찌 높은 산이나 험한 고개에서 두 길로 막을 필요가 있느냐?"

탄금대 위를 향해 곧바로 군사를 내몬다. 초병을 용추龍湫 물가로 보내서 적의 동정을 탐지하게 한다. 그러고는 세 번 명을 내

려 북을 치게 했다. 다섯 번 명을 내려 군사들이 떠들지 못하도
록 입에 나무로 재갈을 물리게 하고.

그래놓고는 까닭 없이 지껄이는 자는 목을 벤다.

손자병법에는 사지에 들어간 뒤에라야 살아나게 한다는 말이
있다.

그럼에도 건장한 군사가 싸움다운 싸움 한번 해보지도 못하
고 모두 억울하게 피를 흘렸다. 전상자들은 다 고기밥이 되었다.
이런 영혼들의 통탄은 떼죽음을 당한 이들에게 비가 쏟아지듯
눈물을 쏟게 한다. 그런 눈물은 호통 치던 자에 대한 자조와 원
망 또는 그들 모두의 개탄스러운 감정이 들어 있을 터다. 이 어
찌 슬퍼하고 탄식하지 않으랴!

군사가 적진을 치기도 전에 전갈蠍의 맹독이 먼저 불어온다.
승리는 점령한 자에게 이미 기울어가고 있다. 지형이 비록 편리
해도 사람이 다투다가 강물에 빠져 죽는 일이 속출했다. 큰일이
실패됐으니, 아! 그 부하 전상병들은 어디로 돌아갈 것인가. 장
수는 이제 그 홀로 무엇을 할 수 있을까.

그는 8척 되는 몸을 만 길 물속에 던진다. 놀란 파도는 용솟
음쳐 솟아오른다. 물이 출렁거려도 부끄러움이나 서러움을 씻을
길은 어디에도 없다.

맑은 여울만 굽이쳐 슬프게 흐느끼고, 강물은 원망스럽게 애
원하듯 다투어 그 회포를 호소하는 것 같다.

때때로 구름이 달천 강변에 잠기고 서리 낀 달빛은 강물을 비춘다. 넋은 이리저리 헤매며 의지할 곳 없어 그림자만 홀로 슬퍼할 뿐이다.

상처받은 선비는 그에게 임금을 만나면 그의 여한을 풀 수 있을지 궁금해한다. 항우[42]가 산을 옮길 수 있는 힘, 아니 세상을 덮을 만한 기개가 있어, 백 번 싸워 백 번 이겼지만, 결국 그는 오강烏江에서 죽는다. 제갈량[43]이 누구인가. 와룡臥龍의 재주를 가지고 한漢나라를 붙들 충성심으로 다섯 싸움에 나갔다가 다섯 번 이기고 돌아오지 않았는가. 그러나 그도 종국엔 기산祈山에서 아무 효험 없이 죽어갔다. 누구를 원망하고 누구에게 허물을 찾을까! 이번 싸움은 사람의 일이 아니다. 대체로 이런 말들이 그의 항변일 것이었다.

---

42) 項羽[B.C. 232~B.C. 202]
   중국 진秦나라 말엽의 무장. 이름은 적籍.

43) 諸葛亮[181~234]
   중국 삼국시대 촉한蜀漢의 정치가. 자는 공명孔明. 뛰어난 전략가. 원래 남양南陽 땅에 은거하고 있었는데, 유비劉備의 삼고초려三顧草廬의 예禮에 감격해 세상에 나와 그를 도와서 오吳나라와 연합하여 조조의 위魏나라를 대파하고 파촉巴蜀 땅을 얻어 촉한을 세운다. 유비의 사후 후임 임금인 유선을 받들면서 남방南方의 만족蠻族을 평정, 위나라의 사마의와 대전 중 병으로 사망한다. 시호는 충무忠武·무후武侯.

25

그때 수레와 말달리는 소리가 사방에서 구름처럼 모여든다. 깃발을 휘날려 칼과 창이 **빽빽**하고 혹은 부절符節(대나무 쪽으로 만든 부신. 지난날, 사신의 신표로 이용되었다)을 차고 앞에서 인도해 금세 누각 밑으로 몰려든다. 백면서생들과 혈색이 좋은 용맹한 장부들이다. 그가 서성거리다가 인사하고 초청받은 자리로 오르는데 갑자기 돛대와 노가 또 **빽빽**하게 밀려와 냇가를 가득 메운다. 구름 같은 돛이 바람을 맞아 배는 그 숫자가 천 리 길은 늘어질 것 같다. 배들은 이윽고 갈대밭 물가에 닻을 내린다.

한 **제독**이 누런 비단에 싸여 내려오자 먼저 와 연회석에 앉았던 여러 귀한 손님이 일제히 일어나서 그를 맞는다. **제독**은 첫째 자리를 잡는다. 오른쪽이다. 왼쪽 첫째 자리는 **고 첨지**, 그다음에는 **최 병사, 김 원주, 임 남원, 송동래, 김 회양, 김 종사, 김 창의, 조 제독**이 차례로 합석한다.

오른쪽 둘째 자리는 **황 병사**를 비롯해 **이 병사, 김 진주, 유 수사, 이 첨사, 이 수사, 정만호** 순으로 이어진다.

남쪽 줄 머리에는 **신판윤, 심 감사, 정 첨지, 신 병사, 윤 판윤, 박 교리, 이 좌랑, 고 임피, 고 정자**가 줄을 이었고 맨 밑자리는 **승장**僧將이 배석했다.

김 종사가 좌우를 둘러보며 말한다.

"속사俗士 한 분이 여기 있으니 그를 맞아다가 앉히는 것이 어떻습니까?"

그 말은 그를 두고 한 말이다.

모두 좋다고 찬성한다. 그렇게 해서 그도 말석에 앉게 되었다. 좌석이 정해지자, 금문의 자개가 그려져 있는 상에 화려한 음식을 좌우로 차려놓고 슬픈 음악과 호탕한 풍류가 시끌벅적하다.

제독이 **정만호**를 불러 말한다.

"그대는 소를 잡고 말을 잡아서 여러 주빈과 술이 취하도록 마시고 함께 즐기도록 하라."

이 연회 때 제공된 소와 술은 몸을 내놓아 나라를 지켜준 은혜가 만 분의 일이라도 보답이 되었으면 하는 지성 어린 마음에서 기껍게 백성들이 내놓은 것이다.

채로 치는 북소리는 천지를 진동케 한다. 일부 초청된 손님들은 앞에 나와 뛰고 즐기면서 패기를 뽐낸다.

이때 **고 첨지**가,

"오늘의 유희도 즐겁지만 귀한 손님이 자리에 있으니…… 여러 군사가 외적을 물리치고 각자 품고 있는 뜻을 말해보는 것이 좋지 않겠습니까?"

그의 언행으로 보아 문사다운 기품이 목소리에 스미어 있고, 얼굴에도 배어 있다. 그들의 즐거운 놀이에는 풍류와 시조가 따르고 주류가 곁들여진다. **제독**은 곧 명령하고 징을 쳐 지휘한다.

삼성[44]은 아직 기울지 않았다. 달도 중천에 떠오르고 만물이 소리를 낮추어 숨죽인다. 나무의 그림자는 달빛에 어른거린다.

군병의 장교들은 금으로 만든 연잎무늬 술잔에 술을 부어 두세 잔씩 돌린다. 주빈들의 얼굴엔 화사한 봄기운이 돌고 화락한 분위기에 대화는 무르익어 가고 있었다.

먼저 자리에서 일어나 좌중을 향해 공손히 인사를 하는 사람이 있었으니 그는 젊은 **송동래**인가 보다. 순절할 때 그의 나이는 42세다.

"이런 귀한 자리에 소생도 불러주신 장군과 여러 어른께 백골난망이옵니다. 주제넘게 소생이 뭘 잘한 게 있다고 입을 열겠습

---

44) 參星; 이십팔수의 하나. 서쪽의 7째 별자리를 말한다.

니까만, 소생의 기억보다도 더 공신력 있다고 여겨지는 상촌象村 [申欽(1566~1628): 인조반정 후 영의정. 유교칠신]이 적은 편지가 여기 있어 이것을 참작하여도 괜찮다면 소생에 대한 전말을 간략하게 전해 드릴까 합니다."

……내가 **동래부사**로 부임하고서 한 해가 지났다. 적 일본군이 부산포에 쳐들어온 그때다. 동래는 해변이기에 적을 맨 먼저 맞이하게 되었다. 성에 상주한 우리 군사들과 백성들은 성을 공격하려는 적들과 치열한 싸움이 계속되었다. 우리 군은 일당백으로 싸워도 수만 명에 달하는 일본군과는 상대가 되지 못했다. 성은 이미 적의 수중에 들어가 버렸다……. 그때, 직감으로 내가 죽게 되었다는 것을 느끼고는 급히 조복을 가져오게 했다. 갑옷 위에 입고 의자에 걸터앉아 있다. 그때 적병들은 점점 가까이 밀어닥치고, 그래도 나는 작은 움직임도 하지 않았다.

바로 그때 내 가까이 다가오고 있는 적 중에는 평조 익이라는 자가 있었다. 그는 이전에 평조신을 따라 조선에 다녀간 일이 있어 소생과는 안면이 있었는데, 그는 정중하게 내 옷자락을 잡아당기면서 눈짓으로 나에게 성 옆 공터로 피하라고 재촉했다. 그래도 내가 응하지 않자 그는 내가 깨닫지 못한 것으로 알고는 또다시 손을 들어 옷을 잡아당기면서 피할 곳을 가리켰다. 아마도 그가 조선에 드나들 때 내가 그에게 대해준 일을 잊지 않고 있었는가 보다. 오래토록 나를 흠모하고 있다고 했다. 그래서 그

은혜를 보답하려는 뜻에서 그렇게 피할 것을 권하는 것 같다. 나는 그때 의자에서 내려와 북쪽을 향해 두 번 배례하고는 아버지께 글을 써서 보냈는데, 글 내용은 이렇게 적어 보낸 것 같다. "외로운 성에 달무리 지고, 여러 진은 단잠에 빠져 있습니다. 군신의 의가 중하다 한들 부모의 은혜라고 어찌 가벼우리까만……" 라는 말을 적는데, 양쪽 눈이 촉촉이 젖어들었다. 곧바로 인정사정없는 한 적병의 칼에 의해 내 몸은 처참하게 베어졌다. 즉전 나는 휘하에게 "내 허리 밑에 콩만 한 사마귀가 있으니 내가 죽으면 그것으로 표적을 삼아 내 시체를 거두라"라는 최후의 말을 남기고 곧추섰던 내 몸은 통나무 넘어지듯 무너진다. 시간이 얼마나 흘렀을까. 내 영혼은 주검을 떠나 공중에 두둥실 떠 있어 적 장수들과 적병들의 일거수일투족을 선연하게 내려다보게 되었다. 생시에 내가 겪었던 것과 조금도 다르지 않게 눈(아마도 영안靈眼일 것이다)에 들어왔다. 그때 평의지, 현소 등이 내가 죽었다는 말을 듣고 모두 탄식하고 있다. 나를 그렇게 애석하게 여기던 평조 익은 나를 살해한 병사를 찾아내 칼로 목을 베어 죽이는 것이 아닌가! 그런 후 나의 주검과 첩의 시신을 찾아 동문 밖에서 장사를 지내더니 나무 한 그루를 심어 표시를 해둔다. 죽기 즉전 내게 발길질을 해대는 병사에게 '나는 너희 나라 사람들에게 깍듯한 예로서 대해왔거늘 조선을 대하는 태도가 이렇게 무뢰한가'라고 꾸짖을 때는 화가 치밀었으나 내가 죽은 후 내 시신에 대하는 예후를 보고 다소 감정이 누그러졌는지 교차하는 바가 컸는가 보다. 그렇다고 그들이 어찌 조선의 악랄한 적이 아니겠는가……

1594(甲午)년 겨울 당시 경상절도사 김응서가 그 진중에서 적장 수 가토 기요마사를 만나 그곳에서 **송동래**의 사정을 듣게 되었다. 그는 이 사실을 조정에 소상하게 보고하여 이조판서를 증직하게 했다. 또한 그의 가문에다 제사에 쓸 쌀을 하사하고 그의 아들에게도 관직을 내렸다.

1595(乙未)년, 집안에서 상소하여 고향으로 장지를 옮기기를 간청했다. 선조는 김응서에게 교서를 내린다. 그의 집안사람을 시켜 적진에 들어가 가마에 관을 올려 돌아오게 한 후 청주 가포곡加布谷에 묻도록 했다.

여기서 잠깐 이야기를 바꾼다. 당시 재상이던 이항복이 접반사(중국의 사신 빈객을 시중하는 직분)의 일로 의령을 지나다가 **송동래**의 관을 다시 염하고 글을 지어 재를 올린 내용을 살펴본다.

송동래의 유해가 일본군 점령 지역인 부산 동래에 있다가 고향으로 돌아가 장사 지내려고 한다. 그의 관이 의령에 있을 때 그의 우인友人 이항복이 중국 사신을 접대하려고 의령을 지나는 길에 술동이와 닭을 제물로 준비토록 해 사방에 대고 소리를 지르며 아래위로 그의 넋을 불러 제사를 지낸다. 재문에는

'아! 달무리와 같이 적이 둘러싼 외로운 성에 담소하며 군민을 지휘한 것은 **송동래**의 열烈이 아니고 무엇일까! 시퍼런 칼날이 눈앞에 스치는데도 단정히 두 팔을 마주 끼고 움직이지 않은

234

것은 그의 절節이 아니고 무엇이랴. 이는 대게 평생의 소양所養이 혼란한 때를 당해 들어난 것이니 얕은 견해를 가진 사람으로서 는 알 수 없다.

아아, 슬프다. 동래산東萊山은 푸르디푸르고 남쪽 바다는 아득한데 길이 흩어지지 않고 천만 년이나 빈이름만 남을세라, 밤마다 남문 위에 떠오르는 자줏빛의 서기瑞氣가 바로 솟아 북두北斗를 찌르는 것은 **송동래**의 정기精氣가 아니던가.

구름을 잡아타고 바람에 나부끼어 한없이 올라가 천궁天宮의 첫 문을 밀치고 천상에 호소하여 뇌사雷師와 역귀를 몰아 일본군을 삼남에서 소탕하고 음습한 바람과 맹수같은 비를 몰아다가 사방의 피비린내를 씻은 뒤에 표연히 내려와 온 세상을 두루 돌아 못 갈 데가 없다. 어떤 때는 육신의 피가 흘러 내와 개천이 되기도 하고 뭉치어서 산악이 되어 남쪽 변방을 막고 싶은 것이 **송동래**의 평생소원이던 것을 못 이루고 천상으로 가서 영혼으로 되돌아오리라. 이항복은 의리가 내 몸이 물에 잠긴다 해도 변하지 않지만 글은 **송동래**의 죽음을 높이지 못하고 객지의 숙소에서 만났으니 울어보아도 **송동래를** 따라갈 수 없구나. 이 세상에서는 오늘 저녁이 마지막이요, 지하에서 천 년 동안이나 지내야할까. 한 잔 술로 물러가오니 천만 리 밖에서라도 고향을 생각하며 머리를 돌리소서'라고 읊었다.

바로 그때 왼쪽에서는 붓을 들어 시를 지어 읊고, 오른쪽에서는 거문고를 뜯며 노래를 부른다.

한동안 그는 슬픔에 휩싸였던 마음에 평탄치 못했던 기분이 서서히 무르녹아 드는 것 같다.

고 정자가 좌중에서 나와 말한다.

"국가에 난리가 났을 때 아버지는 분한 마음으로 의병을 일으켰습니다."

한바탕 싸움 끝에 흩어졌던 관군과 의병들을 수습해 모여들게 했다. 의군이 재조직되어 우리는 수원에 주둔하고 있던 권율의 진영에 합류하려고 서쪽으로 진군해나갔다. 그러나 얼마 못가 일본군 대부대가 길을 막고 있어, 더 이상 진군하기가 어려웠다. 우리 의군은 진로를 바꾸지 않으면 안 되었다. 예하 군사들을 거느린 나는 대장 아버지를 따라 완산(完州) 으로 이동해가야만 했다."

시끌벅적하던 좌중은 어느덧 조용해져 갔다.

"영남을 점령했던 일본군이 호남을 넘보지 못하게 하기 위해서였습니다.

아버지는 여러 지방민에게 격문을 띠웁니다. 임금의 가마를 호위하던 군관과 병사들에게 까지 소식을 전해주었습니다. 장정들이 너도나도 앞다퉈 모여들자 아버지는 앞장서 금산을 향해 진격해 나아갔어요. 그때, 금산엔 많은 일본 군사들이 진을 치고 있었습니다. 우리 군은 적들을 토성으로 몰아넣으려는 위세를 앞세워 당당하게 적진이 코앞에 닿도록 접근해 나아갔습니다.

의군들은 일사천리로 적들을 몰아붙여 우리의 작전은 일차적으로 성공을 거두었습니다……."

밤이 깊어지자 의군은 대오를 정돈해, 숙영지로 일단은 물러나 있었다. 이튿날 새벽 동이 터오자 적들은 모든 군사를 총동원해 토성 밖으로 벌 떼처럼 쏟아져 나왔다.

그들은 먼저 곽영이 이끄는 우리 관군 쪽을 향해 공격해 들어오는데, 그때 영암군수, 방어장 김성헌은 황급히 말을 몰아 도망가 버린다.

여러 진영 군사들은 태풍에 밀려나듯 스스로 무너져버리고 말았다. 아버지가 이끌던 의군들은 관군의 지원을 받을 수 없게 되자 외롭게 적을 막으려 모든 준비를 갖추고 방어하면서 적을 기다리고 있었다. 바로 그때다. 뒤쪽에서 급히 외치는 소리가 들려온다.

'방어사의 진지가 송두리째 무너졌다.'

이런 소리가 들려오자 의군 병사들도 슬금슬금 좌우 눈치를 보며 꽁무니를 빼는 사람들이 늘어나자 순식간에 흩어지기 시작한다. 아버지는 그와 생사를 같이하고자 하는 몇몇 부장들과 일부 충성스러운 병사들이 힘을 모아 칼을 휘두르고 창을 내질러 대고 활을 쏜다. 그러나 숫자로도 상대가 아닌 적 앞에서는 중과부적이다. 금산 1차 전투에서 이미 몸을 나라에 내놓으면서 의군을 모았던 아버지가 먼저 장엄한 죽음을 맞는다. 나는 화살촉과 돌을 모아 군졸을 재정돈했다. 우리 의군들은 다시 용감하게 싸워 피아간에 치열한 전투가 벌어진다. 나 역시 뾰족한 묘책을 살리지 못하고, 결국 나도 목숨을 내주지 않으면 안 되었다. 그때가 7월 초이니까 아마 10일경이 될 것이다. 그러니까 내 나이 32세를 다 채우지 못하고 생을 마감한 것이다. 나는 지상을 떠났음에도 아버지가 먼저 내 곁을 떠난 것이 한이 사무쳐 그랬을까? 황천으로 떠나지 못하고 공중에 매달려 둥둥 떠다니면서 그때의 참상을 적나라하게 내려다볼 수 있었다.

26

멀고 가까운 지역을 가릴 것 없이 아버지와 내가 전쟁터에서 죽었다는 소식을 듣고 여기저기에서 동시다발로 울부짖는 광경을 목격할 수 있었다. 사람들은 이구동성으로 말한다.

'황천45)이 돕지 않아 우리 장성을 잃게 되었다'고……. 나의 형 **종후**는 침통한 얼굴을 하고 아버지와 내 주검을 찾으러 이리저리 해매고 있다. 어려운 전투 속에 피아간에 쓰러진 병사들의 시신이 산더미처럼 쌓인 곳에서 우리 부자의 주검을 찾기란 쉽

---

45) 皇天: '큰 하늘'의 뜻으로 쓰이는 말. 즉, 하느님을 일컬음과 같은 의미로 쓰인다.

지가 않는가 보다. 나는 아직 허공을 떠돌면서 형이 측은해 보이는 얼굴로 우리 부자의 주검을 찾느라 해매는 것을 망연히 내려다보고만 있었다. 나는 형의 귀에 대고 아버지와 나의 주검이 있는 곳에 대해 속삭여주었다. 그러나 형은 알아듣지 못하는 것 같다. 그런 광경은 많은 의군병사들과 함께 우리 부자가 세상과 하직을 하고서 40일이 가까울 때쯤이다. 치열한 전투가 끝이 나고 그때까지도 시체가 쌓인 금산 연곤평延坤坪 지역은 일본군이 점령해 있던 곳이라 연고인들이 시신을 빨리 수습할 수 없다. 뒤늦게 찾은 내 얼굴을 보고 모두 감탄한 모습이다.

내 얼굴이 늠연凜然(위풍이 있고 씩씩함)해 보였기 때문이다. 내가 내려다보아도 살아 있는 듯했다. 나는 전쟁터로 떠날 때 옷 적삼 섶에 내 이름을 써두었다. 시신을 염하는 과정에 그것을 발견한 사람들은 내가 마치 나라를 위해 죽을 생각을 미리부터 하고 있었던 것처럼 여기며 더욱 애처로운 표정들이었다.

세상 사람들은 내가 이승을 하직하자 나를 두고 하는 말들이 '충효의 성품을 타고나 행실이 바르고 학문의 깊이가 예사롭지 않았다'고들 하는 것 같다. 사람들은 내가 평소 '기개와 절의를 숭상해온 결과'라고 생각하는 모양이다.

말이 길어진다고 생각한 **고 정자**는 면구스러운 듯 자기변명 같은 말을 한다.

"여러 어른 좌중에서 주제넘게 제가 가납사니같이 이런 자화자찬 격인 말로 들리신다면 먼저 사죄를 드립니다. 여러 어르신의 어떤 충고라도 가납하겠사옵니다."

"얘야, 됐다. 그만 앉아라! 잠시 소란이 있었던 점을 여러 선비와 장수들께 제 자식 놈을 대신하여 사과드리리다."

아버지인 **고 첨지**는 언필칭 자식의 언사에 대해 바라보고만 있을 수 없었던가 보다.

"괜찮소이다! 남은 이야기 마저 하시지요. 우리가 일단 세상을 떠나오면 세상일에 대하여는 더 이상 간섭할 수 없는 것이 만고의 법칙이외다. 그럼에도 **정자**께선 사후 전쟁터 수습광경을 세세히 말해주시지 않았소이까? 이 어찌 가상타 여기지 않으오리까? 가능하다면 이 차제에 정자의 성장과정도 들었으면 하오이다."

오늘의 주빈이라면 주빈인 **제독**의, 초청된 손님에 대한 격려와 정중한 예우다.

정자는 아직도 앉지 못하고 머뭇머뭇하다가 **제독**의 격려에 힘을 얻어 다시 입을 연다.

나는 어렸을 때 선비들 상견례의 놀이를 하곤 했다. 나는 '사람들에게 겸손하게 처신하라'는 아버지가 타이르는 말을 늘 기억하고 있다. 내가 아는 사람들 간에 불화가 있을 때 나는 중재를 한다든가 어려운 일을 해결해주려고 노력해온 것도 사실이다. 생기가 도는 언행을 유지하면서도 점잖은 모양새를 잃지 않으려 애썼다.

성인이 되던 어느 날 나는 대궐에 들어가 글을 지을 기회가 있었다.

주제가 걸려 나왔으나, 나는 사사롭게 글을 짓고는 그 글을 시험관에게 내주지 않았다.

나는 중얼거렸다. '선비가 몸을 세우는 데 그 뜻을 구차히 할 수는 없다'고…….

아전인수 격의 탐탁지 않은 시험 주제에 대해 나는 논하고 싶지 않았다. 그래서 나는 시험주제와는 정반대의 의견을 내놓고서 시험관에게 답안지를 제출하지 않았던 것이다. 사람들은 이를 두고 내가 마음이 곧아 정론을 펼칠 줄 아는 지조가 굳은 선비라고 일컫는가 싶다.

관에서 물러나 나는 한때 고향에 머물면서 세상의 영욕과 득실에 따라 마음을 내비치지는 않았다. 집안에 틀어박혀 힘써왔던 것이 있다면 오직 그것은 충성과 의를 향한 수양이었다.

그런 자가 난리를 당해 의병을 일으켜 부자가 함께 순절하고 형은 **복수장**으로 아버지와 아우를 죽인 왜군에게 복수하겠다는 일념으로 진주의 촉석루에서 최후까지 싸우다가 **최 병사, 김 창의**와 함께 남강에 투신해 장엄한 생을 마감했다는 것을 너무나도 당연한 이치였으리라!라고 그렇게들 세상은 입방아를 찧는가 싶다. 그것뿐인가! 두 누이는 희롱해오는 왜군을 꾸짖다가 자결하지 않는가. 서숙庶叔 경형과 경신, 그리고 몸종 봉이 귀인도 형과 함께 남강에 투신했다.

세상에서는 우리의 가문을 두고 이러쿵저러쿵 말들이 많은가 보다. 제갈량의 아들 제갈첨46)과 변호에 비교를 하는가 하면 중국 조정의 손어사 원화는 충절효제의 네 아름다움을 갖추어졌다고들 했다.

263년 위의 촉 정벌 당시 위가 촉한으로 공격해오자, 유선에 의해 위장 군으로 발탁되어 면죽관綿竹關에서 위나라에 대항해서 싸운다. 위장 등애가 항복하면 낭야왕의 지위를 준다는 권유를 했으나, 이를 뿌리치고 싸운다. 중과부적으로 전투 중 자결한다. 이에 그의 가문을 두고 충절효제가 진정 천하의 정론이라고들 했다던가!

"아버지 슬하를 떠나지 않고 진중에서 모시다가…… 부자가 함께 이렇게 죽었습니다."

그는 시 한 수를 읊는다.

"지하에서도 삼강은 소중한 것
인간세계의 만 가지 모두 헛것일세, ……."

이어서 정자의 형 **고 임피**가 나선다.

---

46) 諸葛瞻[227~263]
    그는 촉한 말기의 장수. 자는 사원思遠. 촉한의 승상丞相 제갈량의 장남. 그의 부인은 후주 유선의 딸. 제갈량에게는 양자 제갈교가 있으나 친자가 아니므로 제갈첨을 장자로 했다.
    약관의 나이에 촉한에 임관. 많은 이들에게 명망이 높다. 황호가 유선의 총애를 받으면서 황궁에 출입할 수 없게 된다. 슬하에 아들 제갈상과 제갈경이 있는데, 제갈상은 면죽관 전투에서 전사. 제갈경은 살아남아 하동 땅으로 이주한다.

27

"'대대로 충성스러움과 곧은 마음을 두텁게 가지라'는 선친의 가훈 '세독충정[47]'은 어렸을 때부터 듣고 저는 그것을 뼈에 새기고 이 네 글자를 외우고 가슴에 새기면서 자랐습니다.

촉석루가 왜군에 함락될 무렵 저는 **창의사, 경상병사**와 함께 남강에 투신하였습니다.

그런데 세상에선 이 일을 두고 영남선비들과 호남선비 들 간에 뜻이 서로 갈려 다투는가봅니다. 사실 그때 시말은 이러했는

---

47) 世篤忠貞; 세상은 溫情으로 바라보되 굳은 의지로 나라에는 충성을 다한다.

데도 말입니다."

그러니까 계사년 6월 21일 갑진甲辰에 일본군이 벌 떼처럼 몰려올 때, 진주성에 들어간 **창의사**와 **경상병사**는 각각 도절제사로, **충청병사**는 진주성벽을 지키는 책임을 맡은 순성장으로, 나는 하늘 같은 아버지와 사랑하는 동생을 죽인 원수를 꼭 갚고야 말겠다는 자칭 **복수의병장**으로 촉석루에 올랐다.

그때 일본군은 밀물처럼 조총을 쏘아 의군의 눈을 가리게 하는 화약을 피우며 성안을 향해 몰려들었다. 그날은 임자壬子일이다. 일본군이 쏜 조총 탄에 맞아 **순성장**이 숨을 거두었다는 급한 전갈이 날아왔다.

그때, 성 주위에는 비가 억수같이 내린다. 폭우에 못 이긴 진주성 동쪽 모퉁이가 순간 와르르 무너지고 말았다. 적들은 불개미와도 같이 성을 향해 기어올랐다. 이윽고 의군이 무너져 내렸다. 어떤 부하 막하 부장이 그의 대장인 **최 병사**를 향해 이렇게 말한다.

"경예한 군사를 이끌고 나가서 후일의 공을 도모하도록 하시지요. 장군!"

최 병사는 큰 소리로 외친다.

"내가 나라의 은혜를 받고 이 지방을 맡았거늘, 성이 있으면 내가 있고 성이 없으면 나도 없다. 어찌 구차히 살기를 도모하겠느냐?"

그는 변함없는 일념으로 계속 싸움을 독려했다. 그러나 최후의 방패였던 화살이 모두 동이 나버렸다. 의군병사들은 사기를 잃고 끝내 죽음을 면할 길이 없다고 생각했다. 나는 **김 창의, 최 병사**와 함께 성루에 올랐다.

우리 세 사람은 경상우병사였던 **최 병사**가 지은 시 한 수를 함께 읊었다.

> 촉석루의 세 장사壯士 각각 술을 한잔씩
> 따라 마시며 쓴웃음을 짓네.
> 길게 뻗은 남강을 바라보니
> 강물은 참으로 도도히 흐르는구나!
> 물결이 마르지 않는다면 우리들의 넋도 아니 사라지리.

"우리들은 북쪽을 향해 각각 네 번 절했다. 이윽고 세 사람은 함께 팔을 붙잡고 강물을 향해 뛰어들고 말았다."

최후의 죽음을 앞둔 세 사람은 나라의 군주인 왕이 있는 한양 도성을 향해 마지막 성스럽고도 엄숙한 생명의 의식을 행한 것이다. 비록 직접적인 왕명을 받았건 그렇지 않건 간에 부모와 형제의 복수를 위하건 나라를 위해 전쟁터에 뛰어들었건 간에 모두 나라를 지켜내고 왕에게 충성을 다하겠다는 것은 누구나 다를 바 없다. 그럼에도 진주성을 지켜내지 못한 그들로서는 이유야 어떻든 왕의 불충에 가까운 일이다. 그들은 그 불충에 대한 용서를 빌고 사죄하는 길은 오직 죽음의 길밖에 없다고 생각했나 보다.

그뿐만 아니다. 일본군에 무참하게 죽거나 설령 포로로 잡힌다 하더라도 **최 병사**의 말처럼 구차하게 적들에게 굴욕감을 보이고 싶지 않았을 것이다. 이런 정신은 세 사람이 가진 한결같은 마음. 그것이 적에게 굴하지 않는 조선의 선비정신이다.

옆에 있던 직방재 김보원도 그들과 함께 강물에 몸을 던지기 직전, 그는 속 무명옷을 찢은 천 조각에 혈서를 써, 그것을 접어 말안장에 꽂아 집으로 보냈다고 한다.

중정中情은 꼭 사람에게만 있는 것이 아니라 말도 어느 정도 간직하고 있는 것일까.

지각이 없을 것 같은 동물이 습관에 길들여진 탓에 그리 되어진 것이라 말할지 모른다.

직방재의 애마는 주인의 말을 인지할 수 있는 지각이 있어 그랬는지, 아니면 주인을 태워 평소에 다니던 길이 습관적으로 몸에 배인 것이라서 자연스럽게 집으로 돌아갈 수 있었는지 모르는 일이다.

어찌 됐건 직방재의 애마는 그의 혈서를 안장에 지닌 채 집으로 달려간 것이 분명한 것 같다.

직방재가 쓴 혈서가 그의 가족의 눈에 띄게 되어 비로소 그가 죽은 것을 확인하고 이 사실이 세상에 알려진 것이라 했다.

그 사실을 증명하듯 두 왕이 알고 치제해왔을 뿐만 아니라 수많은 어진이의 증언을 토대로 하고 있기 때문이다. 진주교원으로 보낸 호남 유생 275명의 명의로 된 통문에 죽은 사람을 슬퍼하여 지었다는 정담[48]의 만장挽章에 '뼈가 강에 잠기니 물고기들이 산더미를 이루었도다.' 정담은 1592년에 김제군수로, 이해 임진란이 일어나자 의병을 모집해 권율의 지휘하에 나주판관 이복남, 해남현감 변응정, 의병장 황박 등과 함께 웅치熊峙를 방어했다.

이때 금산을 거쳐 전주를 점령하려는 고바야카와 휘하의 일본군을 7월 7~8일 양일간에 걸쳐 웅치에서 백병전을 벌이면서 끝까지 방어해 그들의 진격을 막고, 모두 전사했다.

김충용의 제문은 호남 의병의 기록인 호의록湖義錄, 윤선도[49]의 고산일록孤山日錄, 경상도 관찰사를 지낸 정사홍의 소문, 청시소請諡疏, 이조 정조의 학자로서 퇴계退溪의 계통을 이어받아 안동에서 많은 후학을 길러낸 바 있는 이상정[50]의 약중편제約中篇制, 선묘보

48) 鄭湛[?~1592]
　　무신·의병. 본관은 영덕盈德. 자는 언결彦潔. 호는 일헌逸軒. 창국의 아들이다. 1583(선조 16)년에 무과에 급제해 니탕개의 변에 공을 세우고, 여러 벼슬을 거쳤다. 일본군은 그 충절에 경의를 표시하여 '조 조선국충의간담弔朝鮮國忠義肝膽'이라는 묘비를 세워주었다. 1690(숙종 16)년에 정문이 세워졌고, 뒤에 병조참판에 증직. 영해 충렬사忠烈祠에 제향.

49) 尹善道[1587~1671]
　　본관은 해남海南. 자는 약이約而. 호는 고산孤山·해옹海翁. 시호는 충헌忠憲. 1612 (광해군 4)년 진사가 되고, 1616년 성균관 유생으로 권신 이이첨 등의 횡포를 상소했다가 함경도 경원慶源과 경상도 기장機張에 유배된다. 1623년 인조반정으로 풀려나 의금부도사가 되었으나 곧 사직하고 낙향한다. 여러 관직에 임명된 것을 모두 사퇴했다.

50) 李象靖[1710~1781]
　　본관은 한산韓山. 자는 경문景文. 호는 대산大山. 1735(영조 11)년 증광문과에 병과로 급제, 정언을 거쳐 예조참의·형조참의에 이르렀다. 저서에 『대산문집』, 『약중편

감 등 이를 뒷받침할 만한 것은 이루 헤아릴 수 없이 많았던 기록들을 그들은 인용하고 있다. 윤선도는 1659년 남인의 거두로서 효종의 장지문제와 자의대비慈懿大妃의 복상문제服喪問題를 가지고 서인의 세력을 꺾으려다가 실패, 1660년 삼수三水에 유배되었다. 1636년 병자호란 때 의병을 이끌고 강화도로 갔으나 화의를 맺었다는 소식을 듣고 제주도로 항해하다 보길도에서 숨어 살았다. 그러나 병자호란 당시 왕을 호종하지 않았다 하여 1638년 영덕盈德에 유배되었다. 1년 뒤에 풀려나 해남으로 돌아갔다. 치열한 당쟁으로 일생을 거의 벽지의 유배지에서 보냈으나 경사經史에 해박하고 의약·복서卜筮·음양·지리에 도통했다. 특히 시조에 더욱 뛰어났다. 그의 작품은 한국어에 새로운 뜻을 창조했다. 시조는 정철의 가사와 더불어 조선시가에서 쌍벽을 이룬다. 이상정은 경상도 안동安東에서 학술을 강론하여 많은 제자를 길러냈다. 그의 학문은 이황의 학통을 계승해 성리학을 깊이 연구했다.

그러나 현실은 이 사실과는 무관하게 돌아가고 있다. 일휴당日休堂 **최 병사**가 지었다는 그 시는 그의 것이 아니라 지은이가 김성일이라고 한다. 그래서 지금은 현판이 촉석루에 그의 이름으로 걸려 있다. 그들이 시에 지적한 세 사람은 **최 병사, 김 창의, 복수의장**이 아니라 김성일, 조종도,[51] 이노라고 지목한다. 그러

제약中編制』, 『사칠설四七說』 그리고 후세들이 편집·간행한 『대산실기大山實記』 등이 있다.

51) 趙宗道[1537~1597]

본관은 함안咸安. 자는 백유伯由. 호는 대소헌大笑軒. 시호는 충의忠毅. 조식의 문하

고는 그들을 위해 촉석루에 비석을 세워두었다. 조종도는 1597 년 정유재란 때 의병을 모아 안음현감 곽준과 안의의 황석산성黃 石山城에서 일본 장수 가토 기요마사가 인솔한 적군과 싸우다 전 사했다. 그는 경사經史에 밝고 해학을 즐겼다.

그때의 세세한 정황을 **일휴당** 유고와 화순 읍지和順邑誌에는 이 렇게 적고 있다.

김성일은 계사년 4월에 당시 유행하던 역질에 의해 진주 군영 에서 죽었다. 그해 8월 황석산성이 함락될 때 전 함양咸陽군수 조 종도는 1597년 일본군과 싸우다가 절의에 세상을 떠났다. 다만 이노는 관사에서 죽었다고 했다.

황진 역시 진주성에서 6월 28일에 순절했다.

영조英祖 정묘에 **최 병사**의 인장을 남강에서 찾은 일이 있다.

생이다. 1558(명종 13)년 생원시에 합격하고, 천거로 안기도찰방安奇道察訪이 되고, 1585(선조 18)년 양지현감陽智縣監 때 선정되어 표리表裏를 하사받는다. 1589년 정 여립의 모반사건에 연루되어 투옥된 뒤 풀려나, 1592년 임진란 때 안음현감安陰縣 監이 되고 함양군수를 지낸다. 이조판서에 추증. 함안咸安의 덕암서원德巖書院, 안의 의 황암사黃巖祠에 배향. 문집에는 『대소헌집大笑軒集』이 있다.

28

영조 임금은 예관 안치택을 내려 보내 제사를 지내게 하였다. "<혼불사魂不死> '영혼은 죽지 않는다'는 시를 임금이 보았다"는 것을 제문에 넣도록 명령한 것으로 봐도 최 병사가 지었다는 것은 의심의 여지가 없다고 했다. 거기에다 영묘조英廟朝의 제가까지 얻었다는 사실, 즉 삼장사에 대해 최 병사가 한 말은 자기와 김, 고 두 공을 가리킨다는 것이다.

조선 중기의 학자로서 성리학에 밝았으나 국란을 당할 때마

다 의병을 일으켰던 우산牛山 안방준52)의 진주서사晉州敍事에는 이
렇게 기록하고 있다. '곽홍의郭紅衣53)는 그 성을 지키던 날에 먼저
군사를 이끌고 단성丹城에서 산간지대에 있는 고을인 산군山郡으로
떠났다. 강희열54)은 성이 함락된 뒤에 칼을 뽑아 적을 치다가

52) 安邦俊[1573~1654]

　　본관은 죽산竹山. 자는 사언士彦. 호는 은봉隱峰・우산牛山・빙호자氷壺子이며, 시호
　　는 문강文康이다. 1573(선조 6)년 전라남도 보성군 오야리(梧野里, 지금의 보성읍 우
　　산리)에서 진사 중관重寬의 아들로 태어나 숙부 중돈에게 입양. 박광전・박종정에게
　　서 배웠다.

　　1591(선조 24)년 19세에 성혼의 문인이 되고, 이듬해 임진란이 일어나자 스승 박광
　　전과 함께 의병을 일으킨다.

　　광해군이 즉위한 뒤 권신 이이첨이 그의 명성을 듣고 등용하려 하였으나 거절한다.
　　1614(광해군 6)년 가을 우산(牛山, 지금의 전라남도 순천시 송광면 우산리)에 은둔
　　하면서 후진을 교육했다.

　　인조반정이 성공하자 공신 김류에게 호현상의好賢尙義의 기풍 진작, 편당偏黨 조정,
　　인재등용과 선공후사, 오랑캐의 침략에 대비할 것 등을 당부하는 서신을 보냈다.
　　조정에서 동몽교관童蒙教官・사포서별제司圃署別提 등을 제수했으나 나아가지 않았다.
　　임진란 때『진주서사晉州敍事』를 기술한 것을 비롯해『항의신편抗義新編』,「이대원
　　전李大源傳」,『호남의록湖南義錄』,『삼원기사三寃記事』,『사우감계록師友鑑戒錄』,「혼
　　정편록混定編錄」,『매환문답買還問答』,『기묘유적己卯遺蹟』,『노랄수사老辣瀡辭』등을
　　저술했다. 이 글들은 조선시대의 의병사와 당쟁사를 연구하는 데 중요한 자료다.
　　그의 글과 시문詩文은『은봉전서隱峰全書』에 수록되어 있다. 사후 이조판서에 추증.
　　전라남도 보성군 보성읍의 대계서원大溪書院, 화순군 동복면의 도원서원道原書院, 화
　　순군 능주면의 도산사道山祠 등지에 제향.

53) 郭再祐[1552~1617]

　　임진란 때의 의병장. 본관은 현풍玄風. 자는 계수季綏. 호는 망우당忘憂堂. 아버지는
　　황해도 관찰사를 지낸 곽월, 어머니는 진주 강씨晉州姜氏, 그는 경상남도 의령宜寧
　　에서 출생했다.

　　1709(숙종 35)년 병조판서 겸 지의금부사에 추증. 시호는 충익忠翼. 저서로는『망우
　　당집』. 그의 묘는 대구광역시 달성군 구지면 신당리에 있고, 그의 사우祠宇에는 예
　　연서원禮淵書院이라는 사액이 내려진다.

54) 姜希悅[?~1593]

　　임진란이 일어나자 진주성 전투에서 활약하다가 전사한 의병 강희보, 강희열 형제
　　의 묘지가 광양시 봉강면 신룡리 신촌마을의 산기슭에 자리하며 현재의 묘는 1970
　　년 창립된 의병장 강희보, 강희열 형제 장군 숭모회에서 국가의 지원을 받아 보수
　　했다. 무덤 앞에는 덮개돌과 비석, 그리고 장군의 형상을 한 돌이 세워졌다. 1974년
　　광양군비의 보조로 묘비가 건립되었다. 비문에는 '증호조좌랑의병장강공희보 증병

장엄한 전사를 하였다'고 밝힌 것이다. 안방준은 이후 초야에서 학문에 정진하다가 정묘호란과 병자호란 등 국난이 일어날 때마다 의병을 일으킨다. 효종이 즉위한 뒤 좌의정 조익의 천거로 지평·장령·공조참의 등을 지낸다. 평생을 학문에 힘써 성리학에 능통했다. 정몽주와 조헌의 충절을 숭상했다. 은봉이라는 호는 정몽주의 호 포은圃隱과 조헌의 호 중봉重峯에서 한 글자씩 따온 것이다.

곽재우는 1585(선조 18)년 별시 문과에 급제했으나 답안지에 왕의 뜻에 거슬린 글귀가 있었기 때문에 파방罷榜(과거에 급제된 사람의 발표를 취소함)되었다. 이 일로 과거를 포기하고 은거하다가 1592년 4월 14일 임진란이 일어나 왕이 의주義州로 피난하자 같은 달 22일 제일 먼저 의령에서 수십 명의 사람들을 모아 의병을 일으킨다. 의병의 군세는 더욱 커져 2천에 달했다. 5월에는 함안군을 수복하고 정암진鼎巖津(솥바위 나루) 도하작전을 전개한 일본 병을 맞아 싸워 대승을 거둔다. 이때 홍의紅衣(붉은 옷)를 입고 선두에서 많은 적을 무찔렀으므로 홍의장군이라고도 불린다.

1613(광해군 5)년에는 영창대군을 신구伸救하는 상소문을 올린 후에 다시는 벼슬길에 나오지 않았다.

그는 병마절도사·삼도수군통제사·한성부좌윤 등 여러 차례에 걸쳐 관직제수를 거부하고 낙향을 거듭했는데 당쟁으로 나라의 형편이 날로 어지러워질 뿐만 아니라, 통제사 **이순신**이 죄

조참의의병장강공희열형제지묘(贈戶曹佐郎義兵將姜公希輔贈兵曹參議義兵將姜公希悅兄之墓)'라고 적혀 있다.

없이 잡혀 올라오고, 또 절친한 사이인 광주 의병장 김덕령이 이몽학의 난에 휘말려 죽는 등의 일련의 사태를 보고 더 이상 관직생활에 미련을 두지 않았다.

"이처럼 높은 충성과 큰 절의가 하늘을 뚫고 그 영광에 태양이 두루 비추지 않는 이가 없을 것입니다. 우리 모두가 진주성 또는 그 주위에서 하루 먼저 혹은 조금 뒤에 충신들로서 충절을 지켰습니다. 그럼에도 불구하고 우리 후대들은 '진주 삼장사'라는 말이 얼마나 큰 업적이 더해지고 위대한 것이기에 '삼장사'란 세 글자를 가지고 서로 자기가 당사자라고 갑론을박을 하는지 모르겠습니다. 다만 난리로 어려움 중에 문자와 사적들이 혹여 잘못 전해져 착오가 생겼을 수도 있었을 테지만. 꼭 '삼장사'라는 한정적인 숫자로 명칭을 붙이지 않더라도 우리 모두가 진주성을 지키기 위해 싸우다가 죽었음이 분명할진데 모두가 '진주장사'라 칭함이 더 어울리지 않겠는지요? 여러 어르신의 고견을 듣고 싶습니다."

"그거 좋은 말이외다. 어찌 그리 명성 얻기에 집착들을 하고 있는지 원, 흉악한 자들 같으니라고…… 쯧쯧, 불쌍한지고……."

당사자인 **일휴당 최 병사**는 좌중을 둘러 살피면서 크게 말했다.

"'삼장사'에 충성스러움과 진실하고 의리 있는 마음, 만일 가당치 않은 행실과 가당찮은 이름이 더해지고 가당치 않은 시를 지었다고 한다면 어찌 성한 덕에 누를 끼치는 일이 아니겠습니까.

'선조의 훌륭한 일을 자손이 드러내지 못할 때 어질지 못한
것'이라는 옛 주자의 말이 있다고는 하지만, 그것은 사실에 바탕
을 두고 정직한 공적에 한한 것이라 여겨집니다. 그럼에도 후손
된 자로서 훌륭한 조상의 일을 드러내지 못해 어질지 못하다는
말을 설마 듣고 싶지 않아서는 아닐 터이겠지요?"

촉석루에 투신해 순절했다고 하는 그를 후세 사람들 일부는
그가 '삼장사' 중에 한 사람이라느니 아니라느니 시비들이 끊일
줄 몰랐다. 이것이 후세들에겐 추로[55]의 다툼으로 알려져 왔던
것이다. 진주 '남강물이 마르지 않는 한 그들의 영혼도 사라지지
않으리라'는 삼장사에 대한 슬픈 시가 다시 되뇌어진다.

> 촉석루의 한가운데 마주 앉은 삼장사三壯士
> 술잔을 들고 웃으면서 긴 강물만 바라보네.
> 강물은 도도히 흐르지만 물결이
> 다하지 않는 한 우리들 영혼도 죽지 않겠지.

임진란 당시 한 의병이었던 김보원[56]의 「행장기行狀記」에는 이

---

55) 鄒魯의 다툼; 孔子는 魯나라 사람이고, 孟子는 鄒(同知)나라 사람이라는 것을 말하는
데, 영·호남 유림들 간의 진주 삼장사에 대한 다툼을 빗대어 지어낸 말인 것 같다.
조선 후기 선비들이 영남이 노나라를 대변한다면, 호남을 추나라로 비유하여 일컫
던 말인 듯싶다.

56) 金輔元[?~1593]
본관은 광산光山. 자는 사미士美. 호는 직방재直方齋. 전라남도 장성군 삼서면에서
출생한다. 하서 김인후에게 글을 배웠다. 낭월산朗月山에서 무예를 닦았다.

렇게 적고 있다.

계사 1593년 6월 21일 일본군은 15만의 군사를 거느리고 진주성 안으로 물밀듯이 몰려들었다. 그달 28일에 **황 병사**는 그만 조총의 적탄에 맞아 성 주변에서 안타깝게 숨을 거두고 일본군들은 성안을 가득 메운 벌 떼처럼 달려들어 순식간에 진주성을 점령해버린다. 머물 곳을 잃은 **김 창의**와 **최 병사**, 그리고 **고 임피**는 함께 촉석루에 올라가 마지막으로 술을 한잔씩 나눈다. 그러고는 **최 병사**가 앞서 말한 시를 읊는다. 그러자마자 세 사람은 다시 함께 약속이나 한 듯 물속으로 뛰어든다.

이때 김보원은 물에 뛰어들기 전 찢겨진 옷자락에 피로 글을 써서 그의 말안장에 끼어 말을 집으로 되돌려 보냄으로써 이 사실이 세상에 알려지게 된 것이라 했는데, 이를 두고 어떤 이는 촉석루 '삼장사'에 대해 언급하는 글에서 그것은 소설 같은 이야기라고 일축했다. 학문을 연구하는 학자라면 과거 수백 년 전에 일어났던 불가사의한 역사적인 사실을 어찌 그리 쉽게 부정하는 말로 단정 지을 수 있을까. 그 후로 여러 정황을 말하는 당시 상황을 전해주고 있음에도 잘못 와전된 것이라는 생각이 앞서서 그랬을까. 무엇보다도 그의 주장은 그때 당시 당사자가 직접 기록한 내용이 구술로 전해진 것에 비해 더 설득력 있게 생

임진란이 일어나자 권율의 종사관이 되었고, 조헌과 함께 청주에서 일본군을 소탕했다. 경상도 상주·선산 등지에서도 활약. 진주성 전투에 참가했다가 1593년 진주성이 함락되자 김천일, 최경회, 고종후 등과 함께 강물에 뛰어들어 순절했다. 철종 때 공조좌랑에 추증되었다.

각해서일까. 진정성에서도 당사자가 기록한 내용에 대한 신뢰성을 두고서, 그 같은 주장을 펼친 것인지 모른다. 물론 그 기록의 진실을 바탕에 깔고 하는 말일 터다. 그러나 김보원의 이야기에 진정성을 믿지 못하는 것과 마찬가지로 당사자의 기록 역시 진위 여부가 먼저 걸림돌로 작용한다는 것이 호남유생들의 주장이고 보면 먼저 돌출된 걸림돌부터 제거되어야 했다. 발 없는 말이 천 리 간다는 속담처럼 물론 구전은 쉽게 퍼져나갈 수 있다. 문제는 진실이 아닌 거짓이 어떻게 같은 내용으로 여러 문집에 수록될 수 있으며 또 그렇게 오랫동안 존속할 수 있을까.

명망 있는 사람들을 통해 전달된 사건이 왕의 입으로 공적을 논할 수 있었을까. 게다가 그것이 어찌 어진 이들의 여러 문집과 국사는 물론 지방지까지 기록되도록 방치되고 있었을까. 그것 또한 불가사의라 여기지 않을 수 없다. 자고이래 역사의 오류가 어찌 전무할까만 '삼장사'라는 직위가 얼마나 값지고 위대한 것이기에 왕을 능멸하고 역사를 거짓으로 장식하고 영호남 유생들이 몇백 년을 두고 다툼이 줄기차게 이어져 내려오게 되었는지 이것 또한 불가사의가 아니고 무엇일까.

유성룡의 말처럼 임금과 나라에 대한 충성과 의리와 그들의 기이한 공로로 조정에서 높여준 관위만으로도 그들의 이름을 충분히 빛내고도 남는다. 장사의 칭호가 그들의 공로에 비하면 더할 것도 덜할 것도 없다.

29

과연 촉석루 시가 어떤 것이기에 그들은 시를 읊을 정도로 여유 있는 마음을 갖고 웃음을 지으면서 최후의 운명을 맞았을까. 웃음이 어찌 즐거워서 나온 웃음일까만, 적들의 행태가 가소로워 절로 나온 쓴웃음이리라. 그러나 죽음을 앞둔 마당에 어찌 그렇게 태연할 수 있었을까. 죽음을 두려워하지 않고 기껍게 맞이하겠다는 굳은 의지 그것이 여유 있는 우리의 옛 선비들의 참모습이 아닐까.

문제의 발단은 이 시의 저자가 누구냐 하는 것부터다.

진주의 유생들은 이것을 두고 김성일의 작시라고 거듭 주장한다.

그러고는 그의 이름으로 현판까지 걸어놓았다. 그 주장은 지금까지 이어지고 있다. 그들은 시에서 지목한 세 장사는 김성일, 조종도, 이노라고 지목하고 그들을 위해 촉석루 앞에 비석을 세워둔 것이다. 지금 그 비석은 그 역사를 알고자 하는 극히 일부 사람들 말고는 아무도 거들떠보지 않는 관심 밖의 초라한 돌덩어리에 지나지 않을지 모른다.

당시 호남 유생들은 그들의 사사로운 생각으로 주객을 바꾸고서 어찌 역사가 바로 서기를 바랄 수 있느냐?고 개탄한다.

정묘년에는 **최 병사**의 도장을 남강에서 찾은 일이 있었다.

그 소식을 들은 영조 임금은 예관 안치택을 보내 제사를 지내게 했다는 사실도 같은 읍지에서 알 수 있었다.

혼불사, 즉 <영혼은 죽지 않았다는 시를 임금이 보았다>는 말을 제문에 넣도록 왕이 명령한 것으로 보아 호남 유생들은 그것이 확실하다는 것이다.

이는 영묘조의 재가를 얻은 것으로 보아 '삼장사'는 **최 병사**와 **김 창의**, **고 임피**를 가리킨 것이라고 주장했다.

최·김·고가 함께 촉석루에서 강물에 몸을 던진 날짜가 6월 29일이라는 것이다.

황진이 순절한 것은 하루 전날인 6월 28일이라는데, 하루 전날에 이승을 떠난 몸이 어떻게 그 뒷날 자리에 함께할 수 있었겠느냐?고 항변한다.

영묘 49년 계사 2월 29일에 전라도 유생 275명 명의의 연서로 된 통문이 진주로 보내진 것을 보면 내용에는 더 구구절절하게 적혀 있다.

"서로 알고 있는바…… 그때 회자된 시와 삼장사는 **최경회**와 **김천일, 고종후**였습니다. **최경회**는 두 사람과 같은 날 물에 몸을 던지기 즉전…… '삼장사'의 이름이 진실에 혼돈이 생겨 사실과 다른지가 오래되었습니다……."

그들은 자손 된 도리로서 거짓을 가려서 바로잡아야 하지 않겠느냐는 것이다. 정일품 관리에게 탄원한 내용은 이렇다.

"……백세후에 태어나서 백세 전의 일을 해석해 밝히더라도 촉석루 시에는 '삼장사'의 이름이 모두 지지地誌와 야승野乘과 여러 어진 사람들의 문집에 실려 있사옵니다. 사실을 자세하게 상고하고 한 글자도 함부로 덧붙임이 없습니다. 기록된 그 문자가 높으신 이의 귀를 더럽힐까 하오니 엎드려 바라옵건대 합하閤下('정일품 벼슬아치'를 높이어 일컫던 말)께서는 오직 일일이 살펴주시옵소서."

이정문은 순조 22(임오 11월)년에 보낸 것이다.

김성일·곽재우·강희열 등 세 집 자손들이 '삼장사'의 '지장 강指長江'의 구절을 가리켜 각기 자기들의 조상이라고 주장해 서로 배격하고 공박해서 해괴하게 만들고 있다.

김성일 자손들은 그 시를 문집에 넣고 촉석루 현판에도 기록

해놓았다.

유성룡의 시무차時務箚에는 이렇게 적고 있다.

"김성일이 경상도 관찰사로서 진주를 순행하다가 계사년 4월에 병으로 진주 군영에서 죽었다."

안방준의 진주서사에는

"곽재우는 그 성을 지키다가 먼저 군사를 이끌고 단성丹城진주 북쪽 경계에 있던 지명에서 산군으로 적을 쫓아갔다. 강희열은 성이 함락된 뒤에 칼을 들고 적을 찍다가 죽은 뒤에 멈추었다"고 한다.

어찌 됐건 조선의 의로운 선비들은 높은 충성과 절의가 하늘을 찔러 태양이 비추지 않는 이 있을까. 그들 모두가 순절한 것은 진주성 촉석루든 혹은 그 주위든 간에 치열한 싸움터에서 먼저 아니면 조금 뒤에 순절한 것이 분명했다. 다만 시간 차이만 있을 뿐이다.

그러나 호남유생들의 또 다른 주장에 대해 그는 인내력을 갖고 더 들어둘 필요가 있다고 생각했다.

"······ 시의 뜻으로 보더라도 격렬하고 분개한 말이 모두 스스로 맹세하고 몸을 강물에 던진다는 뜻이니 '술잔을 들고 웃으면서 강물을 바라보네'라는 말을 성이 함락되기 전에 먼저 떠난 사람이 어떻게 그 시를 지은 것이라 할 수 있을까? 칼을 뽑아 적을 찌를 때 강희열이 어떻게 그런 내용의 말을 할 수 있을까요? ……."

결코 그들이 촉석루 시를 짓지 않았다는 것이 명백하고 의심할 바가 없다.

최경회는 **김천일**과 **고종후**와 함께 세 사람이 대장으로서 성이 함락되자 서로 이끌고 물에 빠진 정황으로 봐도 시의 뜻과 조금도 다를 바가 없다는 것이다.

선조대왕은 사제할 때 제문에

"아득한 돌 언덕 충신의 몸 죽은 것이로다."

이런 왕의 제문도 상기시켜 주었다.

"난리로 어려움 속에서 이런 문자와 사적들이 혹시 잘못 전해져 착오가 생겼을 것이다"

는 글로 호남 유생들은 고의성을 믿지 않는다는 듯 진주교원 군자들에게 너그러운 내색을 표시했다. 그런 내용의 글임엔 분명하지만 그런 유의 말은 피차 사용할 수 있는 문구가 아닐까.

충성스러움에 진실되고 의리가 있는 저 삼공三公 마음에 가당찮은 이름이 더해지고 더 가당치 않은 시를 지었다고 한다면 어찌 왕성한 덕행에 누가 아니 될까라는 것도 누가 먼저 들춰냈느냐보다 양자가 공통적으로 사용해도 무방한 주장이다.

이런 때 그는 옛 주자의 말이 다시 떠올랐다.

30

‘선조의 덕행을 자손이 드러내지 못한다면 어질지 못한 것이다.’

그 자손들은 어진 조상의 높은 충성과 빛난 업적이 공연히 다른 사람에게 돌려지고 그것을 밝혀내지 못한다면 어떻게 주자가 어질지 못하다고 한 말에 그치고 말까. 비단 그 자손들의 사정뿐 아니라 나라 사람들의 공의에 비춰 봐도 적은 일이라고 볼 수 없다.

판서를 지냈던 김상휴[57]의 증언은 흥미로우면서도 자못 교훈적이다.

---

57) 金相休[?~1827]
　　본관은 광주廣州. 자는 계용季容. 호는 초천蕉泉으로 김무택의 아들이다.
　　조선 후기의 문신으로 화성華城에 거주했다. 1803(순조 3)년 별시 문과에 갑과로 급

내가 기억하기로는 수십 년 전에 송암松菴 이노의 자손들이 그 조상의 사적을 가지고 와 내게 보여주었다.

'송암 선조는 학봉鶴峯 김성일 선생의 시에 말한 삼장사의 한 사람이다'라고 했다.

'임진년에 섬 오랑캐가 쳐들어왔다. 그때 김 선생이 초유사의 명령을 받고 대소헌大笑軒 조종도와 이노가 함께 촉석루 위에 앉았다. 성은 비어 사람은 없었다. 강물만 깊어 보여 몹시 참혹했다. 그때 시를 지은 것이다'라고 했다.

그러나 호남 유림들은 '이들은 잘못 꾸며댄 말로 임금에게까지 보고하고 사당까지 세우려 했다'고 반박한다.

"곽재우의 후손들까지도 이치에 맞지 않는 변론과 그 일에 선비들은 동조하지 않는 것이 타당할 것이다. 나도 처음에는 그 말에 믿음이 가다가 중간에 의심이 되어 결국 깨달은 바가 있다. 그래서 다음과 같이 피력하고자 한다. 내 생각은 이렇다.

곽 공의 기이한 공훈이라든가 남다른 사적은 이미 천지에 휘날리고 한 세를 족히 울리고도 남는다.

장사라는 칭호는 곽 공의 공로에 더함도 덜함도 없을 것이다.

제하여 홍문록弘文錄에 올랐다. 이듬해 홍문관 교리로서 강화부안핵 어사. 1805년 시독관, 이듬해에 수찬을 거쳐 1807년 응교. 1810년 통신사로 일본에 다녀왔다. 그 공로로 1812년 가의대부嘉義大夫의 품계를 받는다.

1817년 강화부 유수, 1819년 대사성을 거쳐 이조참판, 대사간.

1822년 경상도 관찰사, 1824년 형조판서, 좌부빈객, 좌참찬 등을 역임하고 이듬해 한성부판윤, 판의금부사, 그 후 1826년 예문관 제학, 이조판서 등을 역임했다.

이노와 김성일도 합세 그 일에 소홀히 하지 않았던 고로 그들 역시 임금과 나라에 대한 충성과 의리가 다른 어진 이들에게 뒤질 바 아니다.

그럼에도 굳이 장사라는 칭호까지 더할 필요가 있을까? 곽 공, 송암, 학봉은 그 칭호가 아니더라도 조정에서 여러 포상을 준 것은 지나치거나 부족하지 않을 것이다. 그럼에도 실상이 없 는 이름을 가지고 어찌 영화롭게 여기려는가? 만일 부모의 화상 을 그리는 화가가 사람의 솜털만큼이라도 부모의 형상을 틀리게 그린다면 자기 부모가 아닌 다른 사람이 되고 말 것 아닌가.

그렇다면 그의 아들 마음이 어떨까? 편치 못할 뿐만 아니라 이 아니 슬픈 일인가!

하물며 말과 행동 같은 소중함이야 어찌 참모습을 드러내어 야 하지 않을까."

"중국 당唐나라의 율령국가律令國家를 이룩한 창업공신 방현령(산 동성 사람)58)과 두여회59)가 있었다. 그들은 같은 무게의 중요한 공

58) 房玄齡[578~648]
중국 당나라 때의 재상. 당나라가 일어나자 태종의 측근으로 활약했다. 두여회와 더불어 정관지치貞觀之治에 공헌했고 태종의 고구려 공격 때 장안을 지켰다.
치조우[齊州] 린쯔[臨淄: 山東省] 출생. 대대로 북조北朝를 섬기고, 18세에 수隋나라 의 진사進士. 당나라가 일어나자 태종太宗(이세민)의 세력에 가담, 측근으로 활약한 다. 태종이 즉위하자 중서령中書令이 되고, 이어 상서좌복야尚書左僕射가 된다. 정치 에 밝고, 공평한 태도로 일관했기 때문에 두여회와 더불어 현상賢相이라는 칭송을 받았다. 정관지치貞觀之治는 그들에게 힘입은 바가 컸다. 태종의 신임이 지극했다. 고구려 공격 때에는 장안長安에 남아 성을 지키기도 했다. 태종의 소릉昭陵에 배장 陪葬.

59) 杜如晦[585~630]
중국 당唐나라 창업기의 재상. 태종 즉위 후 병부상서・상서우복야尚書右僕射 등의

을 세웠다. 현령은 계획에 능통하고 여회는 판단력에서 현령보다 뛰어났다. 그럼에도 판단을 잘하는 여회의 공을 현령에게 돌린다면 그것은 현령 자신이 아닌 두 여회가 되고 말 것 아닌가. 그럴진대 여회의 자손들이 꺼리고 미워하지 않을지는 몰라도 현령의 자손들의 마음은 어떨까?

그러니 장사라는 칭호가 곽 공에게 있어서는 바로잡거나 장사의 칭호를 붙이지 않는다고 무슨 탈이 있을까. 이 공에 있어서는 그 후손들이 마땅히 잘못된 것임을 말하고 그것을 바로잡아 그 선조를 딴사람으로 만들지 말아야 할 것이다. 실상이 없는 이름을 가지고 이노의 어진 것에 누를 끼쳐서야 될까.

힘주어 말한 김상휴의 의중을 읽고 보니 이일보다 더 조상을 욕되게 하는 일이 있을까 싶다.

여기 조선왕조 후기의 문장가 신유한[60]이 지었다는 촉석루 시가 사뭇 인상적이다.

요직을 맡았다. 당조 확립의 입안추진자로서 방현령과 더불어 '정관貞觀의 치治'를 구축한 명신이다. 자는 극명克明. 경조두릉(京兆杜陵: 산시성 장안현) 출생이다. 대대로 북조北朝‧수隋에 벼슬하던 관료 집안 출신으로, 수나라 때 현위縣尉가 된 후 초야에 묻혀 있었으나, 당나라 태종太宗 때 벼슬에 나가 진왕부병참군秦王府兵參軍이 되어 각처를 전전했다. 문학관 18학사의 한 사람으로 방현령에게 그 재능이 인정되어 태종 즉위 후는 태자좌서자太子左庶子‧병부상서‧상서우복야 등의 요직을 맡아 일하고, 채국공蔡國公에 봉해졌다. 당의 법률제도의 인사행정을 정비하여 당조 확립의 입안추진자로서 방현령과 더불어 '정관의 치'를 구축한 명신이다.

60) 申維翰[1681~?]
본관은 영해寧海. 자는 주백周伯. 호는 청천靑泉. 1713(숙종 39)년 문과에 급제, 제술관製述官이 되어 통신사 홍치중을 수행해 일본에 다녀옴. 그 후 벼슬이 봉상시첨정奉常寺僉正에 이르렀으며, 문장에 능하고 걸작시가 많음. 저서로는 『청천집靑泉集』, 『분충서난록奮忠紓難錄』 외에 일본을 다녀왔을 때의 기행문인 『해유록海遊錄』이 있다.

오랜 세월을 두고 세상에 전해져 내려온 또 다른 촉석루 시는 당시의 전황을 다시금 회상하게 한다.

진양 성 밖 물은 동으로 흐른다.
무성한 대나무 꽃다운 난초 푸르게 물가를 비추고
천지에는 임금에게 보답한 세 장사라!
강산에 손이 머무르는 한 높은 다락일세.
노래 병풍에 날이 따뜻해, 숨었던 교룡이 춤추고
군막에 서리가 차, 자던 갈매기도 근심을 내뱉고.
남쪽에 보이는 두우 사이 성한 기운 없는데
대장 단에 음악 들으니 봄과 짝하리.

고 임피는 마지막으로 한이 맺힌 충효의 충정을 내뱉고는 짧은 시 한마디를 읊는다.

"군중의 고아로서…… 피눈물 흘리며 창을 베개 삼아 뼈를 새겨도 보답할 길 없습니다."

바람과 비는 해마다 스쳐
모래벌판의 백골엔 이끼가 끼었고
평생에 원수 갚으려던 뜻
한 치도 사라지지 않았네.

31

쉴 틈을 주지 않아 분위기를 거스를까 조심스러웠던 군관들은 금주전자에 담겨진 술을 귀한 손님들의 사이사이를 다니며 금술잔에 따르기가 여간 부자유스러운 것이 아니다. 아주 조심스럽게 움직이려던 차, 그렇게 한참을 망설일 때다. 좌측 머리에 앉은 사람의 소리가 들린다. **고 첨지**의 소리 같다.

"자, 이제 한잔씩 들어 잠시 목들을 축이고 계속 진행해도 될 듯싶소이다. 어서 목부터 축이십시다들!"

군관들은 그때다 싶게 손님들 앞에 놓인 비어 있는 금술잔에 술을 따르려 바삐 옮겨 다닌다.

금술잔에 담긴 향기로운 술은 백성들의 피로 빚어진 것이 아니요, 옥그릇에 담겨진 산 채류와 육류는 백성의 고육으로 짜낸 기름이 아니다.

조금 여유 있어 보이는 백성들이 자진해서 나라의 충신들에게 기쁨으로 내놓은 음식이다. 백성들이 가져온 술은 탁주로 빚어 농익은 술독에서 갓 떠낸 웃국인 맑은 청주 같다.

고 첨지가 제안한 후로는 술을 들자고 달리 청하는 이도 없다. 다만 옆 가까이 앉은 사람과는 주거니 받거니 하는 광경이 간간이 눈에 띤다.

자기의 주량대로 대다수가 자유롭게 잔을 비우곤 했다. 잔이 빌 때마다 여러 군관은 자기가 서 있는 가까운 자리부터 부지런히 찾아다니며 술을 따르기에 바쁘다. 그렇게 침묵이 얼마나 흘렀을까. 으슥한 산골 사찰에서는 풍경 소리가 구슬프게 들려온다.

별빛처럼 넘치며 깊어가는 저녁 무상함이 이런가! 빚어진 쇳조각이라고 어찌 슬픔이 없을까! 풍경 소리에 실려 아주 선명한 그리움이 그의 귀전에도 함께 울고 있다.

시 잔치는 다시 시작된다.

이 좌랑이 자리에서 일어난다.

그는 먼저 시를 읊고 나서 말을 잇는다.

"밝은 정승의 곁을 도왔는데 어찌해 군대의 영을 엿보았는가?

거꾸로 자빠진 임금을 본, 오랑캐들 벌써 제멋대로 구는구나!

칼은 장홍[61]의 피에 푸르고, 꽃은 두우의 소리에 붉어진다.

백골白骨 거두어 줄 사람 없는데, 꽃다운 풀만 공연히 자라나네."

부형의 유업을 이어받아 다만 성현의 말씀은 들어 외웠으나 이미 나라 일을 경륜할 재주가 없어서 조정 일을 계획하지 못했습니다. 전쟁을 감당할 용기가 적어서 적의 소굴을 벗어나지 못했습니다. 한 장의 글을 아내에게 보냈으니 장부로서 가소로운 일이 었고 두 개의 귤을 형에게 던져 원통한 귀신을 위로했다고 하나, 그 비참한 심정이 어찌 끝이 있겠습니까?

이 좌랑의 시와 말은 짧고도 간결하다.

이 좌랑 하면 그가 타던 애마의 일화를 빼놓을 수 없을 것이다.

성남시 수내동 중앙공원 내 수내정 부근에는 그의 묘역이 있고 그 아래에는 말 무덤이 있다.

당시 그는 상주 전투에서 일본군과 싸우다가 전사했는데, 정작 이 사실을 고향집에서는 전연 모르고 있었다. 그런데 어느 날 **이 좌랑**이 타던 말이 주인의 피 묻은 옷과 유서를 말안장에 끼워진 채 집으로 돌아온 것이다. 그때 비로소 가족들은 말안장

---

61) 장홍; 춘추시대 周나라 景王과 敬王 때 사람. 孔子가 그에게 樂을 배웠다. 景王 28년 晉나라의 大夫 范吉射와 中行寅이 난을 일으켰는데, 함께 일을 도모했다. 진나라 사람이 이 일로 주나라 왕실을 문책하자 蜀 땅에서 주나라 사람들에게 살해되었다. 또는 周靈王 때 사람으로, 천문에 밝았고 귀신에 관한 일을 잘 알았다고 한다. 일설에 따르면 그가 죽은 뒤 피가 흘러 돌 또는 碧玉으로 변했는데, 시신은 보이지 않았다고 한다.

을 들어내자 땅에 떨어진 유서가 쓰인 종이를 주어 보고서 그가 전사했다는 사실을 알게 된다.

그가 타던 이 말은 경상북도 상주에서 수내동(성남시 분당구)까지 장장 500리 길을 달려왔다. 말은 주인의 전사 소식을 그의 가족에게 전한 뒤, 3일 동안 아무것도 먹지 않고 울기만 하다가 결국 쓰러지면서 눈을 감고는 영영 뜨지 않고 숨을 멈추었다고 한다.

사람이 빠른 걸음으로 그곳 상주에서 분당까지 오려면 적어도 일주일은 잡아야 할 것이다. 분명 말도 아무것도 먹지 않고 달려오다 쉬었다가를 반복해서 오지 않았을까? 그렇다면 2~3일은 족히 소요되었을 것이다. 말은 적어도 일주일에서 열흘을 굶어 주인의 뒤를 따랐다. 그의 말은 주인의 사랑을 얼마나 많이 받은 애마였기에, 가족에게 주인의 슬픈 소식을 전하고 죽음의 길로 주인 뒤를 따른 것을 보면 보통의 말이 아닌 중정이 있는 명마였음이 분명하다.

그는 한산 이씨의 목은牧隱 이색[62]의 후손이다. 그는 조방장 변

---

62) 李穡[1328~1396]

고려 말의 문신·학자. 본관은 한산韓山. 자는 영숙穎叔. 호는 목은牧隱. 찬성사 이곡의 아들. 이제현의 문인으로 1341(충혜왕 복위 2)년에 진사가 되고, 1348(충목왕 4) 원나라에 가서 국자감의 생원이 됨. 부친상을 당해 귀국한 뒤 1352(공민왕 1)년 전제의 개혁, 국방계획, 교육의 진흥, 불교의 억제 등에 관한 시무책을 올림. 다시 원나라에 가서 1354년 제과制科의 회시會試에 1등, 전시殿試에 2등으로 합격해, 응봉한림문자승사랑동지제고검국사원편수관應奉翰林文字承事郎同知制誥兼國史院編修官을 지내고 귀국, 전리정랑典理正郎·중서사인中書舍人 등을 역임.

이듬해 다시 원나라에 가서 한림원에 등용, 귀국해 이부시랑한림학사史部侍郎翰林學士가 되어 개혁을 건의해 정방政房을 폐지토록 한다.

1357년 우간의대부가 되어 삼년상제도를 건의, 시행한다. 1361(공민왕 10)년 홍건적이 침입했을 때 왕을 호종한 공으로 공신에 봉해진다. 이후 좌승선·지병부사·우대언·동지춘추관사·대제학·판개성부사 등을 지내고 1367년 대사성이 되었다. 1373년 한산군韓山君에 봉해지고 이듬해 예문관대제학·지춘추관사 겸 성균관대사

기의 종사관으로 상주 전투에서 전공을 세우고 순절함으로써 영예로운 이름을 얻었다.

성에 임명되었으나 병으로 사퇴한다. 1375(우왕 1)년 왕의 요청으로 다시 벼슬에 나아가 정당문학·판삼사사를 역임, 1377년 추충보절동덕찬화공신推忠保節同德贊化功臣의 호를 받고 우왕의 사부가 된다. 1389(공양왕 1)년 위화도회군으로 우왕이 강화로 쫓겨나자 조민수와 함께 창왕을 즉위하게 하고, 명나라에 가서 창왕의 입조入朝와 명나라의 고려에 대한 감국監國을 주청. 이성계 일파를 제재하려고 했다. 그러나 이성계가 권력을 장악하자 오사충의 상소로 장단에 유배된다. 이듬해 함창으로 이배되었다가 이초의 옥獄에 연루되어 청주의 옥에 갇혔으나 수재水災로 함창에 안치된다.

1391년에 석방되어 한산부원군韓山府院君에 봉해졌지만 이듬해 정몽주의 피살을 계기로 다시 금주 등지로 유배. 다시 석방된 뒤 1395(태조 4)년 한산백韓山伯에 봉해지고 관직에 나올 것을 요청받았으나 끝내 고사하고 이듬해 세상을 떠난다. 그의 문하에서 권근·변계량·김종직 등을 배출, 조선 유교의 주류를 형성했다. 장단의 임강서원臨江書院, 청주의 신항서원莘巷書院, 한산의 문헌서원文獻書院, 영해의 단산서원丹山書院 등에 제향. 저서로『목은문고牧隱文藁』·『목은시고牧隱詩藁』 등. 시호는 문정文靖.

32

북천 전적지는 임진란 당시 조선중앙군과 향군이 일본 병과 벌인 장소로 조선군 1,000여 명이 순국한 호국의 성지다. 임란 때 일본군과 맞서 싸운 전투는 이곳 북천전투가 처음이었다.

1592년 4월 21일.

당시 일본 병 제1진인 고니시 유키나가, 가토 기요마사, 구로다 나가마사가 이끌고 온 일본군 3개 부대는 경상도의 종로, 좌로, 우로를 따라 서울을 향해 파죽지세로 북진해오고 있었다. 그들 뒤를 이어 일본군 후속 부대가 부산에 상륙해 진격하기 위한 길을 개척하는 3개 부대와 2일 3일 간격을 두고 뒤따라 북상하고 있는데, 이때 일본군 3개 선봉 부대의 규모는 5만 명이 넘는다. 뒤따라오는 후속 부대의 병력은 십만 명이나 되었다.

그러나 이때 조선에서 전개되고 있던 일본군은 규수의 하젠 나고야에서 조선 침략을 총 지휘하고 있던 도요토미 히데요시가 전쟁에 동원할 일본군 총병력의 절반에도 못 미친 숫자다. 나머지 반의 병력은 일본 본토에서 대기 중이었다.

고니시 부대는 인동仁同으로 진격하고 있고, 가토 부대는 의흥義興으로 향하고, 구로다 부대는 현풍玄風으로 진출하고 있었다.

일본군 선봉부대의 대열에서부터 부산에 이르는 길은 일본군 병졸들과 그들이 정박한 곳에 살던 조선 백성들이 실어 나르는 수레 대열로 가득했다.

개운포 수군開雲浦水軍 소속 병사들이 경상 감사 김수 휘하 군관 이탁영에게 이렇게 보고한다.

"제가 공문서를 가지고 밀양을 지나다가 숲 속에서 엎드려 몰래 북상하는 일본군을 살펴보니 새벽부터 밀양에서 청도로 가는 길에 왜군이 길을 꽉 매운 채 북쪽을 향해 올라가고 있었습니다."

이때 조선을 침략한 일본군은 모두 경상도에 있었다. 그러나 이를 차단하기 위해 경상도에 있는 조선군은 너무나 보잘것없이 빈약했다. 일본군 진격로에 있는 고을들은 수만 명이나 되는 일본군을 막아낼 병력이나 방어수단이 전혀 갖추어지지 않은 상태다. 그나마 경상도의 조선군은 대구 방면에 집결하려고 했다. 그런데 유언비어와 두려움으로 병사들은 모두 흩어져버린다. 그랬기에 사실상 경상도를 지켜낼 그 지역 조선군은 없는 거나 마찬가지다. 비록 조선 조정이 4월 17일에 이미 방어사 3명을 경상도로 급히 내려 보내 북상하는 일본군을 저지하려 했으나 한양에서부터 내려온 그들 병력은 보잘것없었다. 수적인 면에서도 매우 적었다. 경상도 조선군이 완전히 사라졌기 때문에 방어사들은 일본군에 맞서 싸워야 하는 전쟁터인 경상도에서 병력을 모으기가 여의치 않았다. 한양에서 내려 보낸 방어사들의 군대 역시 수적 열세를 면치 못했다.

일본군을 방어하기 위해 이틀 전 한양에서 내려온 조선의 중앙군 70여 명과 상주판관 권길 및 박걸과 장정 등을 합한 900여 명이 일본 병과 결사 항전하다가 장렬히 전사한 곳이 바로 상주 북천전투다.

조선 병사들은 일본군의 군 세력에 밀려 적을 저지한다는 것은 어림도 없었다. 그들은 전투를 회피하여 살아남는 것조차 보장받을 수 없었다. 이때 우방어사 조경은 정기룡이 이끄는 선봉대가 거창居昌, 신창新倉에서 구로다 나가마사의 일본군 선봉대를 격퇴시켰으나 결국 일본군의 힘에 밀려 금산錦山 김천金泉 방면에서 더 이상 내려오지 못하고 좌병사 성응길과 조방장 박종남은 의흥에 주둔해 있었는데, 더 이상 진출하지 못하고 있다가 가토 기요마사의 군대가 다가오자 마침내 경상좌병사 이각과 도망치는 관리들은 함께 퇴각해 조령을 넘었다.

가토 기요마사 부대는 의흥을 점령한다. 의흥현감 노경복은 공격해오는 일본군을 피해 이미 달아나버린 상황이라서 경상감사 김수는 지례知禮에서 경상도 곳곳에 전령을 보낸다. 그리고 경상도 방면 방어를 통솔하려고 했다. 그러나 일본군의 빠른 공격으로 경상좌도와 경상우도의 교통이 차단되었기에 일본군의 침략을 방어하는 데 아무런 조치를 취할 수가 없었다.

결국 경상감사 김수는 병력을 다시 충원해 일단 자기 자신으로부터 가장 가까이에 있는 우병사 조경을 돕기로 하고 병력 4백 명을 조경에게 보낸다. 하나 조선 조정은 이 3명의 방어사밖에 더 이상 군사를 경상도에 내려 보내지 못했다. 그러니까 4월 17일 조선 조정은 이미 순변사로 이일을 임명해 침략한 일본군을 격퇴하는 임무를 주었다. 이일은 함경도에서 여진족과 전투를 해 전공을 쌓은 무장이다.

1588년 시전時錢 전투에서 수천의 조선군을 지휘해 여진족 부락을 소각시키고 수백의 여진족 수급을 벤 명장이다. 이때 순찰사로 임명된 이일은 당장 군적에 소속된 한양의 장정들을 군기사로 소집하게 했다. 경상도로 내려가기 전에 정예병 3백 명을 징발하기 위해서, 하지만 군기사에 모인 장정들은 이일의 생각과는 달라 도저히 충족시킬 수 없는 사람들이다. 장정들은 평정건平頂巾을 쓰고 책을 옆구리에 끼고 다니는 유생들이나 군무를 전혀 모르는 사람들이다. 무엇보다도 전쟁터에 나가 목숨을 걸고 싸울 마음이나 용기가 없어 앞다투어 출정에 제외시켜 달라고 애원하기만 했다. 이일은 군기사에 소집된 장정들을 모두 돌려보내고 3일 동안 한양 각처를 돌아다니며 군관을 모으려고 애썼으나 용기 있고 군무에 능한 군관 80명을 도저히 모을 수 없었다. 그는 어쩔 수 없이 조만간 병력을 뽑아 지원해주겠다는 조정의 약속을 믿고 별장 유옥을 한양에 있게 하여 추가로 징집된 병력을 모아서 내려오게 했다. 그리고 이일은 종사관들과 군관 60여 명을 이끌고 먼저 상주에 내려오게 된 것이다.

박지는 경상감사 김수의 사위다. 이일이 순변사로 임명되었을 때, 자신이 이일의 종사관으로 들어가면 장인인 김수가 자신을 많이 도와줄 것이라 믿고 이일의 휘하에 들어간 것이다.

예조좌랑 **이경류**는 조방장 변기의 종사관으로 차출되었다. 원래 **이경류**의 둘째 형인 이경함이 종사관으로 차출된 것이 착오로 바뀐 사실이 나중에 밝혀진다.

이일이 4월 21일 문경에 이르렀으나 그를 맞이하는 관리나 사람들이 보이지 않았다. 이일이 문경 관아의 창고를 직접 열어 식량을 빼내어 군사들을 먹이려고 했다. 문경에서 이일은 일본군의 군세가 엄청나다는 소식을 듣고 이에 조정에 장계를 올린다.

"오늘의 적은 신병神兵과 같아 감히 당해낼 사람이 없으니 신은 죽음을 각오할 따름입니다."

그래도 이일은 군대에 동원할 사람들을 모으려고 부단히 애를 썼다. 이런 상황에서 그가 상주로 내려간 것이다.

이일이 상주에 도착한 것은 4월 23일이었으나 그의 휘하에 배속된 군대가 없다. 심지어 상주목사 김해는 경상도 방면의 조선군을 모아서 대구로 가다가 군대를 모두 잃고 말았다. 그는 상주로 되돌아왔다가 순변사 이일이 내려온다는 소식을 듣고는 그를 마중하겠다는 핑계를 대고 산속으로 도망해버렸다. 상주 판관 권길도 군대를 잃고 상주로 돌아와 있었다.

이때 고니시 군은 종로를 통해 대구를 지나 인동으로 진격하고 있었다. 상주는 고니시 군이 진격하는 종로에 있었기에 이일은 휘하 군대도 없이 고니시의 일본군을 방어해야 할 상황이다. 이일은 군대를 준비해두지 못한 판관 권길(권길이 김준신과 상주에서 전투준비를 하다가 이일을 맞이했다는 기록도 있다)에게 꾸짖고 그를 참수하려고 했다. 그러자 권길이 이일에게 용서를 빌면서 이렇게 말한다.

"제게 하루만 더 기일을 주신다면 군사들을 모아 드리겠습니다."

그러자 이일은 권길을 용서해주었다. 그는 온종일 상주 내를 돌아다니며 농민 수백 명을 모았다. 이일도 상주 성안에서 사람들을 징발, 마침내 군대를 모집했다. 약 천여 명 정도(상주에 900명을 징발하고, 한양에서 이일과 함께 내려온 군관 60명), 군대는 급히 모은 군사들로 조직되었다. 급하게 모은 병사들은 싸우는 방법을 알지 못하는 오합지졸이나 다름없는 농부들이다.

이일은 권길이 모은 군대를 이끌고 상주성을 나와 성 북쪽 10리(4km) 떨어진 북천에 진을 치고 징집된 장정들을 훈련에 돌입했다(의병장 김준신이 상주성 방어를 권했으나 이일이 듣지 않았다). 이때 계령 사람이 이일에게 가까이 와서 말한다. "왜적이 지금 상주 20리 밖에 와 있습니다"라고. 이일은 이를 무시해버리고 오히려 그를 참해버렸다. 병사들에게 유언비어로 불안만 심어주게 되면 모두 뿔뿔이 흩어지기 때문이다.

얼마 안 있어 일본군의 조직적인 공격에 조선군은 순식간에 와해되어 버린다. 일본군은 조선군 양옆으로 펼쳐서 조선군을 완전히 포위하고 옴짝달싹 못 하게 좁혀 공격해 들어온다. 전세는 일본군 쪽으로 완전히 기울어졌다. 이일은 지휘관복을 벗고 말을 달려 달아나서 노복과 군관을 이끌고 겨우 일본군의 포위망을 벗어날 수 있었다. 진중에 있던 얼마 안 되는 휘하 군관들은 죽음으로 싸우겠다고 외치면서 활을 쏘며 끝까지 싸우다가 전사했다. 찰방(종6품) 김종무, 의병장 김준신, 상주판관 권길, 종사관 **윤섬**, **이경류**, 조방장 변기의 종사관 **박지**, 호장(戸長: 왕조 때 고을 아전의 맨 윗자리) 박걸, 의병장 김일 등은 가마소에서 장렬하게 전사했다. 이일의 조선군은 포위망을 벗어나지 못하고 전멸했다. 말을 타고 있거나 운 좋은 극소수의 사람들만 목숨을 부지해 달아났다.

일본 기록인 서정일기에는 이날 일본군이 상주 전투에서 조선군 수급 300여 급을 베었다고 기록했다. 프로이스가 기록한 일본사에서 고니시 유키나가는 이 전투에서 조선군 천여 명 이상 무찔렀다는 내용의 장계를 일본 지배층에 보고했다.

북천에서 승리한 일본군은 승세를 타고 합창으로 진격해 그곳도 점령해버린다. 그러는 한편 일본군은 저항에 대한 보복으로 김준신의 고향 판곡리로 쳐들어가 김준신 마을 사람들과 그 집안 남자들은 일본군에게 저항하다가 모조리 죽임을 당한다. 여자들은 능욕을 피해 낙화담(이때의 일로 낙화담이란 이름이 붙여지게 됨)에 투신 자결했다.

다만 김준신의 어린 아들 김백일만이 집안 노비 백이의 도움으로 숨어 목숨을 건질 수 있었다.

고니시 유키나가의 일본군이 문경에 이르렀는데, 문경은 경상도 북쪽 경계에 있는 고을이다. 그러나 문경과 문경새재를 통과할 때 조선군 병력은커녕 개미 새끼 한 마리도 보이지 않았다. 문경현감 신길원만이 지키려고 했다. 경상도의 조선군이 사라진 이후 각 고을을 지킬 병력은 없었다. 쳐들어오는 일본군은 수가 엄청났기에 적이 고을에 들어오기 전에 겁먹고 달아난 장수들과 고을수령들이 많았다.

신길원의 경우에도 그의 휘하 사람들이 그에게 일본군을 피할 것을 권했으나 이를 거절하고 문경에 남아 끝까지 현감으로서 업무를 보살피고 있었다. 일본군이 문경으로 쳐들어온 4월 26일에도 그가 문경관사에 있을 때, 이날 혼란스러운 상황을 틈타 관아의 창고를 털려는 도적을 붙잡아 처형하고 있었다. 바로 그때 일본군이 갑자기 들이닥치자 문경관아에서 결사대 20명과 함께 매복하고 있었는데, 일본군이 관아를 침입해 들어오자 기습해 싸우다가 포로가 되었다(말을 타고 산으로 달아나다가 일본군에게 붙잡히고 말았다는 설도 있다). 일본군은 칼로 그를 굴복시키고 그가 가지고 있는 문경현감의 관인과 인수印綬를 빼앗으려고 했다.

그때 일본군은 점령지역의 관인과 인수를 확보해 포고문이나 명령서를 작성하고 그것에 관인과 인수를 찍어 점령 지역 백성들을 통치하려고 했기에 문경지배를 위해 신길원의 관인을 빼앗으려 했던 것. 하지만 그는 굴복하지 않고 끝까지 저항하며 관인을 내놓지 않았다. 그러자 일본군은 화가 잔뜩 나서 관인을 쥐고 있는 팔을 베어버린다. 그래도 그는 다른 팔로 그 관인을 붙들고 있었다. 그 팔마저 잘리자 입으로 관인을 물고 내주지 않으려 했다. 결국 일본군은 신길원을 잔인하게 난도질해 죽였다(신길원을 죽인 방법에 대해 다른 이야기도 있다. 사지를 잘라 죽였다는 말이 있고, 살점을 떼어 죽였다고도 한다).

이들은 모두 순변사 이일과 함께 싸우다가, 이일이 도망친 후에도 끝까지 분전했지만 결국 전사한 의인들이었다.

이번엔 **박 교리**가 나선다.

나이 겨우 18세에 이름을 삼천리에 날리고, 한림원 벼슬에 뛰어올라 대궐 안 푸른 연못 앞에서 하루에 세 번이나 임금을 조용히 뵈었습니다. 그 영화롭던 사람이 이미 분수에 넘쳤지요. 그러나 재앙이 그렇게 쉽게 찾아올 줄 누가 알았겠습니까? 잠시 대궐을 떠나 있는 동안, 갑자기 모두 범의 굴속에서 죽었습니다. 말을 달리는 재주는 죽은 선비로서 본래부터 서툴렀다 하지만 사람의 목숨 살리는 것은 저 하늘도 믿기 어렵습니다. 고향집은 아득한데 몸과 그림자만 쓸쓸할 뿐입니다.

그도 짧게 말을 끝내더니 이윽고 시를 읊는다.

> 백면서생은 사람들 중에 흔치 않건만
> 홍련은 장막 속에 피었다.
> 명예는 비록 몹시 뛰어났지만
> 하늘의 명령이 이미 슬프구나.
> 길은 멀어 넋은 어디에 의지할까
> 해가 오래되니 뼈도 이미 부서졌네.
> 달 밝은 밤 푸르게 장식한 담장 안에
> 밤마다 홀로 돌아오네.

박 교리는 나이 겨우 열여덟에 이름이 전국에서 으뜸이었다. 그는 금마옥당[63]을 단번에 뛰어오른 사람이다. 어로의 푸른 연기 속에 하루에 임금을 세 번 알현했다. 은총이 이미 넘쳐 재앙이 또 닥쳐왔는가! 뉘 알리오, 대궐의 뜰에서 하직을 올리자마자 문득 일본군의 소굴에서 참몰당할 줄은 미처 몰랐다. 말달리는 재주는 썩은 선비에게 본래 해당되지 않지만, 사람의 목숨을 하늘에 어찌 의지하랴. 고향은 아득하고 그의 몰골은 처량하기만 했다.

선조 수정실록에는, 이렇게 적혀 있었다.

왜적이 상주에 침입하자, 이일의 군대가 패주했다. 처음에 경

---

63) 金馬玉堂; 漢나라 때, 金馬門 玉堂殿은 文學하는 선비가 出仕하는 官衙이다. 後世에 翰林院을 일컫는 이름이 되었다.

상감사 김수가 적변賊變(적이 쳐들어온다는 소식)을 듣고는 곧바로 『제승방략』에 의해 군대를 분배시킨 뒤 여러 고을에 통문을 보내 각각 소속 군사를 거느리고 약속된 지역에 나와 주둔하게 했다. 이 때문에 조령 아래 문경 이하 수령들이 모두 군사를 거느리고 대구로 달려와 그곳에 머무르면서 들판에서 숙영했다. 그러나 부대는 전혀 통제가 되지 않은 채 순변사 이일이 오기만을 기다리고 있었다. 그런데 적의 군대가 갑자기 들이닥치자 많은 군사가 놀래어 동요하더니 그날 밤중에 진이 저절로 무너지고 말았다. 수령들이 제각각 홀로 말을 타고 문경으로 도망가 버렸다. 그 뒤에 이일이 비로소 조령을 넘어 문경에 들어오는데, 그때는 이미 고을이 한 사람도 없이 텅 빈 상태였다. 이에 스스로 창고 곡식을 내어 군사들을 먹이고 상주에 이르렀다. 이일이 판관 권길을 잡아들여 군대를 뽑도록 당부했으나 처음에는 한 사람도 모으지 못했다. 그래서 이일은 권길을 참斬하려 했다. 이에 권길이 스스로 나가 병사를 불러 모으겠다고 하고 밤새도록 촌락 사이를 수색해 수백 명을 모집했는데도 모두 농민이었다.

이일이 또다시 창고의 곡식을 내어, 흩어진 백성들을 유인해 모집한 병사들에게 나누어주었다. 수백 명을 얻고 나서, 어찌할 수도 없는 사이에 대오를 편성했다. 군사의 총수가 6천여 명에 이르렀다. 당시 일본군은 이미 선산善山에 도착해 있었다. 이일의 군사는 척후병을 보내지 못하고 있는데다가 백성들 역시 두려워 적의 상황을 감히 알리지 못한 결과를 낳았다. 그러는 사이 적병은 벌써 상주 남쪽 20리가 되는 냇가에 주둔하게 되나, 조선 군 지휘부에서는 그런 정황을 파악해둘 리 만무다. 이때 이일의 진영은 상주 북쪽 냇가에서 진을 치는 일을 반복하고 있다. 얼마 안 있다가 고을의 성안 몇 곳에서 불길이 치솟아 올랐다.

그제야 이일은 군관 박정호 등을 시켜 적진 가까이 가서 정탐하게 했다. 그러나 적은 이미 가까운 숲 사이에 잠복해 있다가 즉시 총을 쏘아 박정호를 죽이고는 머리를 베어 가지고 달아나 버렸다. 박정호는 본래 용사로 유명해 병사들이 바라보기만 해도 기가 꺾일 정도의 대담한 인물이었다. 마침내 적은 크게 무리를 지어 아군진지에 조총을 일제히 쏘아댔다. 적은 좌우에서 조선 병사들 진지를 에워싸니 병사들은 겁에 질려 활을 쏘면서도 시위를 한껏 당기지도 못했다. 군대가 어지럽게 혼비백산하자 이일은 곧바로 말을 달려 도망해버린다. 이때 병사들은 모두 섬멸 도륙되었다. 종사관인 홍문관 교리인 **박지**, **윤섬**, 방어사 종사관인 병조좌랑 **이경류**, 판관 권길이 모두 이 전투에서 전사했다. 이일은 군관 한 명, 노자奴子 한 명과 함께 맨몸으로 도망해, 그는 문경에 도착한다. 임금에게 장계를 올려 대죄하고, 다시 조령을 넘어 **신립**의 군진으로 향했던 것이다.

종사관이던 **박지**는 이일이 무의미하게 죽을 필요가 없으니 자기를 따르라는 말에

"내가 18세에 장원급제를 하고 나라의 은공을 받았거늘 오늘

날 군사를 잃고 장수는 도망하였으니 무슨 면목으로 임금을 뵈리오."

그는 맹렬히 싸우다 전사했다. 그의 나이 22세였다. 위의 기록을 보면 상주 전투가 얼마나 처참했는지 알 수 있었다.

이번엔 **윤 판윤**의 차례인가 보다.

"양반의 자손으로 나왔으나 조정의 신하로서, 때가 이르지 못해 명命이 끊겼습니다. 아무래도 하늘이 제 뜻을 받아주지 않은 것 같습니다. 많은 선비 중에 홀로 발탁되는가 싶더니 마침내는 어지러운 군사들 틈에 쓰러졌습니다. 아버님 어머님 늙어 쇠약하신 채로 소식이 끊어졌고, 산은 높고 물은 깊은데 길이 아득해, 밝은 달을 쫓아서 집에 돌아가 보고, 슬픈 바람에 불어 나무에 호소합니다."

> 활 쏘는 일, 젊은 때 익히지 못하고
> 진중의 말은 늙어 타기 어렵다.
> 쇠잔한 목숨 어찌 이다지도 어그러지는 일 많은가.
> 하늘 어두워 구름만 바라보고
> 해 저문데 오직 문에 의지하던 때이던가.
> 외로운 넋 적막한데 빈산에 두견새 슬피 우네.

의인이었던 **윤 판윤**은 그때 종사관으로 상주에 내려가 참전했다. 순변사 이일은 도망가고 **윤 판윤**은 **박지**, **이경류**와 최후까지 선전하다가 순절했는데, 세상은 이들 세 사람을 삼종사三從事라 불렀다.

그의 시호는 문열文烈로 처음엔 부모를 각별히 모시고 있었다. 병조의 정삼품 이하의 벼슬아치인 홍문관 교리로서 나라에 목숨을 내놓은 것이다. 그는 벼슬을 지닌 채 세상을 떠나는데, 어찌 한번으로 그에 대한 슬픔을 멈출 수 있을까.

신 병사는

"일찍이 무과에 합격하여 병서64)는 대강 읽었습니다. 병조65)에 뽑혔으나 북방의 방비의 길은 이미 막혀 있었습니다. 마침내 시운66)이 비색67)한 때를 당해 임금이 파천68)하는 가슴 아픈 일이 생겼지 않습니까. 군사들을 거느리고 저 철령鐵嶺을 넘었고 원수元帥를 만나 임진臨津에 진을 쳤습니다……."

"……나라의 수치를 씻으려 했고 겸해 **형**의 원수를 갚고자 했어요. 그러나 군사와 말이 모두 피로 물들었으니 아무리 뉘우친들 무엇 하겠습니까."

---

64) 兵書; 병법에 관한 책.

65) 兵曹; 武選, 軍務, 儀衛 郵驛 등에 관한 일을 맡아 보았다.

66) 時運; 시대나 때의 운수.

67) 조塞; 운수 따위가 꽉 막힘. 불행하여짐.

68) 播遷; 임금이 도성을 떠나 난을 피함.

강물은 유유히 흐르는데
한번 가더니 돌아오지 않네.
바람은 쓸쓸히 언덕에 불고
검정 구름 하늘을 가리니
어찌 이리 해가 차가운가.
누군들 형제 없으리오.
어찌 유독 우리 집에만 혹독했던가.
강물 속 물고기의 배에 내 뼈 숨겨 있다.
무릇 세월 흘러도 잊을 수 없네.

이번엔 **정 동**(첨)**지**鄭同知[69])가 아닌가!

"일찍 시서는 읽었으나 군사의 일은 배우지 못했습니다. 다행
이 과거에 급제하여 오랫동안 벼슬길에 나가 책임은 전쟁에 빈
접嬪接하는 일을 맡았고, 지위는 높은 벼슬에 올랐습니다. 그러나
복이 지나치면 재앙이 생기고, 은혜가 깊으면 죽음이 가벼운 법
아니겠습니까.

넓은 전쟁터에 떨어지고 뼈는 모래벌판에 썩어 슬픈 회포 푸
니 세월은 빠르기도 합니다."

교만한 칼날이 날아들어
성과 참호塹壕 무너뜨린다.
오작교[70])가에 살기殺氣도 드높아라.

---

69) 同知; 同知中樞府事를 줄인 명칭으로 조선조 때 中樞府의 종이품 벼슬을 말한다.

70) 烏鵲橋; 칠월칠석날에 견우와 직녀가 만날 수 있도록 까막까치가 은하에 놓는다는
전설상의 다리를 말하나, 여기에서는 신흠의 『광한루기에 나오는 "……호수에는 공

일찍이 서생도 전쟁 일에 나갈 줄 알았더라면
말을 달리고 활을 쏘는 법 익혔을 것을……

중에 걸쳐 있는 다리 넷이 있는데, 흡사 무녀 병이 은하를 건너가게 하기 위해 신
선들이 모여 일해 다리가 놓이자 하늘이 평지로 변해버린 것과도 같았다. 이름을
오작교라고 한 것은 그것과 비슷해서다"는 것을 말한 것으로 보아 광한루에 있는
오작교를 연상한 것 같다.

33

이번엔 **심 감사**가 차례를 이었다.

"도적이 우글거리는 속에서 왕명을 받고, 어지러운 전쟁 속에 벼슬을 살다가 종묘와 사직이 모두 폐허가 되고 말았으니 서울을 바라보면서 속을 썩일 수밖에 없었습니다.

군사들의 형세도 떨치지 않는데, 경기도 경계에 진을 치고 군사를 모집하느라 옷을 벗고 잘 겨를도 없었습니다. 마음은 공연히 나라에 보답하겠다는 데에만 간절했습니다.

삭영朔寧에서 군사를 패한 것은 비록 지혜가 없어서 그렇다 치더라도 종로鐘路거리에서 목을 베이더라도 다행히 자식이 있으니 죽고 나서 그 장소를 얻었다고 한다면 내가 다시 무슨 말을 하겠습니까."

> 푸른 산 깊은 곳 관문宦門이 닫혔는데,
> 척후71) 실어 보낸 말은 밤중에 가고 돌아오지 않네.
> 넋이 칼날 앞에 흩어지니 까마귀도 날아가고
> 새벽하늘 쓸쓸한데 달만 비껴 있네.

심 감사가 말을 짧게 마치자 따라서 **이 좌랑**, **박 교리**, **윤 판윤**, **신 병사**, **정 첨지**에 이르기까지 모두 간결하게 말과 시를 읊었다. 어느 정도 분위기가 종장72)으로 흘렀다는 것을 감지한 이심전심의 반응이었을까.

이 좌랑은 '사리에 밝은 정승의 곁을 도울 수는 있었는데 어째서 군대의 영을 엿보았는가'라고 한탄한다.

'나이 18세에 이름을 날려 한림원 벼슬에 뛰어올라 대궐 안 푸른 연못 앞에서 임금을 세 번이나 뵈었는데 그렇게 영화롭던 나에게는 분수가 넘쳐 재앙까지 자초할 줄 몰랐다'는 **박 교리**.

'……적막하게 외로운 넋, 먼 산에 두견새만 울더라고 읊은 **윤 판윤**, 강물 속 물고기의 배에 그의 뼈를 숨겼다는 **신 병사**,

---

71) 斥候; 斥候兵의 준말. 적의 형편이나 지형 등을 살피도록 임무가 지명된 병사.
72) 終章; 풍류나 노래 따위의 마지막 장.

은혜가 깊으면 죽음이 가벼운 법이라고 일갈했던 **정 첨지** 등이 순서를 이었다.

정 첨지는 1597년 8월 정유재란이 발생하자 예조참판으로 명나라 부총병 양원의 접반사가 되어 남원에 파견되었다. 양원은 일본군이 성 가까이 근접하자 승전이 어렵다고 판단해 그에게 먼저 피신할 것을 권유했으나, 이를 거절하고, 서숙庶叔 정기생 편에

"도적이 이미 남원 십 리 밖을 침범했으니 머지않아 포위될 것"
이라는 내용과 함께

"소자는 이미 나라에 몸을 바쳤으니 너무 상심하지 마십시오"
라는 비장한 편지를 아버지에게 올린 뒤, 일본군과 항쟁하다가 신호73) **이복남** 등과 함께 전사한다.

심 감사는 '공연히 마음만 나라에 보답하겠다는 생각이었으니 죽음은 당연한 귀결일진대 무슨 말을 다시 하겠는가라고 했다.' 그의 말은 자못 탄식 조였다.

---

73) 申浩[1539~1597]
　　본관은 평산平山. 자는 언원彦源. 시호는 무장武壯. 1567(명종 22)년 무과에 급제, 조산造山만호를 지내고, 도총부도사都摠府都事·경력經歷을 지낸다. 그 뒤 낙안樂安군수로 있을 때인 1592년 임진란이 일어나자 이순신을 도와 견내량見乃梁·안골포安骨浦 등의 해전에서 공을 세워 통정대부, 1597년 정유재란 때는 남원성의 포위를 풀기 위해 지원군으로 출전해 전사했다. 원종공신 1등에 책록되고 형조판서로 추증.

34

정만호[74]는 칼을 쥐고 일어서서 춤을 추며 낙범지곡을 부른 후에 말을 이어갔다.

"국가에 급한 일이 있는 것을 생각하고 여러 고을에 장정이 없는 것을 한탄하다가 살아서는 장군과 함께 일을 하고, 죽어서도 장군과 같은 곳에 묻혔으니 하늘 우러러 무엇이 부끄럽겠습

---

74) 萬戶; 조선 왕조 때, 각 道의 여러 鎭에 붙은 종4품 무관직의 하나다. 兵馬 萬戶. 水軍 만호가 있는데, 여기에 지적한 만호는 수군만호를 말한 것 같다.

니까? 땅을 굽어 무엇을 더 원하겠습니까?"

그의 기개는 활달하고 비장한 결의가 엿보인다. 그래도 노래
는 처절하게 들린다.

> 세운 기둥 높아 백 척이 되는데
> 큰 돛대 구름처럼 펄럭인다.
> 아득한 푸른 바다 무늬 없는 물결 어인 일일까.
> 좌측은 부산이고 우측은 대마도로다…….
> 먼저 죽는 몸 어찌 뜻을 이루리오.
> 아! 장한 이 기운! 구름 끝에 닿았도다.
> 대장부 자질구레해서야 뭣에 쓸까.
> 어찌 탄환 하나에 죽는 것을 슬퍼하랴!

그해 4월 예상대로 일본군의 조선 침범이 시작되어, 부산과
동래가 함락되고 경상도 일대가 와해 직전에 놓여 있었으나, 감
히 적들의 칼날을 막아내려고 나서는 자가 없었다. 무력해진 경
상우수사 원균은 전라좌수사 **이순신**에게 구원요청을 해오자, **제
독**은 즉시 여러 진의 포구에 격문을 보내 여러 장수를 지체 없
이 좌수영으로 모이게 했다. 곧이어 작전회의가 열린다. 회의 결
과 여러 장수는

"왜놈들의 세력이 심히 날카로워 경솔하게 출전하는 것은 불
가하니, 이곳에 병사를 대기시켰다가 전라우수사가 오기를 기다
려 함께 출전해도 늦지 않다"
라고 하는 사람, 또

"임금께서 이미 서행을 했으니 이곳에 머뭇거리는 것은 아무런 뜻이 없다"고 하는가 하면, 심지어 "우리나라는 이제 끝장이 났으니 각자 군을 이탈해 집으로 돌아가는 것이 마땅하다"고 하는 사람, 또 어떤 이는

"배를 서쪽으로 돌아 임금을 호위하자"고 말하는 등등 각양각색이다.

이처럼 급박한 상황인데도 하나같이 적을 공격하자는 장수는 한 사람도 없었다. 작전회의가 이런 지경이었으니, **제독** 역시 아무런 결정을 내리지 못하고 망설이고만 있다. 바로 그때, 분한 마음을 이기지 못해, 다혈질의 얼굴빛을 한 **정만호**가 좌중에서 벌떡 일어나 활과 칼을 고쳐 쥐고 본진으로 돌아갈 것을 강력히 주장한다. 그러자, **제독**은 **정만호**에게 그 연유를 묻자 그는 이렇게 말한다.

"영남 지방이 이미 적에게 함락되었으나 영남도 우리 땅이요, 호남도 우리 땅인데, 넘어다보기만 하고 구원하지 않는다면 그 누가 호남을 지키겠습니까? 급히 군사를 동원, 반격해, 호남도 방어하고 영남도 구원하는 것이 좋을 것입니다. 방어계획을 이런 방법으로 세운다면 군사들이 어찌 이를 허망한 계획이라 여기며 따르지 않고 세월을 보내고 있겠습니까? 더구나 지금은 상감께서 피난 중에 있으니, 바로 이 시기는 임금이 곤욕을 당하고 있는 때가 아닙니까. 전라 수군의 세력이 아직 완전한 편이니 마땅히 달려가 적의 기세를 방어한다면 임금을 모신 수레가

다시 서울에 돌아오실 날이 있을 것입니다.

지금 그와 같은 계책을 세울 때인데, 접전도 해보지 않고 겁을 먹으니 조정이 **장군**을 이곳에 보낸 뜻이 어디 있다고 생각하십니까? 병졸들은 한번 흩어지면 다시 단합하기가 어려운 것, 헤아릴 수 없는 사람의 뜻이 흔들려 병사들을 옹호하기 위해 출전하지 않는다면 어찌 되겠습니까. 오늘의 이 실상이야말로 수양首陽을 보호키 위해 강회江淮를 지킨 것과 무엇이 다르겠습니까. 장군께서는 계책을 속히 결정하여 여러 사람 앞에 공표해주시오." 그러자 **제독**은

"**정녹도**의 말이 옳소, **정녹도**가 아니었다면 내가 큰일을 그르칠 뻔하였소."

좌우를 돌아본다.

"좌수군은 오직 출전할 따름이나 만일 영을 어기는 자가 있다면 군율로 다스려 이를 참할 것이오."

이 같이 **제독**은 엄한 명령을 내린다. 다음 날 새벽 선단을 출발시켜 고성固城 땅 사량蛇梁에 이르렀다. 일본군의 세력은 의기양양한데, 영남의 병사는 겁에 질려 달아나는가 하면 스스로 그들이 탄 배들을 침몰시키기까지 하는 자도 있었다.

경상우수사 역시 작은 배를 타고 적량도赤梁島에 숨어 있다가 도우려고 **제독**이 왔다는 소식을 듣고서야 찾아와

"**이 장군**이 오기를 고대하고 있었소. 우리 배는 한 척도 남아 있지 않으니 이 일을 장차 어찌하면 좋단 말이오."

하며 눈물부터 지었다. **제독**은 오히려 그를 위로했다.

"더불어 진격합시다."

조선 선단이 여러 섬과 포구를 지나서 양암梁嚴의 골짜기를 빠져나오는데, 바로 그때 일본선 50척이 옥포에 머뭇거리고 있다가 조선 선단을 발견하고 아군 세력에 겁을 먹고 적선이 가덕도로 대피하려고 한다. 이때 **제독**은 적들을 공격하려 했다. 그러나 좌우 여러 장수들은 감히 가까이 접근하려 하지 않는다. 이런 상황에서 **정녹도**(이순신이 그에게 鄭鹿島라 부른 것은, 이전에 그가 수군 진이 있는 녹도에서 근무를 해 그때 지명인 섬 이름을 따 직위를 부르기도 했다. 보령 녹도는 작은 섬으로 대청도 · 외연도 · 초망도 · 오도 등과 함께 외연열도를 이룬다. 섬의 지형이 사슴처럼 생겼다 하여 녹도라고 불렀다)는 후부 장이었음에도 불구하고 시급히 노를 저어 선봉으로 앞질러 나서서, 북을 치며 홀로 칼을 빼들고 호령한다. 그러니 감히 누구라고 노 젓기를 게을리할 수 있었을까. 이윽고 조선 선단은 그 속도를 내어 적에게 돌진해갔다. 그제야 뒤 대열에서 머뭇거리고 있던 여러 장수의 선단이 적을 공격하기 시작한다.

이 같은 조선 선단의 진격이 있자, 적들은 배를 육지로 접안하자마자 배를 버리고 도망해버린다. 조선 병사들은 주인 없이 떠 있는 배들은 모조리 끌어다가 불살라버렸다. 이 전투로 승세를 잡은 조선 수군은 일단 배가 정박하는 부두로 돌아와 병사와 무기, 그리고 선단을 재정비하고 다시 사천泗川 고을 십암十巖에서 적선과 또다시 접전을 벌이게 되었다.

35

40여 척이나 되는 적선을 향해 조선 선단은 일제히 포화를 퍼부으며 돌진해갔다. 조선 수군은 언덕에 숨어 있던 적들을 향해서도 발포했다. 그 소리가 천지를 진동하는 듯했다. 이에 놀란 조선 일부 선단 여러 장수는, 감히 공격할 엄두를 내지 못했으나, **정만호**는 층선 바로 밑까지 노를 저어 들어가 모든 장사와 병사들에게 연이어 활을 쏘게 했다. 적들도 이에 대항하다가는 결국 배를 버리고 산언덕으로 도망해버린다.

정만호는 다시 군사들에게 적 2척의 층선에 올라 닻줄을 끊고 불태우게 했다. 그 화기와 불빛은 푸른 하늘을 잿빛으로 물들여 더욱 음험했다.

이 기세를 타고 여러 장수가 일제히 육지를 향해 진격해가자, 언덕 위에 머물러 있던 적병들은 두려움을 견디지 못해 더 멀리 도망쳐 버렸다.

조선 수군은 당포에 있는 적선과 월명포의 적은 협곡 사이에 숨겨둔 모든 적선을 찾아 공격했다. 이때 많은 적들을 죽이기도 하고 또 일부는 도망해버려 그곳에 버려진 적선들을 남김없이 불태웠다. 얼마 안 되어 또다시 적선 70여 척이 나타나자, **제독**은 퇴각명령을 내리고 적정을 조용히 살펴보았다. 그때 적의 선봉 2척이 공격해왔다. 조선 선단에서는 또다시 소란이 일어났다. 삿대를 버리고 도망치려는 기세가 역력해, 전의를 상실한 것 같다. 이때 **정만호**는 오히려 진격을 늦추지 않고 적에게 진격해 들어가자, 적들이 감히 가까이 반격해 오지 못했다.

이를 본 **정만호**는 휘하 선단에 군령을 내린다. 이때, 협선장 신진세가 진선을 멈추지 않고 적에게 진격해 들어가니, 적은 감히 오금을 펴지 못하고 그대로 멈추어 있었다.

조금 후 적의 작은 배 2척이 조선 선단의 옆을 지나가는데, 이들은 차차 조선 뱃길을 가로막을 것만 같아 **정만호**는 다시 그들을 공격해 들어가 적선 가까이에 이르렀다. 적들은 황망히 살려달라고 호소해 왔다.

정만호는 오히려 진격을 늦추지 않고 계속 돌진해 들어갔다.

적들은 탈출할 길을 찾지 못해 가부도 앞까지 접근해 육지로 도망해버리고 만다. 배 2척은 다시 화염에 휩싸여 연기로 변했다. 그 후로도 적선 70척이 또 나타났다가 겁에 질려 도망쳐 버린다.

제독은 휘하 선단을 통솔해 본영으로 돌아와 전투준비를 해 또다시 출전한다. 전하 도에 도착해 지도에 주둔한 적의 상황을 지켜보았다. 적의 기세는 대단했다. 그전에 보았던 것과는 비교할 바가 아니었다. 이때, **제독**은 즉각 진격명령을 내리려했다. 바로 그때, **정만호**가

"지도는 고성과 거제 사이에 있어 그곳 지세가 좁아서 싸울 수가 없은즉 적을 넓은 바다로 유인하여야 싸움이 가할까 하오"

라고 건의한다. 이 건의를 받아들인 **제독**은 전군으로 하여금 퇴선명령을 내렸고, 병사들은 상앗대를 버리고 위장 퇴각했다. **제독**과 **정만호**가 탄 배도 이 선단에 끼어 서서히 퇴각하고 있었다.

조선 선단의 계책에 속은 적들은 **빠른** 속도로 조선 선단을 추격해와 순식간에 전하 도를 지나 한산 앞바다에 이르게 되었다. 이미 조선 선단과는 지척의 거리에까지 다가온 것이다. 적 선봉 가까이에서 공격해온 것이라 보고 **제독**과 **정만호**는 영기_{令旗}중 에서 軍令을 전하러 가던 사람이 들고 가던 기인데, 푸른 비단 바탕에 붉게 '令' 자를 오려 붙였다를 흔들고 북을 치며 뱃머리를 돌려 적선을 향해 대항했다. **제독** 휘하의 모든 장수도 깃발을 흔들며 진격을 계속해갔다. 전

수군이 죽기로 싸우고 쳐부수었다. 적의 배들은 모조리 부서지고 적의 시체는 바다에 물새처럼 수없이 떠 있었다. 또한 핏물은 바다를 붉게 물들였다.

이 전투가 바로 한산대첩이다. 이 대첩을 거두게 한 것은 그 유명한 작전인 학익 진법이었다.

전세가 급박해지자 적, 대선 한 척이 탈출 도망해버린다. 조선 선단의 추격을 받고 일부는 배를 버리고 한산섬으로 올라 피신했고 일부는 사살되었다. 이날 전투에서 파괴된 적선은 무려 70척이나 되었다. **정만호**가 단독으로 파괴한 적선이 이 중 과반이다. 조선 선단은 다음 날 저물 무렵 전하도에 이르렀다. 그 섬에 산다는 한 주민은 이렇게 말한다.

"어제 적선 70여 척이 이 섬을 지나갔습니다. 오늘밤에도 4척이 개구리 소리 곡성을 내면서 온내도를 향해 가더이다."

제독은 이는 필시 한산도에 도망했던 적들이라 생각하고 이들이 지나갔다는 뱃길을 따라 추격해 적선 4척이 율포 앞으로 들어가는 것을 발견, 이들 배와 적병을 모조리 불태웠는데, 그중 3척은 **정만호**의 전과다. 이번의 승전보가 행조에 알려지자 선조는 그 공을 가상히 여겨 **정만호**에게 절충장군(정3품)의 품계를 특진하였다. 조선군이 번번이 적을 사로잡고 배를 불태우고 노획한 것이 오로지 그의 선봉이 되어 승세를 잡아 싸운 용맹에 근원이 되었으나, 그는 언제나 스스로의 공을 내세우지 않았다.

　제독 함대는 9월 초하룻날 곧바로 부산을 향해 진격해가던 도중 적선 2척을 몰운대 아래서 만난다. 이때, **정만호**는 몰운대라는 운자蕓字의 음音이 그의 이름인 운運 자와 같다 하여 자신이 '이곳에서 반드시 몰殁하리라' 생각하고 죽음을 목전에 둔 것처럼 항상 업무를 처리하며, 휘하 장졸들에게도

　"내가 만약 이곳에서 죽더라도 적이 알지 못하도록 하라. 나의 죽음을 적이 알게 되면 적의 사기가 충천하리라"

하고, 적에게 진격하여 전선을 파괴하고 휘하로 하여금 적선을 불사르게 했다. 이때, 남해 현령 기효근이 적이 버린 보화를 탐하여 녹도선의 병사를 바다에 빠뜨리면서 보화를 수습하고 있는 것을 알게 된 **정만호는** 매우 분개했다.

　"효근, 효근, 어찌하여 적을 토벌하는 데에는 협력지 아니하고 반대로 왜적을 죽인 우리 병사를 살해하는가?"

하고 꾸짖었다. 그때, 효근은 몹시 부끄러워하며 얼굴을 똑바로 쳐들지 못한 채 물러갔다. 이윽고 **정만호**와 조 방장 정걸75)이

---

75) 丁傑[1514~1597]

　본관은 영광靈光. 자는 영중英中. 호는 송정松亭. 1514(중종 9)년 12월 2일, 지금의 전라남도 고흥군 포두면浦頭面에서 태어남.

　1544년 무과에 급제한 뒤, 훈련원 봉사를 거쳐 선전관. 1553(명종 8)년 서북면 병마만호를 지낸 뒤, 1555년 을묘왜변 때 달량성達梁城에서 일본군을 무찌른 공으로 남도포南桃浦만호가 됨.

　이듬해 부안현감을 거쳐, 1561년 온성도호부사, 1568(선조 1)년 종성부사로 있으면서 여진 정벌과 국경 수비에 공을 세운다.

부산의 길목인 절형도(絶影島-現 影島)에 먼저 도착한다. 이때, 정걸이 **정만호**에게

"해가 이미 저물었고 적세 또한 강한 듯하니 내일 밝은 날 다시 돌아와 싸우는 것이 어떨지요"

하고 작전계획을 바꾸기를 건의한다. **정만호**는

"조방장은 무슨 말을 하는가. 나는 마땅히 적과 함께 살아 있지 않을 텐데, 어찌 내일을 기다린단 말이오"

라고 꾸짖고 공격하기를 결심하고 부산항에 이르렀다. **제독**도 뒤따라 절영도에 이르렀다. 정걸은 임진년 5월 7일, **이순신** 함대의 첫 해전인 옥포해전에서 전공을 세운 이래, 7월의 한산도대첩에 이어, 9월 1일의 부산포해전에서도 큰 공을 세운다.

1593년 2월에는 충청도 수군절도사로 있으면서 행주대첩에 참가해, 화살이 거의 떨어져가는 아군에게 화살을 조달해 승리로 이끄는 데 이바지한 뒤, 다시 서울 탈환작전에 참가한다.

같은 해 6월, **이순신**의 요청으로 한산도에서 일본군을 방어하고, 12월에는 전라도방어사로 부임해 남서 해안에서 일본군 토벌에 전념했다.

1572년 경상우도 수군절도사, 1577년 전라좌도 수군절도사, 1578년 경상우도 수군절도사, 1581년 절충장군, 1583년 전라도 병마절도사, 1584년 창원부사, 1587년 전라우도 수군절도사 등 수군의 요직을 두루 역임.
1591년에는 전라좌수영 경장(조방장)으로 임명. 조선 수군의 주력 전선인 판옥선을 만들었고 화전, 철령전 등 여러 가지 무기를 만들었다. 이듬해 4월 임진란이 일어나자 이순신과 함께 각종 해전에 참가해 많은 공을 세움. 1595년 관직에서 물러난 뒤, 정유재란이 일어난 1597년 여름 83살의 나이로 죽는다. 포두면 안동사安洞祠에 배향.

"나는 각 장수에 명령을 내리기를 '지금 적에게는 대선이 있어 포화로 맹공을 퍼붓고 있으니 내가 의당히 그 배를 공격하리라.'는 말을 마지막으로 나의 운명은 막을 내린 것 같았습니다."

36

이 첨사는

"내 비록 백 명 장부 중에 뛰어나지 못하더라도 내 스스로 판단한 것, 그것이 의로운 충성이라 자처했습니다. 소륵[76]에서 성을 지켜 나라에 보답하고 적벽[77]에서 배를 불태워……, 마치 창

---

76) 疏勒; 지금의 중국 신강성 서부의 도시.
77) 赤壁; 중국 湖北省 嘉魚縣 揚子江 연안에 있는 땅. 삼국시대의 적벽전이 있었던 곳이다. 그러나 여기서는 화순 부근에 있는 적벽을 가리킨 것 같다.

과 같은 붉은 수염[78]이 바다 어귀에 오랫동안 주둔한 것 같았습니다. 그러나 내 수하에는 숲 속의 파란 참새 같은 군사뿐이었습니다. 대마도를 깎아 바다를 메우려 했더니 붕새[79]의 날개가 꺾일 줄 누가 알았겠습니까? 넓은 하늘로 날아가고 한機은 바다에 먹히고 말았습니다."

그라고 시를 생략할 리 있을까.

> 바다 깊기가 저 높은 하늘 같으니
> 외로운 신하의 원한만 남아 있다.
> 장한 마음 쓰기도 전에 고래 같은
> 물결이 앗아가고 말았다.

그때 **이 수사**가 일어나 자기에게도 기회를 달라고 청하고 나서 말하기 시작한다.

"한마음으로 나라 위해 죽으려 했더니 이제 일이 끝나고 말았습니다. 지난 일은 쫓을 수 없습니다. 이제 무엇을 더 말하겠습니까. 원컨대 여러 어른을 위해 한마디 농담을 할까 합니다."

그는 이내 긴 허리를 구부리고 늙은 주먹에 침을 뱉더니 삿대로 배 젖는 시늉을 하면서 노래를 부르는 게 아닌가. 해학적인

---

78) 鬚髥; 孫權을 가리키는데 그는 중국 삼국시대 吳나라의 왕이었다.

79) 鵬새; 상상의 큰 새를 말한다. 이 이야기는 장자의 逍遙遊편에 나오는 鯤이 변해서 된 새로서 날개의 길이가 삼 천 리나 된다고 한다. 그래서 단번에 9만 리를 날아간다. (大鵬. 鵬鳥).

행동을 사양치 않던 그가 부르는 노래에 모두 귀를 기울인다.

북두성은 장차 기울어져 가고 조숫물은 밀려오려 하네.

오랜 세월 늙은 이 몸 배라도 띄워 놓고 놀아볼거나.

나랏일은 허물어졌지만 장군의 명령은 엄하였네.

부상扶桑[80]이 지척에 있거니 돛대나 크게 올려보리라.

---

80) 扶桑: 동쪽바다의 해 뜨는 곳에 있다고 하는 신령스러운 나무. 또는 그것이 있다는 곳.

37

이번엔 **유 수사** 차례인가 보다.

"영웅이란 죽는 것을 아까워하는 것이 아니라 헛되게 세월 보내는 것을 아까워해야 할 것입니다. 좋은 장수는 **빠른** 것을 귀하게 여기는 것이 아니라 그 신통함을 귀하게 여기는 것 아니겠습니까. 그 당시 일할 만한 사람이 있었는데도 이 늙은 지아비의 겁 많은 것만 꾸짖었습니다. 구박하기를 양을 몰 듯했고 옷 벗기기를 범의 가죽 벗기듯 했습니다. 그래도 나라의 은혜를 입은 것이 두세 번 있었습니다. 사실 죽는 것도 마땅했습니다. 그러나 싸우다가 죽은 병졸이 수천 명이었습니다. 그 참혹함을 어찌 차마 말하겠습니까? 활이 꺾이면 주먹으로 쳤고 칼이 들어오면 머리로 막았습니다. 마침내 해골은 거친 들판에 나뒹굴고 슬픔은 강물에 흘려보냈습니다."

유 수사라고 어이 시를 **빼놓을쏜가!**

> 물을 등진 많은 군사가 늙은 계집을 치니
> 한 사람이 실수하자 만 사람이 죽었네.
> 산하의 저 풀은 해마다 푸르러 오는데
> 오직 길 가는 사람만 싸움터 가리키네.

김 진주는

"다행히 하늘과 신령의 도움으로 그런대로 성을 온전하게 지킨 공적으로 표창을 받은 영광이 분수에 넘쳐 목숨을 잠시 눈앞에 멈추는 듯했다⋯⋯."

고 말한다.

"그렇게 강하던 오랑캐도 잠시 눈앞에 멈칫했고 자기子衜 같은 세력도 수양81)에서 다시 합쳤습니다만, 새를 잡으려고 땅을 파다가 계획이 궁해지자 말을 죽였고 뼈를 꺾어 자식을 바꾸려다

---

81) 誰陽; 중국 춘추시대의 송나라 땅. 지금은 허난성 동부 지역을 말한다.

가 생각이 막혀 양을 끌어갔지만……, 그러나 몸은 갑자기 탄환 한 발에 쓸어져 분에 넘치는 은혜를 보답할 수 없었습니다. 역시 장한 회포인들 어찌 펼 수 있었겠습니까?"

축성한 다락의 돌은 우뚝 솟아 있고
차가운 푸른 강물은 낮은 곳을 향해 흐른다.
장사가 오래토록 포위된 채, 변방 티끌은 자욱하고
대포 소리 대나무 쪼개듯 하늘을 뒤흔든다.
태산 같은 세상에 홍모鴻毛 같은 이 몸
피로 물들인 것이 전포82)뿐인가.
땅은 넓고 하늘은 높은데 회오리바람…… 위세 부린다.

---

82) 戰袍; 장수將帥가 군복으로 입던 긴 웃옷.

38

이번엔 **이 병사**가 일어나 말을 잇는다.

"도적의 칼날을 만나 운봉雲峰을 넘어가 보았더니 명나라 장수
가 남쪽 방향을 홀로 지키고 있었습니다. 우리 군사를 모아 진
을 넓게 쳐놓고 나라의 부끄러움을 앉아서 보기가 민망하여 혼
자 말을 타고 군영 밑으로 달려가니 오직 병사 30명이 성을 지
키고 있었습니다.

성 밖엔 성을 에워싼 적군의 수가 십수만이 넘을 것 같았습니

다. 아홉 번이나 공격해도 물리칠 수는 없었습니다. 그야말로 중
과부적이었습니다. 그러다가 단번에 성이 함락되어 버렸으니 그
얼마나 참혹했겠습니까. 이 위태로운 형편을 벗어날 수가 없어
시체가 되어 함께 썩게 되었습니다."

곧바로 시 읊는 소리가 들린다.

> 오래된 교룡성[83]에 쇠잔한 구름 끊어지고
> 쓸쓸한 오작교 위 저녁 햇빛 차갑구나!
> 숲 속에 묻힌 백골엔 세월이 넘들고
> 꿈속에선 장부의 머리털 쿡쿡 찔러댄다.

시 읊는 소리가 끝나자 우측 무관 자리에선 짜릿한 술을 마시
고서 내는 커~ 커~ 소리처럼 감탄사가 만발했다.

이 병사는 홀로 지키던 성이 이미 흔들려 위태롭게 되자 두어
명의 기병을 이끌고 나가 싸우면서 조금도 위태로운 것을 거리
끼지 않았다. 천금 같은 자기 몸을 가볍게 적진에 던진다. 대체
누구를 그와 비교할 수 있을까.

---

83) 蛟龍城: 호남과 영남의 언저리에 끼어 있는 하나의 큰 都會(도회지의 준말)가 있다.
이는 곧 南原을 말한다. 산과 물이 모여드니 산수의 전경을 모두 갖춘 곳이다. 楸臺
가 헐린 지 몇 해 만에 方伯 申鑑(우의정 申欽의 아우)이 누대(廣寒樓)를 복구했다. 그
곳 勝景을 살펴보면 누대를 중심으로 서쪽에는 蛟龍城이 있고, 남쪽에는 金溪山, 동
쪽에는 方丈山(지리산)이 있다……. 신흠의 『광한루기』에 말한 것으로 보아 병마절
도사였던 이복남은 남원 주위에 있는 한 성을 지적한 것 같다.

1597년 8월 7일 일본군의 선봉대가 남원 지역에 모습을 나타내고, 12일에는 일본군의 주력군이 남원성 아래 집결하고 있었다. 남원성을 포위 공격하기 위해서다. 이에 대항하여 동문에는 양위옌, 남문에는 명나라 군사의 천총 지앙삐야오, 서문에는 마오 청시엔, 북문에는 이 병사가 군사를 지휘해 방어하고 있었다.

13~16일, 4일 동안 혈전이 전개되는 가운데, 쳐들어오는 일본군과 맞서 침식도 잊은 채, 군관민이 합심해 싸웠으나 중과부적으로 다음 날 남원성은 함락되고 만다. 성이 함락되기 직전 부총병 양원은 포위망을 뚫고 서문을 통해 달아나버리고, 이 싸움에서 접반사 **정기원**, **전라병사 이복남**, 방어사 오응정, 조방장 김경로, 별장 신호, 부사 **임현**, 통판 이덕회, 구례현감 이춘원 등 주민 6천여 명을 포함한 1만여 의사들은 혈전 분투하다가 장렬하게 모두 순절한 것이다.

39

이번엔 **황 병사** 순서인가 보다.

"보잘것없는 이 몸 딱히 쓰일 때 없다 여겼는데 외로운 성에
붙어 무거운 소임을 맡았었습니다. 바람에 펄럭이는 군기는 위
엄을 보였으나 비가 내리더니 성 한구석을 무너뜨리고 말았습니
다. 적의 탄환은 제 이마를 뚫더니 적군은 어지럽게 성을 향해
기어올랐습니다. 이는 하늘이 도와주지 않은 것이지 잘못 싸운
죄는 결코 아니었습니다. 그러니 이 일을 장차 어찌하면 좋겠습

니까? 새끼줄이 끊어질 곳이 있어 당연이 끊어질 수밖에 없었던 것을 가지고 그 누구의 허물을 탓한단 말입니까? 성에 오르면서 흘린 피는 핥아버리고 싸우다가 다친 상처는 짚으로 싸맬 수밖에요."

그가 잠시 말을 멈추자 회중의 시선은 모두 그에게로 쏠린다. 무엇인가 한지에 붓을 휘갈기는가 싶더니 축성지가[84]를 지어 노래를 불렀다.

"장맛비가 열흘이 지나자 곡식알에 싹이 돋아나는구나.
옛 성은 지나치게 높아 결국 무너질 수밖에 없었는가!
장수들이 달려들어 다진 성 군사들도 힘을 다해 성을 지키네.
만일 적들이 성에 오른다면 우리들은 오직 죽음으로 지키리.

"그 노래 한번 통쾌하도다."
"암, 우리 모두가 저런 마음으로 싸우지 않았소이까."

여기저기에서 노래에 추임새를 넣듯 감탄의 소리가 흘러나온다.

김 회양이라고 입을 다물고 있을 수만은 없었던가 보다.

---

84) 築城之歌: 축성이란 성(요새, 보루, 참호)을 쌓는 것을 말하는데, 즉 구조물은 영구적인 축성과 야전축성 등, 두 가지로 구분할 수 있다. 여기서는 진주성을 가리킨 것이다.

"오른쪽 자리에 있는 사람들은 모두가 장사들이십니다. 더벅머리 선비들이 어찌 그 뒤를 따르겠습니까? 회양[85]은 험준해서 본래부터 요새라고 일컬어왔습니다. 늙은 지아비는 창황해서 한 사람의 군사도 모으지 못하고 오직 땅을 지킬 줄만 알고 도망할 줄을 몰랐습니다. 자못 다행한 것은 책상에 의지해 자멸하고 보니 손에는 인수[86]가 쥐어져 있었고 조복은 피에 젖어 있었습니다. 저도 그런 광경을 하늘에서 선연하게 내려다볼 수 있었습니다."

이윽고 그도 시를 읊는다.

> 회양산은 높다랗고 회양 물은 도도히 흐른다.
> 외로운 넋이 머뭇거리니 일과 마음이 서로 어긋나네.
> 오랜 세월 길고 긴 밤에 나를 아는 자 누구던가?
> 온서[87]가 혼이 있다면 내 가서 쫓으리.

---

85) 淮陽; 강원도 회양군 북서부 지역으로 서부한강 상류 좌안에 있는 산을 가리키는데, 경원가도의 요지가 된다. 여기서는 김연광을 회양산에 비유하여 윤계선에 의해 지어진 명칭 같다.

86) 印綬; 관인官印의 꼭지에 단 끈.

87) 溫序; 위 회양의 詩에서 말한 온 서는 後漢 때 기祁 땅 사람을 말한다. 그는 어떤 경우라도 좀처럼 임금을 욕되게 하지 않았다는 고사가 있다. 회양은 임금에게 충성은 물론이려니와 어느 경우든 임금의 허물을 입에 오르내리지 않은 충신을 본받고자 해서 그의 혼이라도 쫓아 나서겠다는 의지를 시에 담아 읊었으리라.

40

  다음은 최후의 심판대에 나선 것과도 같은 **신판윤**의 변에 그
는 잔뜩 귀가 기울여진다.

  "내 자식과 아내가 원한이 가득 차 있습니다. 내 비록 죄가
있지만 오늘날의 일을 어찌 변명하지 않을 수 있겠습니까? 나는
본래 장수집안의 후손으로서 벼슬한 집안에 태어났으나 벼슬을
못 하고, 겨우 소나 먹이는 농부로 지냈지만 성품이 말달리기를
좋아해서 삼대를 내려오면서 받은 훈계는 지키지 못하고 만일에
대적할 수 있는 병법을 배웠습니다. 계수나무 한 가지를 꺾기는

했으나 무과에 장원은 하지 못했습니다. 백 보 밖에서 과녁을 맞히듯 신속하고 정확한 힘, 뛰어나게 강한 것을 배웠습니다만, 국왕에게 분수에 넘치게 잘못 알려져 외람되게 변방을 지키는 장수의 책임을 맡게 되었습니다."

북쪽 오랑캐가 움직여 침입할 때를 당해 서관西關에 우뚝하게 성을 쌓고서 번개처럼 한칼을 휘둘러 적의 무리를 찌르고 천둥처럼 삼군을 호령하니 북소리가 적의 소굴까지 진동했다. 강동江東에서 장원의 이름만 들어도 아이들이 울지 못했던 것처럼, 새북塞北에서는 이목의 위엄에 눌려 말이 앞으로 나가지 못한 일과 같았다.

그의 공은 적으나 나라의 보답이 중해서 지위도 가득 차고 뜻도 높았다.

그는 조정을 출입할 때 가상하다는 임금의 칭찬도 받았다. 그러나 변방이 한번 시끄러워져 봉화가 석 달이나 올려지자 장수의 책임을 맡고 이내 죽어서 돌아올 뜻을 굳혔다. 탑전[88]에 부복[89]해 간절하게 아뢴 결과 임금의 밝으심에 그는 감동할 수밖에 없었다.

"성 밖의 모든 책임은 나에게 맡겨졌습니다. 당시 오랑캐는 내

---

88) 榻前; 임금의 자리 앞.
89) 俯伏; 고개를 숙여 엎드림.

눈 속에 있었고, 군사는 손바닥 위에서 움직일 것 같았습니다. 처음에는 어깨를 걷어붙이고 적을 매질할 계책이었지만, 문을 열고 적을 불러들일 줄은 미처 깨닫지 못했습니다. 자기 고집만 세우다 보면 사소한 것은 잊어버린답니다. 옛 교훈에 적을 가볍게 보면 반드시 패하게 된다는 전법도 있지 않습니까. 그러함에도 제가 어찌 이런 일에 소홀했겠습니까. 이것은 사람의 계획이 잘못된 것이 아니었습니다. 실로 하늘이 외면한 결과였습니다."

연회에 참석자들은 모두 그를 주목했다. 잠시 소란했던 분위기에 찬물을 끼얹은 듯 조용했다. 문무文武들은 한결같이 귀를 기울여 그의 말을 경청하고 있었다. 고개를 주억거리는 이들도 있었다. 그의 말은 다시 이어진다.

"제가 드리는 이야기가 쓸데없는 허탄한 말로 들릴지 모르나 내 입을 연 김에 그 누구에게도 발설하지 않았던 내 심중에 고이 묻어둔 깊숙한 이 이야기만은 꼭 들려드리리다. 한낱 우스갯소리로 받아들이든 그렇지 않든 그것은 여러 어른 몫이 아니겠습니까."

선비들은 범상치 못한 어떤 기이한 말을 하려고 저러나 하는 눈빛으로 그에게 집중한다. 찬물을 끼얹은 듯 연회의 좌중은 매우 조용하다.

41

   젊은 한때 그가 **도총사**로 있을 때의 일이다. 그때 역시 어지러운 나랏일로 몹시 분주했다. 어느 날 국사임무로 길을 가고 있었다. 양주 근처에 이를 때 날이 저물어오자 하룻밤 쉬어가야 하겠다는 생각으로 인가를 찾고자 주위를 두리번거렸다.

   그때 바로 먼 산중에서 가물가물한 불빛이 눈에 들어왔다. 반가운 마음에 그쪽으로 향하는 발걸음은 한결 가벼웠다. 이윽고 그곳에 도착해보니 고래 등 같은 기와집이 있었다. 그는 곧바로 대문간에 들어서기가 무섭게 주인을 불렀다.

"여봐라, 이리 오너라! 게 아무도 없느냐."

그런데 대문을 수차례 두드려도 아무런 인기척이 없다. 여러 차례 부름을 받은 한참 후에 이윽고 나타난 이는 예쁜 소녀다.

그녀에게 말했다.

"나는 과객입니다. 해가 넘고 어둠이 찾아들기에 하룻밤 쉬어 가고자 하는 사람이오."

승낙해줄 것을 바랐다. 그러나 그녀는 한마디로 거절한다. 그러고는 닭똥 같은 눈물을 흘리고 있다. 의아해서 그는 소녀에게 다시 물어보았다.

"어른들은 모두 어디 갔기에 소녀가 나왔는가. 그리고 눈물을 흘리는 연유가 무엇인가?"

다그쳤다. 그녀는 입술을 깨물다가 이윽고 입을 연다.

"저희 집은 한때 행복한 가정이었습니다. 그런데 얼마 전부터 밤중이면 괴물이 나타나 우리 가족을 차례차례로 잡아갔습니다. 그리고 오늘 밤이 홀로 남은 이 소녀의 차례입니다"

하고 흐느껴 울어대는 것이 아닌가. 그가 듣기에도 자못 기이한 일이다. 그는 잠시 눈을 지그시 감고 생각에 잠긴다. 곧바로 눈을 떠 소녀를 바라보았다.

"걱정하지 마라. 오늘 밤 내가 그것을 처치해주마."

그는 그렇게 장담을 하고서 대문 안으로 들어가 마루에 앉아서 그 소녀에게서 세세한 사건의 내막을 들었다. 그러던 중 밤은 깊어져만 갔다. 어느덧 괴물이 나타날 시간이 가까워져 오고 있다. 그는 투구를 갖춘 후 문 옆에 잠복해 있었다. 어느덧 삼경[90] 이 되었다. 그때 마침 닭의 회치는 소리가 들린다. 바로 그때, 공중에서 거대한 괴물이 나타나 집 안으로 뛰어든다. 괴물은 온 집 안을 한 바퀴 돌아서 소녀가 있는 방을 향해 덤벼드는 찰나다.

그는 때를 놓칠세라 긴 칼을 빼들고 괴물에게 비호같이 덤벼들었다. 그의 칼은 힘차게 괴물을 향해 내리어쳤다. 그러자 괴물은 괴상한 소리를 내지르고는 마당 한복판에 나뒹군다.

굴러 떨어진 몸뚱이를 보니 그것은 다름 아닌 한 마리의 닭이다. 저렇게 작은 닭이 커다란 괴물로 둔갑하다니 참으로 어처구니없는 일이다.

그의 몸에서는 비지땀이 흘러내린다. 방 안을 들여다보니 소녀는 실신해 쓰러져 있다. 그는 소녀를 안정시켜 의식을 다시 찾게 했다.

그는 소녀로부터 닭에 대한 세세한 이야기를 더 듣게 된다.

"우리 집에서 수년간 길러오던 암탉이 있었는데, 알도 못 낳고 보기도 싫었습니다. 그렇다고 잡아먹을 수도 없어서 할 수 없이 그 닭을 강물에다 버린 일이 있었습니다.

---

90) 三更; 저녁 11시부터 새벽 1시경.

그러고서 얼마 후 그 닭이 다시 집으로 찾아들어 왔기에 다시 붙들어 이번엔 산속에다 버린 일이 있었습니다."

"그 집의 흉사는 아마도 그 닭의 보복이 아니었는가, 추측이 됩니다."

좌중은 심장들이 멈추는 듯 크게 숨도 쉴 수 없이 조용하다가 이때야 비로소 안도의 숨들을 몰아쉰다.

"그거야 어찌 됐건 **신판윤**은 흥분과 감격이 쏟아지는 밤이 되고 말았소이다그려."

오랜 침묵을 지키던 동래부사 **송동래**가 부러운 듯 엷은 미소를 짓고 한마디 한다.

"온 가족이 몰살 직전에 다행히 소녀 한 사람이라도 구해주어 멸문을 막았으니 참으로 애처롭고도 흐뭇한 광경을 지켜본 것 같소이다. 정말 짜릿한 순간에 장한 일을 했소이다 그려 **신판윤**."

송동래의 짐작처럼 그는 이날 밤 소녀의 등을 어루만지며 부디 의지를 꺾지 말고 굳세게 살라고 당부해주었다.

날이 밝아온다. 그는 다음 길을 떠나려고 소녀의 집을 나선다. 이때 소녀는 갑자기 그의 손을 잡고 울기 시작한다. 그러고는

"이 몸은 이미 죽은 몸인데 생명의 은인에게 손발이 될 것이오니 이 몸을 데려가 주시어요"

하고 애원한다.

그는 권율의 사위였다. 명문가로서 엄한 교훈도 있었다. 천하명장이라 자처하던 사람이 한 소녀 같은 여인에게 관심을 기울인다는 것은 대의명분이 서지 않는다고 생각했다.

"나는 이미 처자가 있는 몸이다. 그대의 갈 길을 찾도록 하여라."

그는 냉정하게 그 집을 떠나고 말았다. 그리고 얼마나 지났을까. 뒤에서

"장군님! 장군님!"

애달파서 내는 다급한 목소리가 들려온다. 그는 급하게 돌아다보았다. 저 멀리 바라다 보이는 소녀의 집이 연기에 휩싸여 불타고 있지 않은가!

"저런, 저런, 무뢰한 일이 있나! 저 일을 어찌한담! ……"

어느새 그 집은 화염에 휩싸여 있다. 그런 위급한 상황도 아랑곳없이 소녀는 지붕 위에서 손을 흔들고 있다.

"장군님이 나를 버리면 나는 죽어서 **장군님**을 따르겠습니다."

소녀는 그 마지막 한마디를 하고 그의 시야에서 흐릿하게 사라져갔다.

그는 그 후로 어려운 일이 있을 때마다 이 소녀가 꿈에 나타나 그를 현몽으로 암시해주었다. 그 덕인지 가끔은 도움을 받은 것도 사실이다. 그러나 임란 때 도 순변사로 임명을 받고 의병을 모집할 때부터 병사들은 휘하에 모여들지를 않았다. 좌의정

이 모아놓은 군사들을 위탁받아 현지로 내려가 그곳에서 의병들을 규합해 파죽지세로 몰려오는 고니시 유키나가 부대를 조령에서 분쇄하려고 작전을 세우고 있었다. 조령에서 포진을 한 후 하룻밤 꿈을 꾸었다. 역시 그 소녀가 나타난 것이다.

"**장군님**! 어찌 그 험한 산에서 포진을 하려고 하십니까? 저 넓은 충주 평야로 적을 유도해서 초개처럼 섬멸시키는 것이 천하명장의 기개라고 생각되옵니다."

그는 그 꿈을 깨고 나서 생각해보았다. 사실 오합지졸을 데리고 산중에 풀어놔 봐야 도주자가 생기는 등 대열에 질서만 깨질 것 같았다. 그래서 탄금대에서 배수진을 치기로 작정하고서 조령을 철수한 것이다.

"당시 여러 장수가 방어진으로 조령을 적극 추천했음에도 일체 모두 무시해버렸던 이유가 바로 거기에 있었다는 것을 이제야 분명 밝혀둡니다."

그렇다고 **신판윤**은 애꿎은 한이 맺혀 있는 그 소녀에게 차마 참패하게 된 연유라고 책임을 돌리거나 그 누구에게도 사연을 말하고 싶지 않았다.

"허! 허! 산세 험준한 문경새재를 극구 사양한 연유를 이제야 알 것 같구려! **신판윤!**"

기개와 의리와 정의감에 있어서는 둘째가라면 서러울 정도의 나라를 사랑했기에 왜놈들의 통신사 목을 칠 것을 주장하며 대궐 밖에서 읍소했던 **조 제독**이 헛기침을 쏟아내며 한 말이다.

좌중 여기저기에서 미궁에 빠져 있던 **신판윤**의 마음을 이해한다는 반응들이 왁자지껄하게 쏟아져 나온다.

그의 말이 끝나자 **제독**이 말한다.

"사람이 만물의 영장이라고는 하나 하늘의 도움이 없이 사람의 힘만으로는 싸움을 이길 수는 없는 일이 아니겠습니까. **신판윤**의 애절한 사연을 듣고 보니 승리감을 맛보았다고는 하나 오히려 내가 부끄럽소이다."

42

전쟁이 아닌 평화를 주장하며 충정 어린 뜻을 가진 **조 제독**은 우스꽝스러운 행동으로 한때 조소까지 받았던가. 그가 일본 승려 현소(게이테츠 겐소)와 수호하자고 했다는데…….

"저는 내세울 만한 것도 없는 빈한한 집안에서 태어났습니다. 주경야독 격인 독학으로 공부를 했어요. 과거에 급제했으나 심성이 곱질 않아 불의를 보고는 참지 못하는데다가, 나의 성질은 서릿발 돋듯 하고 요령이 없이 우직하기만 했어요. 그러니 벼슬길에서 부침[91]할 수밖에요……. 여러 어른께서는 혹 만언소[92]란 상소가 생소하지는 않으시겠지요. 아시다시피 저는 임금께 12차례나 상소를 올린 죄로 두 번이나 유배되었습니다. 그리고 4차례의 파직과 수차례의 사직 등 얼룩진 벼슬살이에 종지부를 찍고 옥천으로 낙향했습니다. 그렇다고 나라와 백성을 사랑하는 붉은 피가 식은 건 결코 아니었습니다……."

그는 스스로 성질이 좋지 않아 인생의 기복이 심했다고 했다. 역설적인 것이지만 불의가 만연한 사회에서는 그가 성질이 좋지 않다고 질시를 받을지 모르나 정의로운 사회에서는 추앙받아 마땅한 사람임엔 틀림없다. 서릿발 돋듯 한 곧은 그의 성정이 당시 위정자들에겐 여간 짐스럽고 귀찮은 존재가 아니었을 것이다.

"……저는 비가 오나 눈이 오나 추우나 더우나 고개를 넘어 일을 다니며 열심히 글공부를 했습니다. 집에 돌아와서는 그날 배운 것을 잊지 않고 밤을 새우면서도 그 뜻을 다 깨우쳐야만 직성이 풀릴 정도로 부지런히 학문을 닦았습지요. 가난한 집안 형편 때문에 낮에는 들에 나가 밭도 갈고 소도 먹여야 했어요.

---

91) 浮沈; 물위에 떠오름과 잠김.

92) 萬言疏; 조 제독은 44세 때 정여립의 반란이 일어나자 그의 죄를 논박하는 비장함을 보인다. 또한 일본이 '명나라를 칠 때 조선에 길을 빌려달라'는 목적으로 조선에 들어온 일본 사신들을 모두 목 벨 것을 상소한다. 당시 당쟁을 일으키는 데 앞장선 사람으로 여겨지던 이산해가 나라를 그르친다고 논박했다. 따라서 조 제독의 소는 대궐문 앞에서 올리려다가 왕의 노여움을 산다. 그는 12차례 상소를 올렸다가 12차례 유배와 귀양살이를 했다.

한번은 이런 일도 있었습니다. 소를 먹이면서 밭두렁에 책 걸이를 만들어 그 위에 책을 올려놓고 읽고 있었는데, 소가 그만 도망친 것도 몰랐지 뭡니까.

비가 오면 삿갓 밑에 책을 감추고 글을 읽고 산에 나무하러 가서도 부지런히 한 짐 다 만들어놓고는 글을 읽었습니다. 쇠죽을 끓이고 부모님 방에 불을 지피면서도 그 불빛에 글을 읽었습니다……."

"제가 조정 향실[93]을 맡아보고 있을 때, ……관례에 따라 향실에 쓰는 향을 저에게 봉하게 하였습니다. 이는 유학을 숭상하는 나라의 시책에 어긋난다는 이유를 들어 반대하는 상소를 올렸던 것이지요.

다른 신하들도 모두 못마땅하게 여기던 일이었어요. 감히 입바른 소리를 못 하던 것을 하찮은 벼슬아치인 제가 앞장서 들고 일어났으니 괘씸죄에 걸려든 것이지요."

"고얀지고! 이 자의 벼슬을 빼앗고 궐문 밖으로 내쳐라!"

임금 선조의 한마디에 그는 관복을 벗는다.

초야에 묻힌 그는 토정, 서기[94] 등과 어울려 산천경계를 찾아

---

93) 香室; 조선왕조 때 나라의 크고 작은 제사에 쓰는 향과 축문을 맡은 직소 교서관의 소속으로 금중禁中에 두었다가 고종 31년에 폐지된다.

94) 徐起; 조선조 14대 선조 때의 학자. 자는 대가待可. 호는 이와頤窩 또는 고청孤青·고청초로孤青樵老. 이지함李之菡의 문인으로 민속과 실용적實用的 학문의 연구에 전념

다니며 시를 읊고 글을 읽고 달을 벗 삼아 술을 마시며 노닐었
다. 그때가 아마도 그의 눈물겨운 생애에서 가장 행복한 때가
아니었을까 싶다.

토정은 제자 아닌 제자 **중봉**을 자신의 다른 제자들에게 <今世의
一等人物>이라고 치켜세우기도 했다.
　조선 풍류를 논할 때 신비로운 발자취를 남기고 사라진 이지
함95)을 빼놓을 수는 없을 것이다.

했다.
95) 李之菡[1517~1578]
본관은 한산韓山. 자는 형백馨伯·형중馨仲. 호는 수산水山·토정土亭. 시호는 문강文
康. 생애의 대부분을 마포 강변(현 마포 용강동 부근)의 토담 움막집에서 청빈하게
지내 토정이라는 호가 붙음. 목은牧隱 이색의 6대손으로, 현령 이치의 아들. 북인의
영수 이산해의 숙부. 아버지 이치는 갑자사화에 연루되어 진도에 유배되었다가 석
방. 1507년 사마시에 합격, 의금부 도사와 수원 판관 등을 지냄. 어머니 광산 김씨
는 판관을 지낸 김맹권의 딸. 김맹권은 세종으로부터 단종의 보필을 부탁받았으나
수양대군이 집권하고 단종이 죽게 되자 낙향, 남은 생을 숨어서 살았다.
1517년 충청도 보령에서 태어나 14세에 아버지를 여의고 맏형인 이지번에게서 글
을 배움. 16세에 어머니를 여읨. 이후 형 지번을 따라 서울로 거처를 옮겨, 형의 보
살핌을 받음. 후일 이지함은 지번의 아들인 산해에게 글을 가르쳤는데, 산해가 태
어났을 때 집안을 일으킬 인물이 될 것이라고 예견했다는 일화가 전함. 모산수 이
정랑의 딸과 혼인해 산두·산휘·산룡과 서자인 산겸 등 네 아들을 두었다. 산휘는
호랑이에게 물려 죽고 산룡은 역질에 걸려 죽음. 산겸은 장성해 임진란 때 의병장
으로 싸웠으나 역모죄를 받게 됨. 장인 이정랑은 윤원형이 꾸민 양재역 벽서사건에
휘말려 태형을 받고 능지처사가 됨.
『토정비결土亭祕訣』은 이지함이 의학과 복서에 밝다는 소문이 퍼져 사람들이 찾아
와 1년의 신수를 보아달라는 요구로 지은 책. 이지함과는 관계없이 그의 이름을 가
탁한 책이라는 주장이 우세. 이지함은 주자성리학만을 고집하지 않는 사상적 개방
성을 보임. 이러한 까닭으로 조선시대 도가적 행적을 보인 인물들을 기록한 『해동
이적海東異蹟』에도 소개됨.
1713년 이조판서에 추증되고, 충청남도 아산의 인산서원仁山書院과 보령의 화암서
원華巖書院에 제향. 문집으로는 『토정유고土亭遺稿』가 전함.
이지함의 묘소 / 충청남도 보령시 오천면 고정리 소재.

"재물이 많으면 많을수록 재앙이 따르는 법"이라며 가난을 뭐 재미라도 삼았던가! 한평생 그는 청담하고 무욕으로 청빈하게 살았으니 말이다. 이지함은 서경덕의 문하에서 공부했다. 경사자전經史子傳에 통달했다. 스승의 영향을 받아 역학·의학·수학·천문·지리에도 해박했다. 1573년 유일遺逸로 천거, 1574년 6품직을 제수받아 포천현감이 되었으나 이듬해 사직한다. 아산현감으로 있던 윤춘수가 백성들에게 온갖 행패를 부려 원성이 높아지자 1578년 이를 해결하기 위해 아산현감이 되어서는 걸인청乞人廳을 만들어 관내 걸인의 수용과 노약자의 구호에 힘쓰는 등 민생 문제의 해결에 큰 관심을 가졌다.

박순·이이·성혼 등과 교유했다. 당대의 일사逸士 조식은 마포로 그를 찾아와 그를 도연명에 비유하기도 했다. 그의 사회경제사상은 포천현감을 사직하는 상소문 등에 피력되어 있는데, 농업과 상업의 상호 보충관계를 강조하고 광산 개발론과 해외 통상론을 주장하는 진보적 인물이었다. 또한 이지함이 어떤 사람이냐 하는 김계휘의 질문에 이이가 '진기한 새, 괴이한 돌, 이상한 풀'이라고 대답했다는 일화는 이지함의 기인적 풍모를 대변해준 것이다.

그는 한산 이씨 명문가에서 태어나 경학, 위서(경서에 대해 詩·易·書·禮·樂·春秋·孝經 등 七緯의 책), 제자백가[96]를 두루 통달했다. 게다가

---

96) 諸子百家; 춘추전국시대에 一家의 학설을 세운 사람의 저서.

천문, 지리, 음률, 산수, 의술, 점복, 관상 등 갖가지 뛰어난 재주까지 겸비했다. 그럼에도 그는 박학다식을 결코 뽐내지 않았다.

그렇다고 벼슬자리를 탐하기라도 했느냐 하면 그렇지도 않았다. 그는 어디에도 얽매어 있지 않은 풍류객이었다.

범인을 뛰어넘는 기지와 기행으로 일관된 삶을 살았다. 먼 미래를 내다볼 줄 아는 예언가요 서민철인이었다. 과학과 경제의 중요성을 깊이 깨달아 실학사상을 생활에 적용했다. 만년에 짧은 관리 생활을 통해서는 백성 편에 서서 구세제민의 청백리였다. 이지함의 이런 삶은 바로 **중봉**의 삶이었다.

"……파직된 후 저는 몇 달 동안은 그렇게 공주·부여·연산·계룡산·지리산·안면도 등 경승지를 돌아다니며 강호의 풍류를 마음껏 즐겼습니다.

소생에게는 30세 되던 이듬해 대궐에 들어오라는 임금의 부름이 있었습니다. 임명된 부름은 정8품 향료를 다루는 일이었으므로 저는 또다시 못 하겠다는 상소를 올렸습니다. 그러자 선조 임금은 펄펄 뛰며 화를 내었습니다……"

'제 고집이 더 질긴가, 짐인 임금의 고집이 더 센가' 하고 **중봉**의 심사를 한번 들여다보자는 것일까. 과연 지조가 있는 자인가. '아무려면 임금의 뜻을 거절한다 함은 왕을 능멸하는 행위가 된다는 것쯤은 차마 모를 리 없으렷다!'고 벼르고 있었을지도 모른다.

그런 임금의 마음을 헤아릴 겨를도 없이 **중봉**은 일언지하에 거절하는 상소를 올린다.

임금의 생각 같아서는 목을 치고 싶었지만 사헌부와 사간원의 간관들이 힘써 말리는 바람에 그의 강직한 명성만 높여주고만 격이었다.

임금으로서는 **중봉**의 인물됨이 분명 나라를 빛낼 여지가 충분하거니와 무슨 일을 저질러도 크게 저지를 강개함이 과히 싫은 것은 아니었다. 그러나 나라의 군주인 짐의 의지를 꺾는다 함이 유쾌하지는 않았다. **중봉**의 고집을 임금이 용납하면 **중봉** 제가 임금의 상전이라도 되겠다는 것인가.

'이를 생각하면 사지가 떨리는 일이지만 그러나 어쩌랴! 짐이 신임하는 사헌부와 사간원 신하들의 뜻이 저리도 간곡한데…… 그들의 뜻을 어찌 거절할 수 있으랴! 내키지 않지만 이번만은 그냥 넘어가 주리라.'

이 같은 왕의 용납으로 **중봉**은 변방에서나 중앙 부서의 주요 관직에서 한때는 승승장구할 수 있었다.

"…… 만 2년 동안 그곳에서 선정을 베풀었습니다. 그런데 뜻하지 않은 일이 벌어졌어요. 행패가 심하던 관노 하나를 엄하게 다스리다가 그만 그가 매에 못 이기고 장독杖毒으로 죽어버렸지 뭡니까……."

43

소중한 생명을 앗는 행위였으니 생명경시풍조라는 백성의 원성을 들을 만한 사건이다. 임금은 이때다 싶었을까? '언젠가는 그의 실책이 드러나 한 번쯤은 걸려들 것이다'라고 벼르기라도 했었는가.

"······ 저는 다시 부평富平으로 귀향가게 되었습니다. 이 첫 번째 귀양살이 중 부친상을 당했습니다. 유배지인 부평에서는 본가인 김포가 지척에 있었습니다. 수십 리 거리밖에 안 되었으니까요. 죄인의 몸인지라 부친의 임종은커녕 쫓아가 장례도 치를 수 없었습니다.

저는 김포들판을 바라보며 아침저녁으로 가슴을 치고 땅을 치며 구슬픈 통곡밖에 나오지 않았습니다.

저를 측은히 여기던 그곳 백성 중에는 내 울음소리를 듣고 따라 울지 않는 사람이 없었습니다. 가난한 집안 형편 때문에 임종 직전 아버지가 쇠고기가 먹고 싶다 했으나 사 드리지 못했다는 이야기를 나중에 듣고부터 저는 죽을 때까지 다시는 쇠고기를 입에 대지 않겠다고 다짐했습니다……."

중봉의 효심은 그랬다.

그는 3년 후 1580(선조 13)년 귀양살이에서 유배가 풀리자 충남 보령으로 내려가 이태 전에 세상을 뜬 토정의 묘소를 찾아 조상한다. 제문을 지어 스승을 잃은 지극한 애도의 뜻을 표했다.

보령에서 돌아온 그는 해주海州 석담石潭으로 율곡을 찾아가 몇 달 동안 거기서 머물러 있었다.

"선조 19년 10월에 저는 정사를 바로잡고 국방을 튼튼히 할 것을 주장하는 <만언소萬言疏>를 엮어 임금에게 올렸습니다……."

만언소란 글자 그대로 1만 자에 달하는 상소다. 전후 12차례에 걸쳐 올린 **중봉**의 상소문이 수십만 자에 이른다는 것은 결코 허언이 아니다.

'**중봉**, 괜한 의분(義憤: 義를 위하여 일어나는 憤怒)이 아직까지 살아 있으렷다! 하찮게 여겼던 너의 <만언소>를 읽었던 자의 이야기를 듣고 보니 말은 바른 말이렷다! 정사란 어느 정사를 이르던 말이더냐? 너의 상소의 내용이 듣기는 싫다만 국방을 튼튼히 하라는 말 거 참 좋은 말이지! 그렇다고 나라의 방비가 **중봉**, 너의 말처럼 그리 쉽다더냐. 이를 시행하자면 나라의 재정이 먼저 튼튼해야 하지 않더냐? 그렇잖아도 나라의 방비의 문제로 한때 대궐이 시끄러웠느니라. 급작스럽게 수선을 피워 평화롭게 사는 백성들의 심기를 혼란케 할 이유가 있더냐. 나라 방비의 일은 생각해보고 차차 고려해볼 터이니라.'

이 같은 조정의 분위기가 임금의 심중에도 분명 심겨져 있었을 것이다.

"…… 그 이듬해 6월에서 9월 사이에도 다시 <만언소>를 올렸으나 모두 받아들여지지 않았습니다. 이 하찮게 여겨지는 벼슬을 영영 버릴 뜻으로 옥천 집으로 돌아오고 말았습니다……."

그해 11월 일본의 사신이 왔다는 소식을 듣자 이미 천기를 보아 변란이 일어날 것을 예측하고 있던 **중봉**은 일본 사절단의 목을 베고 나라의 방비를 굳히도록 촉구하는 상소를 또다시 올렸는데, 충청 관찰사가 이를 깔아뭉개고 임금에게는 보내지도 않았다.

다혈질에 직선적인 격정의 우국지사, 그는 새로운 소를 지어 먼저 것과 함께 가지고 500리 먼 길을 걸어서 서울로 올라가 궐 문 앞에서 올렸으나 임금 선조는 화부터 낸다. 그래도 모자라 고래고래 악까지 써댄다.

그렇다고 **중봉**이 거기에서 포기하고 그만둘 사람은 아니다. 그는 일단 옥천으로 다시 내려갔다. 그다음 해 1587년 46세 때 또다시 도끼를 들고 대궐로 올라가 시국을 바로잡으라는 상소를 올렸던 것이다.

도끼를 들고 간 이유는 이 상소를 받아들이지 않겠다면 차라 리 이 도끼로 자기 목을 치라는 비장한 결의에서다.

그러나 아첨을 능사로 일삼던 소인배들에게 둘러싸인 임금 선조는 시끄럽고 귀찮다면서 그를 귀양 보내는 것으로 회답을 대신했다.

"…… 저는 충청도 옥천에서 함경도 길주吉州 영동역嶺東驛으로 유배되었습니다. 그곳은 2천 리가 넘는 머나먼 길이었습니다. 하지만 저는 어려서부터 농사로 단련된 몸인지라 비록 괴롭고 고달픈 그 먼 길을 묵묵히 걸어서 갔습니다……."

그의 귀양길에는 18세밖에 안 된 막내아우 전과 맏아들 완기 가 뒤따랐다. 아우 전은 안타깝게도 길주에서 전염병으로 일찍 죽고 말았다.

상소문 때문에 괘씸죄에 걸려 귀양살이를 하게 된 **중봉**이었으나 가열苛烈(가혹하고 격렬함)한 성품을 지닌 그는 상소를 멈추지 않는다.

『중봉집重峰集』에는 그의 인품과 모습을 이렇게 적고 있다.

"선생은 사람 된 바탕과 타고난 성품이 남보다 특출했다. 의표儀表(본받을 만한 모범)가 훌륭했고 큰 귀에 키 또한 컸다. 그 눈빛은 별처럼 빛났다. 젊었을 때부터 장엄, 정중하여 엄숙하고 굳세어서 사람들이 감히 농을 하지 못하였다."

1592년 4월 14일 부산포에 상륙한 일본군은 무방비상태의 국토를 짓밟으며 무인지경으로 북상을 하고 있을 때, 멍청한 짓으로 얼빠지게 허송세월하던 조정은 백성을 버리고 피난길에 올랐다. 지방의 수령, 방백方伯[觀察使. 변장邊將(僉使, 萬戶, 權管의 총칭)들도 마찬가지로 대부분 자기 살길을 찾아 성을 버리고 달아나기에 바빴다.

힘없는 이 땅의 백성은 그 참상을 차마 말로는 형언할 수 없었다.

홀로된 계모 김씨를 오늘의 괴산군 청천면 선유동槐山郡 靑川面 仙遊洞으로 피신케 한 **중봉**은 책과 붓 대신 칼을 들고 떨쳐 일어섰다.

"……왜군이 서울에 입성한 다음 날인 5월 3일 저는 청주에서 격문을 띄우고 이유, 김경백 등과 함께 의병을 일으키고자 했으나 호응하는 사람이 없어서 군사를 모을 수가 없었습니다……. 저의 제2 고향이나 다름없는 옥천으로 돌아가 문하의

제자들인 김 절,[97] 박충검, 전승업을 위시하여 향병 수백을 모아
의병의 대오를 갖추었습니다……."

그러나 **중봉**부대의 무장이라고는 죽창과 몽둥이, 낫이나 괭
이, 도끼 따위가 고작이다.

그럼에도 이달 중순 **중봉**은 보은_{報恩} 차령_{車嶺}에서 첫 싸움을 벌
여 승리를 거둔다.

그보다 한 살 아래인 **제독**이 바다에서 여덟 살 아래인 곽재우
가 뭍에서 첫 승리를 거둔 지 얼마 안 되어서다.

차령－수레고개[98]에서 **중봉**은 이 길목을 지키고 있다가 회인
을 거쳐 청주로 진격하려는 일본군 부대를 무찌른다.

조총이라는 신무기를 마구 쏘아대는 우세한 일본군에 맞서
석전을 벌이고 낫, 도끼, 몽둥이, 도리깨, 죽창 같은 보잘것없는
것으로 육박전을 벌인 결사적 투혼의 승리다.

---

97) 金節
　　임진란 때 금산錦山 싸움에서 전사한 김절을 기리기 위한 충신각으로 1914년에 세
　　움. 본래 오창읍 농소리에 세웠으나 옥천군 안내면安內面 월외동으로 옮겼다가
　　1957년 현재 위치로 옮김.
　　현재 남아 있는 건물은 1985년에 보수한 것으로 정면 1칸, 측면 1칸의 겹처마 팔작
　　지붕 목조기와집. 사면을 홍살로 막고 안에는 충신 문 편액을 걸었다.
　　조헌은 이미 5월부터 의병을 모집하여 충청도 지방에서는 그 첫 의병모집에 나섰
　　던 것인데 6월에는 김절·박충검·전승업 등을 중심으로 수백 명이 보은의 차령車
　　嶺에서 일본군과 부딪쳐서 격퇴시키는 향토방위에 공헌. 이러한 성과에 힘입어 6월
　　12일경에는 호서 지방뿐만 아니라 영남 지방에까지 의병의 봉기를 촉구하는 격문
　　을 보내었으나, 관군과의 관계가 여의치 못함.
98) 수레고개; 報恩郡, 水汗面과 懷北面을 잇는 해발 400m의 가파른 고갯길, 당시에는 청
　　주로 통하는 국도나 마찬가지다.

"······ 차령 싸움이 끝난 후 6월 12일 청주로 올라가 호서, 영남 등지에 격문을 띄우고 본격적인 의병 모집에 나섰습니다 ······."

6월 중순 **중봉**은 이광륜, 장덕개, 신난수와 더불어 충청우도로 건너가 다시 1,600여 의병을 모집해 대오를 정비한다.

7월 4일 곰나루에서 병사들을 거느리고 하늘에 토적멸왜討賊滅倭를 맹약하는 제사를 지낸다. 그는 부대를 이끌고 홍주洪州(洪城)를 거쳐 7월 29일에는 회덕懷德으로 진군한다.

44

"⋯⋯ 호남 의병장 **제봉**霽峰 고경명과 합류하여 청주의 왜군을 치기로 약속하였습니다. 애석하고 원통하게도 약속을 이행하기 전에 **재봉**은 이미 금산에서 전몰한 다음이었습니다.

그때 청주에서는 방어사 이옥[99]을 비롯한 관군은 죄다 무너

---

99) 李沃

　　1589(선조 22)년 10월 양사영의 후임으로 제주목사에 부임. 1592년 3월까지 재임. 원래 홍로천 위쪽에 축조되었던 서귀진西歸鎭을 1589년 겨울 서귀포 포구 쪽으로 옮겨 쌓았다. 1589(선조 22)년 10월 양사영의 후임으로 제주목사에 부임. 1592년 3월까지 재임. 1590(선조 23)년 조천성朝天城 안에 있는 조천관朝天館을 중수하고 쌍벽정雙碧亭을 건립.

지고 오직 승병장 **영규**대사 홀로 외롭게 왜적과 대치하고 있었습니다. 우리는 회덕을 떠나 청주로 진군하면서 **영규**대사의 승병과 합세하여 8월 1일 청주성을 공략했습니다. 저와 영규의 진두지휘하에 만 이틀에 걸친 필사의 격전을 펼친 결과 마침내 1만여 왜군을 몰아내고 청주성을 탈환하는 데 성공할 수 있었습니다……"

청주에서 북진을 결심한 **중봉**은 아들 완기와 제자 전승업을 행재소에 보내 임금에게 12번째이며 생애의 마지막이 되는 상소문을 올린다.

그러는 사이에 1,600여 명의 의병은 절반도 더 흩어져버리고 끝까지 **중봉**을 대장으로 모시고 따르겠다는 사람은 700명밖에 남지 않았다.

영규대사와 함께 700 의사를 이끌고 중봉은 금산으로 떠난다. 그해 8월 16일이었다.

자신이 가는 길이 죽을 자리를 찾아가는 길이라는 것을 그는 잘 알고 있다. 일은 더욱 고약하게 어긋나고 있다. 전라도 순찰사 권율과 그달 18일 합류해 금산의 적을 공격하자고 약속했는데 권율은 약속기일을 연기하자고 글을 보내왔다. 그 글이 **중봉**에게 도착하기도 전에 그의 부대는 이미 금산錦山벌에 도착한 뒤였다.

쌍벽정은 조천성 안에 있는데, 원래 조천성 밖에 있던 객사인 연북정戀北亭을 동성東城 위쪽으로 옮기고 쌍벽정이라고 이름을 바꿈. 이후 쌍벽정은 1599(선조 32)년 제주목사 성윤문成允文이 조천관을 중수할 때 다시 연북정으로 바꿈.

그때 금산에는 고바야카와 다카가게가 일본군의 제6진으로, 모리 히데모토 등과 1만 5천의 병력으로 추풍령을 넘어 서울에 입성했다. 특히 전라도 지방을 담당했는데 금산에서 조선 의병의 저항을 받았다. 그런데 그는 이 의거에 감동하여 나중에 금산칠백의총을 세운다. 그는 정유재란에도 다시 쳐들어온 인물로서 철수할 때 많은 서적을 반출해갔다. 일본에 조선 주자학의 영향을 끼치게 했던 사람이다. 그의 휘하 안국사, 다치바나 도오도라가 지휘하는 1만 5,000여 부대가 금산에 진을 치고 있었다.

유성儒城 대전을 거쳐 금산에 도착, 성 북쪽 5리쯤 되는 벗들(연곤평)을 내려다보는 경양산景陽山에 진을 치고 있을 때 일본군은 이미 척후병을 보내 의병군의 허실을 낱낱이 정탐 해간 다음이다.

후속 부대가 없는 것을 안 일본군은 새벽의 어스름이 채 걷히기도 전에 3면에서 파상적으로 선제공격을 해왔다.
중봉은 "오늘 싸움에서는 다만 한 번의 죽음이 있을 뿐이다! 생사와 진퇴에 있어서 의자100)에 부끄러움이 없도록 하라!"
그것이 의병장 **중봉**의 최후 군령이었다.
그날 해질 무렵까지 세 차례나 일본군을 물리친다. 그러나 적 대군과 대적하는 데는 한계가 있었다. 역부족이다. 의병군의 숫자에 비해 그들은 10배나 넘는 군사를 가지고 의병의 이 정도쯤

---

100) 義字; 義士의 표의문자, 즉 뜻글자임.

이야 하고 얕잡아본 자존심이 강한 고바야카 다카가게는 호락호락 물러설 겁쟁이가 아니다. 장수의 끈질긴 명령에 따라 일본군 병사들도 결사적으로 진격해 들어온다.

조 제독과 **영규대사**의 의병은 무기라 할 것도 없는 변변치 못한 것으로 악전고투를 거듭했으나 화살마저 이미 동이나 버렸다.

태양이 노을 짙은 서산을 넘자, 사위는 더욱 을씨년스럽게 어둑어둑해져 갔다.

야수 같은 일본군은 이루 헤아릴 수 없이 밀려들어 왔다. 천하의 **중봉**부대 의병도 힘이 다하고 사기가 떨어지지 않을 수 없다.

적병은 지휘소까지 돌입해온다. 위급한 사태에 이르자 막료들이 우선 몸을 피해 뒷날을 기약하라고 권한다. **중봉**은 태연히 독전하다가 마침내 말안장을 풀어 땅바닥에 내던지며 크게 부르짖는다.

"장부가 국란을 당해 한 번의 죽음이 있을 뿐, 어찌 구차하게 살길을 바라리오. 오늘 이 땅이 바로 내가 죽을 곳이다!"

이어서 그는 북채를 잡고 둥둥둥둥 북을 울린다. 100명도 채 남지 않은 잔류병이다. 모두가 분연히 달려 나가 육탄전을 벌인다. 그렇게 치열한 격전이 있을 뿐, 단 한 사람도 도망가는 자가 없었다.

영규대사의 의로운 승병도 죽기를 각오하기는 마찬가지다. 그는 타고난 신력神力과 선장禪杖 무술에 뛰어난 **승병장**이다.

전세가 완전히 기울어지자 **중봉**의 맏아들 완기가 화려한 옷으로 갈아입고 혼자 말을 타고 달려 적진에 뛰어든다. 대장처럼 보여 적의 주의를 끌어 아버지의 죽음을 대신하고자 했다.

과연 적들은 완기를 주장으로 여기고 집중 포위를 해 무수히 칼질을 하고 시체마저 돌로 마구 찍어대 으깨어놓았다. 완기는 이때 23세의 꽃다운 나이였다.

그는 나이에 비해 용모가 단정하고 아버지 중봉처럼 훤칠한 키를 가졌다. 품성과 도량이 넓고 뛰어나 장부의 풍모를 자랑할 만한 청년이었다.

중봉이 군사를 일으킬 때다.

"너는 돌아가 할머니 봉양에 힘써라."

아버지가 그렇게 말하자, 아들은······,

"아버님께서 사지를 찾아가시는데 자식이 어찌 따르지 않으리까."

하고 내내 아버지 곁을 떠나지 않았다. 중봉이 또다시 말한다.

"부자가 어찌 함께 죽겠느냐."

중봉은 아들에게 재차 집으로 돌아가라고 일렀다. 완기는,

"아버님 충신이 되거늘 소자는 효자노릇도 못 하오리까?"

완기는 억양을 높여 말한다.

그러자 아버지는 육중한 몸에서 뻗은 긴팔을 벌려 아들을 그만 감싸 안았다. 그렇게 부둥켜안은 부자는 하염없이 눈물을 대지에 뿌리고 있었다.

중봉의 슬픈 이야기가 끝을 맺자 좌중은 여기저기에서 술렁거리기 시작한다.

"눈물겹고도 비통해서 어디 더 이상 듣겠소이까."

선비들이 줄지어 앉은 좌측에서 나는 소리다. **송동래**의 목소리 같다.

"**조 제독**의 충성심과 살신성인 정신이 정말 우러러뵈오이다. 토정이 자랑해 하듯 한 말, 허언이 아니외다. 이 나라에 일등 인물이 되고도 남을 것이고말고! 암!"

이번에는 무장들이 자리를 차지한 우측 대열 첫머리에 앉았던 **수군통제사 여해**汝諧의 감탄 섞인 말이다.

"무엇보다도 중시할 것은 의를 위해선 목숨도 초개같이 버린다는 사실이오. 그러나저러나 대단하오이다. 기나긴 상소를 12차례나 올리다니 그런 기개와 끈기가 어디서 나왔소이까. 그의 맑고 순수한 혈통과 훌륭한 스승이 말해주는구려! 율곡, 토정 등을 스승으로 벗 삼았으니…… 게다가 토정은 서화담[101]의 문하

---

101) 徐敬德[1489~1546]
　　본관은 당성唐城. 자는 가구可久. 호는 복재復齋. 송도松都(개성의 옛 이름) 화담花
　　潭 부근에 서재를 짓고 학문에 전념해 화담이라는 별호로 더 알려짐. 시호는 문강

가 아닌가." "학문을 하면서 먼저 격물格物을 하지 않는다면 글을 읽어서 무슨 소용이 있겠는가" 하고 탄식하고는 만물의 이름을 벽에 써서 붙여두고 날마다 그 사물의 이치를 깊이 탐구했다. 그는 개성 화담 부근에 서재를 짓고 은거, 연구와 교육에 전념, 신분에 관계없이 제자를 받아들여 다양한 사람들이 모여들었다.

1489(성종 20)년 황해도 개성 화정리和井里에서 종8품 수의부위修義副尉를 지낸 서호번의 아들로 태어났다. 하급 무관의 집안에서 태어나 거의 독학으로 공부했다. 어려서부터 탐구심이 많아 어머니의 심부름으로 들에 나물을 캐러 갔다가 종달새가 하늘로 날아오르는 이치를 생각하느라 밤늦도록 집으로 돌아오지 않았다. 14세 때에는 『서경書經』을 공부하다가 태음력의 수학적 계산에 의문이 생기자 보름 동안 궁리하여 스스로 터득했다는 일화가

文康이다. 평생 관직에 나가지 않고 송도에 머무르며 학문 연구와 교육에만 전념해 황진이, 박연폭포朴淵瀑布와 함께 '송도삼절松都三絶'로 불리기도 함. 19세 때에 종6품 선교랑宣敎郎 이계종의 딸인 태안 이씨를 아내로 맞이한다.
21세 때인 1509(중종 4)년에는 경기·영남·호남 지방을 돌아봄. 당시 조정에서는 1498(연산군 4)년의 무오사화를 시작으로 잇따른 사화로 수많은 선비들이 참화를 당한다. 게다가 서경덕은 우주의 근원과 자연의 질서를 탐구하는 데 학문의 뜻을 두고 있었기에 과거에 응시하지 않았다. 31세 때인 1519(중종 14)년에는 조광조에 의해 실시된 현량과에 천거되었으나 이를 사양. 1522년에는 조식·성운 등과 지리산·속리산 등을 유람하면서 교유. 여러 편의 기행시를 남기기도 함. 43세 때인 1531(중종 26)년에는 어머니의 요청에 따라 식년시 생원과에 응시해 합격하기도 했으나 대과에 응시하거나 벼슬길에 나가지는 않았다.
1540년에 다시 김안국 등에 의해 조정에 추천되었으나 출사하지 않았고, 1544년 조정에서 후릉참봉厚陵參奉의 벼슬을 내렸으나 이를 사양. 그리고 그해 원리기原理氣, 이기설理氣說, 태허설太虛說, 귀신사생론鬼神死生論 등을 저술, 자신의 사상을 체계화했다.
1546(명종 1)년 58세의 나이로 사망. 개성의 숭양서원과 화곡서원에서 제향. 1567(명종 22)년에 호조좌랑으로, 1575(선조 8)년에 우의정으로 추증. 1585년에 신도비가 세워짐. 문집으로는 『화담집花潭集』이 전함.

전해진다. 18세 때에는 『대학大學』에서 "그 뜻을 성실히 하려는 사람은 먼저 그 아는 것을 극진히 해야 하고, 아는 것을 극진히 하는 것은 사물의 이치를 연구하는 데 있다"는 구절을 읽고 탄복했다.

의분에 찬 **고 첨지**의 목소리 같다. 더 많은 찬탄의 말이 이구동성으로 세어 나온다. 이 많은 찬탄사를 그의 작은 필설로 어찌 다 놓치지 않을 수 있으랴.

45

진정한 효행이란 무엇일까? 공자가 늦게 둔 제자인 증자는 임종 즉전에 제자들에게 이렇게 말했다. "시경에 효에 대하여 이르기를 '두려워하고 조심하여, 깊은 못가에 선 듯하며, 얇은 얼음을 밟은 듯이 하라'고 하였으니 이제부터는 그런 근심에서 풀려났구나, 얘들아!" 하고는 잠든 듯이 조용히 눈을 감았다고 한다. 이 마지막 말속에는 곧 부모에게 효도를 다한 한없는 기쁨이 서려 있다. 세월이 흐르고 시대가 바뀜에 따라 효도에 대한 생각이나 방법도 지금은 많이 달라져 있다. 그 생각과 방법이 어떻게 변했건, 자식 된 도리로 어버이에게 후회 없게 하는 일은 변함이 없어야 할 것이다.

또한 공자의 제자 중에 민손(자·자건)이란 사람이 있었다. 그는 공자 제자 중 십철十哲(哲은 智의 뜻, 공자문하의 학행이 뛰어난 열 사람, 안회顔回·민자건閔子騫·염백우冉伯牛·중궁仲弓·재아宰我·자공子貢·염유冉有·자로子路·자유子游·자하子夏)의 하나로 덕행이 높고 어진 사람이었다. 공자와 같은 노나라 사람으로 나이는 공자보다 열세 살 아래고, 효행도 극진했다. 그는 불행하게도 일찍 어머니를 여의였다. 아버지는 계모를 얻어 아들 형제를 낳았다. 어느 추운 겨울이었다. 그는 아버지를 모시고 수레를 몰고 가는 길이었다. 그런데 아버지가 보니, 수레를 몰던 자건이 뜻밖에도 말고삐를 놓치는 것이었다. 그때는 수레를 모는 것을 어御라고 했다. 사대부들이 갖추어야 할 예법의 하나였다. '육예(예절, 음악, 활쏘기, 수레 몰기, 글씨 쓰기, 수 익히기 등의 고대 중국의 여섯 가지 기술과 예술)를 몸에 지닌 자건이 고삐를 놓치다니?'

이상하게 여긴 아버지가 그의 팔과 몸을 살피며 만져보았다. 그랬더니 참으로 놀라운 일이었다. 한겨울인데도 아들은 홑옷을 입고 있던 것이다.

'이런 고약한……'

순간, 아버지의 얼굴색이 변했다. 계모에 대한 노여움으로 몸을 떨었다. 그 한 가지만 보아도 계모의 모든 학대를 알고도 남음이 있었다. 그러나 아버지는 입을 굳게 다물고 아무 말도 하지 않았다. 즉시 집으로 돌아온 아버지는 곧 자건의 이복형제를 불러 그들의 몸을 살피고 직접 만져보았다. 그들은 과연 생각대로 두툼한 솜옷을 입고 있었다.

"으음, 이 무슨 괘씸한 짓인고……"

신음소리와 함께 아버지의 노여움이 충천했다. 아버지는 곧 호령해 계모를 불렀다.

"지체 높은 사대부 집에서 감히 악하고 못된 짓을 일삼다니, 이 어찌 용서할 수 있겠는가."

아버지는 당장 계모를 내쫓으려고 했다. 그러자 자건이 아버지 앞에 꿇어앉아 간곡하게 말씀드렸다.

"고정하십시오, 아버님! 어머니가 계시면 한 아들만 홑옷을 입으면 되지만, 어머니가 나가시면 세 아들이 홑옷을 입어야 합니다."

아버지가 듣고 보니, 그 말은 너무나도 사리가 분명했다. 아버지는 더 이상 할 말을 잃고 입을 다물고 말았다. 착하고 어진 자건의 말에 모질고 악하기만 하던 계모도 절로 고개가 수그러졌다. 크게 뉘우친 계모는 허물을 고쳐 착한 여인이 되었다. 자건은 더욱 동생들을 사랑하고 우애 있게 지냈다.

사지의 길목에 들어선 두 부자, 한참 후에 힘이 빠진 것처럼 스르르 포옹이 풀린다. **중봉**은 계모에 대해 다하지 못한 효도를 자식이 대신 해주기를 바랐다. 그러나 그의 뜻은 생각에서 그치고 만다. **중봉**의 의지는 자식의 행위에 옮겨질 수 없는가 보다. 그의 고민은 거기에 서려 있었다.

이런 정황에선 효도란 과연 의무를 부르는가, 권리를 부르는 가. 설령 그 일이 의무라 하더라도 나라에 충성을 한다고 자식 에게 강요할 수는 없다. 그것이 자식의 권리라 친다면 더더욱 자식으로부터 그 권리를 빼앗을 수 없는 일이다.

효행이 선행의 행위임엔 분명하다. 자식이 추구하는 의로운 행위는 부모라도 말릴 수야 없지 않는가. 아들의 의지는 부모를 따라 자기의 더욱 깊은 효도로써 또 다른 덕을 쌓아두겠다는 것 이 아닐는지 모른다.

어찌하든 그것은 아들의 몫이다. 아들 완기는 안이한 할머니 의 봉양으로 아버지의 작은 효를 대신하는 것보다 나라를 위한 충성과 효행을 겸하겠다는 생각을 더 위의 가치로 삼아 아버지 를 따라나섰는지 모를 일이다.

중봉은 더 이상 자식이 추구하려는 충효를 말릴 수는 없었다.

아들은 끝내 아버지 곁을 떠나지 않았다.

마침내 부자는 나란히 한 들판 전쟁에서 그렇게 장렬한 최후 를 맞은 것이다.

싸움이 끝난 다음 날 **중봉**의 아우 범이 연곤 평에 들어가 보 았다. **중봉**은 의병부대기인 의 자 기義 字 旗아래 쓰러져 눈만은 살아 있는 것처럼 살기가 서려 있었다. 그를 중심으로 최후의 일각까지 싸우다가 전사한 장졸들의 시체가 엎치고 덮쳐 있다. 조범이 형의 시신을 업고 옥천으로 돌아가 빈소를 차렸다. 여름철에 죽은 지 사흘이 지났건만, 얼굴빛이 생존해 있을 때와 다름없었다. 성난 수염은 빳빳이 곤두서 있고 부릅뜬 두 눈이 금시라도 벌떡 일어나 분노의 고함을 지를 것 같아 보인다.

그가 죽은 후에도 시비가 엇갈린다. **조 제독**을 두고, 그의 충신 된 도리뿐만 아니라 남을 속일 줄 모르는 천품을 지닌 사람이었다고 증언했던 안방준은 이항복의 절의론 반박론에 나라를 위한 피 끓는 그의 외침도 증언했다.

"…… 의리를 외치고 군사를 일으켜 격문을 띄우던 날, 그는 간을 쪼개 피를 뿌려 글 올리던 충렬, 사람들이 다투어 그를 숭앙하고 눈 내리는 창에서 눈물 섞어 슬픈 글 쓴다"라고 했다.

경상도 관찰사 김수와 서인원[102]은 모두 **조 제독**을 배척하던

---

102) 徐仁元[?~1604]
강원도 감사 윤유기가 아룀.
"전 감사 서인원이 이달 8일에 춘천 땅에서 죽었습니다."
서인원은 우직한 사람으로 이야기와 논의를 잘하고 기백이 뛰어남. 젊을 때부터 선비의 무리에 드나들어 한때 그 이름이 알려지기도 했다. 음관(蔭官; 조상의 공덕으로 얻은 벼슬)으로 벼슬길에 나와 호조와 고을 벼슬을 여러 번 지냄. 자못 부지런하고 재간이 있다는 명성이 있었다. 일찍이 풍원 부원군 유성룡과 벗해 친함. 유성룡이 영의정이 되어서도 서인원은 사람이 많이 모인 공적인 모임에서 항상 유성룡의 자字를 불러 사람들이 모두 웃음. 뒤에 청주목사가 되어서는 매우 심하게 거둬들여 공사 일으키는 데 힘썼으므로 백성이 매우 괴로워했다. 강원도 관찰사로서 어사의 탄핵을 받아 파직되자 분이 나서 죽었다(『조선실록』).

이들이다. 그러나 그들은 **조 제독**과 종사관들의 공을 기록할 때 김수와 서인원이 녹훈도감으로 들어가 아뢰기를

"이 사람의 충렬은 다른 의병에 비할 바가 아닙니다"

라고 했다.

서인원과 그의 일행이 아첨을 해서일까? 변고가 나던 처음 양산숙,[103] 곽현 등은 창의사 **김창의**의 막하로서 행 조에 가 임금을 뵈었을 때, 지나는 황해, 평안도의 길에서 촌부나 야로野老들이 그의 소식을 묻는 가운데 이렇게 말을 덧붙였다 고한다.

"**조야**趙爺(조, 아비야)가 마땅히 의병을 일으켜 적을 칠 것이다"

라고 말하는 그들의 표정으로 보아 **조 제독**의 충직한 역량을 신뢰하고 있었다는 것을 증언한 것이다. 그 후 그가 군사를 일으

---

103) 梁山璹[1561~1593]

본관은 제주. 자는 회원會元. 시호는 충민忠愍. 1591(선조 24)년 천상天象을 보고 난리가 있을 것을 예언, 상소하여 대비책을 건의했다가 배척을 받기도 함. 기묘명현己卯名賢 팽손의 후손이며, 대사성 응정의 아들. 성혼의 문하에서 수업했다. 벼슬에 뜻을 두지 않고 경서에만 전심했다.

천문·지리·병학에도 뛰어남. 동서분당 시 서인으로 조헌과 함께 이이·성혼을 지지하며 동인 이산해·유성룡을 배격하는 소를 올린다. 임진란이 일어나자 형 산룡과 함께 나주에서 창의, 김천일을 맹주로 삼고 그는 부장이 되고 형은 운량장運糧將. 향리에서 병을 모집, 군량을 조달, 여러 고을에 격문을 돌려 봉기할 것을 촉구했다. 그 뒤 김천일과 함께 북상해 수원에 출진, 활약하다가 강화도로 이진할 무렵, 곽현과 함께 주장의 밀서를 가지고 해로의 간도間道를 따라 의주 행궁에 도착, 선조에게 호남·영남의 정세와 창의활동을 자세히 보고했다. 이 공로로 공조좌랑에 제수됨. 돌아올 때 영남·호남에 보내는 교서를 받아 남도에 조정의 명령을 하달한다. 적이 남도로 퇴각하자 김천일과 함께 남하, 진주성에 들어갔으나 침공하려는 일본군의 대군 앞에 군사 부족으로, 홍함과 함께 명나라 장군 유정의 군진에 가서 군원을 간청했으나 실패. 성에 다다르자 홍함마저 도피해 단신 입성, 적과 끝까지 항전하다가 김천일과 함께 남강에 투신한다. 좌승지에 추증, 시호는 충민忠愍. 나주의 정렬사旌烈祠, 진주의 창렬사彰烈祠에 제향.

컸다는 말을 듣고 그들은 서로 탄성을 지르며 춤을 추듯 했다.

"이제 우리들은 살았다."

이 소리는 양산숙 등 여러 사람이 친히 들은 말이다. 이 같은 **조 제독**의 뜻이 임금에게 한때는 너그럽게 받아들여지지는 않았다.

그렇다고 당시 우매한 하인들의 무지함을 탓할 일일까.

월천군 이정암[104]의 팔애시八哀詩에서 임금에 대한 **조 제독**의 대쪽 같은 품성을 엿볼 수 있다.

공자는 어진 일 해야 한다 하고
맹자는 의義를 취하라 했네.
성인과 현인들의 글을 읽고서
배운 것이 무엇인가.
아무리 바람이 모질다 해도
풀은 굳세질 터, 임금이 욕을 당하면
신하는 죽어야 하는 법.
격서가 구름 같고 우레 같아서
마음은 하늘과 땅에 맹세하리
세 고을에서 모집한 의병에

---

104) 李廷馣[1541~1600]

조선의 문신. 본관은 경주慶州. 자는 중훈仲薰. 호는 사류재四留齋・퇴우당退憂堂・
월당月塘. 1558년 진사가 되고, 1561년 식년문과에 병과로 급제. 1578년 양주목사
가 되어 향교와 도봉서원道峰書院을 중수하고 대동법을 실시해 치적을 올림. 1592
년 임진란 때 왕을 호종하고, 아우 이정형과 함께 개성開城을 수비, 함락 이후에는
황해도에서 의병을 모아 활약. 황해도 초토사로 임명되어 연안延安에서 일본군 3
천여 명을 대파하고 경기도 관찰사 겸 순찰사觀察使兼巡察使가 된다.
1596년 충청도 관찰사로서 이몽학의 난을 진압하는 데 공을 세웠으나 죄수를 임
의로 처벌해 한때 파직되기도 함. 1597년 정유재란이 일어나자 다시 황해도 초토
사가 되어 연안을 수비했다. 난이 끝난 후 은퇴해 풍덕豊德으로 하향했다. 1604년
연안 수비의 공으로 선무공신 2등, 월천부원군月川府院君에 추봉, 좌의정에 추증되
었다. 연안의 현충사顯忠祠에 제향. 저서로 『사류재집四留齋集』. 시호는 충목忠穆이다.

힘센 군사들로 채워지고
서원西原에서 싸워 크게 이기니
위엄이 여러 곳에 진동한다.
금산의 적을 가볍게 보았다가
강한 뜻 꺾이고
날이 가고 달이 지난 오늘
썩은 뼈가 숲 속에 묻혀 있어도
넋은 아직도 부끄러워라
나라의 수치 끝내 씻으리.

우산 안방준은 「중봉실록重峰實錄」을 참고해 몇 권의 책을 펼쳤다.
이른바 「항의신편抗義新編」과, 「동환봉사東還封事」가 바로 그것이다.
뒤에 오는 사람들이 이 책을 얻어 보게 된다면 **조 제독**의 큰
뜻을 헤아릴 수 있을 것이란 말을 하고서…….
백사 이항복의 주장에 대해 공박하지 않아도 그 주장은 저절
로 무너질 것이라는 것도 잊지 않았다.
백사의 정론에 이 이상 더 무슨 논박이 필요할까?

46

진주 삼장사로 후대의 입에 오르내리던 김 창의
……저녁 까마귀 날자
달은 성 위에 차오르고
다락에 올라 빈터 바라보니
대숲만 남아 있어
해마다 바람과 비에 순이 들더이다.

김 창의는 의병을 일으켜 이미 양화도에서 크게 승리한 바 있었다.

그때 일본 병들이 무너진 성벽을 넘어 성안으로 진입해 들어왔다. 의병과 관군, 그리고 진주성으로 모인 6만의 백성들이 함께 뒤엉켜 백병전이 벌어지고 있었다. 이를 어쩌나! 조선의병은 중과부적인 것을…… 결국 진주성은 그렇게 함락되고 만다. 진주성 6만의 백성이 모두 도륙되고 몰살되었다. **김 창의** 역시 촉석루 아래 남강으로 투신해 순절하고 말았으니……. 그의 한은 남강에 서려 영원히 잊히지 않을 것이다. 그때가 바로 육십갑자의 서른 해가 되는 1593년이었다.

김 창의 묘지는 나주시 삼영동 영산에 있었다. 일본군이 진주 전투에서 떠나간 뒤, **김창의** 의 둘째 아들 상건은 아버지를 찾아 진주성으로 갔다. 그러나 아버지의 시신은 찾을 수 없었다. 진주 남강에 수장된 채 영영 떠오르지 않았다. 다만 상건은 이빨, 머리카락, 손톱, 발톱 등을 어렵게 구해가지고 왔다. 아버지의 지체 일부인 그것을 가지고 이곳에 초혼 장으로 묘지를 만들게 되었다.

그는 정중하게 재배하고 **김 창의**의 충절을 되새겨보았다. 당시 조선에 지원군으로 파병된 명나라 장수들도 그를 흠모했다. 명나라 제독 형개는 그에 대해 이렇게 말한다.

"충성스러운 혼과 씩씩한 넋이 늠름해 살아 있음과 같다"

고 칭찬했다. 명나라 지휘관 오종도는 제문을 지어 제사를 지냈다.

오종도가 지은 제문을 소리 내어 읽어보고, 다시 한번 그를 생각한다.

"계사(1593)년 9월 10일에 지휘사 오종도는 삼가 양과 돼지의 제물로 조선 **창의사 김 장군**의 영위에 제사 드립니다.

무릇 사람이 하늘과 땅 사이에 있어서 죽어도 오히려 산 자가 있고 살아도 오히려 죽은 자가 있으니, 살았으면서도 죽은 자는 지금 천하에 가득합니다. 죽었어도 살아 있는 분은 창의사 **김 장군**인데 나는 이분에게서 느낀 바가 많습니다.

왜적들이 미쳐 날뛰는 때를 당해 임금이 의주로 파천하고 전국 8도가 거의 온전한 고을이 없는데 오직 **장군**은 낚싯대를 세워 깃발을 달고, 나무를 베어 칼을 만들어 팔뚝을 걷어붙이고 한 번 부르짖으니, 호걸들이 호응했습니다. 의사 1천여 명을 얻어 한강가에 주둔해 지키면서 왜적과 더불어 살고 싶지 않음을 맹세했습니다. 그래서 **장군**의 명성은 안과 밖에 높았습니다. 불민한 저는 군무의 바쁜 틈에 처음 만나 알게 됐는데 곧 다정해 옛 친구와 같았습니다.

그때 왜놈들이 바야흐로 강화를 요청하니 **장군**은 문득 팔을 걷고 꾸짖으며, 항상 이놈들을 멸망시키고야 밥을 먹겠다고 했습니다. 그 뜻과 그 공이 비록 이뤄지지는 못했으나 **장군**의 이름은 그 위상으로 더욱 빛이 났습니다.

그런 까닭에 왜적이 매양 옛 송나라의 일을 오늘 일에 견줘 말하기를, '무목이 죽지 않고는 금金과 송宋과의 화의가 성립될 수 없었던 것과 같이 **장군**이 죽지 않고는 강화가 맺어지지 않을 것이다'고 말해 왜적은 밤낮으로 오직 **장군**을 죽이겠다는 계획을 세웠습니다.

그때에 **장군**이 흩어지고 없어진 나머지의 군사로 진주를 지키게 됨에…… 마침 **최경회**도 거기에 있었는데, 그는 더욱 왜적들이 평소에 꺼려하던 인물이었습니다. 이에 왜놈들은 대병력으로 수십 겹을 포위하고 나는 새도 지나가지 못하게 해, 반드시 이 두 사람을 잡으려 했던 것입니다.

이때에 나는 명령을 받고 전라도를 지키게 됐는데, 도중에 장마가 져 죽산에 머물게 됐습니다. 그런데 별안간 큰 바람이 불고 천둥번개가 치고 모래가 날리고 나무가 뽑혀 마치 나의 걸음을 재촉하는 것 같았습니다.

나는 비를 무릅쓰고 전진해 이틀 만에 남원에 도착해보니 진주에서 기별이 날아왔는데,

'진주는 화살이 다하고 식량이 끊어져서 성이 함락된 지가 며칠 됐다'

는 것이었습니다. 장군 부자와 **최경회**가 모두 왜적을 꾸짖고 죽었다고 했습니다. 나는 비로소 죽산의 장맛비는 곧 **장군** 부자의 눈물이요, 큰 바람과 천둥벼락은 장군의 불평한 기운이었던 것임을 깨달았습니다."

47

영어의 몸으로도 적을 막을 기이한 계획을 했던 충신 **김 종사**, 그는 장군의 패함을 어찌 원균에게 돌리려 했는가.

김 종사는 과거시험에 장원으로 뽑힐 정도로 머리가 명석한 사람이다. 체력도 강했다. 40근이나 되는 철퇴를 거뜬히 들었던 사람이다. 그의 성격은 평생 동안 활달하기 이를 데 없다. 자기 스스로도 지나치다고 생각할 정도였으니까. 그는 죄가 없는데도 잡혀가 칼날에 앉았다가 나라가 위급해지자 임금을 보좌하게 된다. 그의 시대 운은 이롭지 못했다. 아까운 사람은 모두 떠나가고 그 빈자리엔 한만 서려 있었다.

난이 일어나던 그해 도체찰사 유성룡이 **김 종사**의 무인이 아닌 무인임에도 지략이 뛰어난 것을 알고 자신의 휘하에 두려고 했으나, 도 순변사 **신립**의 요청이 있어, 그의 **종사관**으로 추천되었다. **신립**이 충주에 배수진을 치려고 했을 때, **김 종사**는 "많은 적을, 우리의 적은 군사로 물리치려면 조령을 먼저 점령해 지켜야 한다"고 주장했다. 이 조령이 여의치 않더라도 평지보다는 높은 언덕을 이용해 적을 역습하는 것이 좋겠다고 강력하게 주장했다. **신립**은 이런 주장을 받아들이지 않았다. 결국 충주의 달천에 배수진을 치고 그와 함께 탄금대 아래서 용전분투했으나 그가 일본군에 패하자 그의 뒤를 이어 강에 투신해 생을 마감하고 말았다.

48

이 전란 때 순변사 이일이 전세가 불리해지자 물러나 후일을 도모하자고 했을 때, 종사관 **윤 판윤**은

"장차 무슨 면목으로 주상을 배알하리오. 남아가 이에 이르러 오직 위국충사하면 족하리라"

라 하고 분전하다가 그는 최후를 마친다.

'⋯⋯'노부 **김 원주**. 그의 처자들의 한을 어찌 헤아릴 길 있으랴만, 사무친 그의 마음 고뇌는 무엇이었을까.

왜장 모리 요시나리와 그의 군사가 영원 산성을 향해 공격해 오기에, **김 원주**는 관병과 의병을 이끌고 적과 치열한 전투를 벌이고 있었다. 그러나 어림도 없이 그의 군세는 부족했다. 결국 성은 함락될 수밖에 없었다. 그날이 바로 8월 22일.

그의 아들 시백과 부인 이씨도 함께 순절했다. 그래서 학성동 鶴城洞에는 **김 원주**의 충렬 탑이 세워져 있었다.

모리요시나리가 지휘하는 일본군은 동해안을 따라 북상해왔다. 삼척에서 태백산맥을 넘어 정선, 영월, 여주, 단양, 홍천, 평창 등지를 거쳐 그해 8월 중순에는 원주를 향해 돌진하고 있었다. 당시 **김 원주**는 68세의 고령이다. 그 당시 원주에는 그 해 4월 **신립**의 탄금대 전투에 무기와 병력을 지원군으로 보냈다가 전멸해 병력과 무기가 태부족한 상황이다. 이때, **김 원주**는 원주에서 동쪽 30리 지점인 치악산 남쪽 기슭에 위치한 영원 산성으로 들어간다. 험준한 지형을 의지해 적을 방어할 계획을 세운 후 군·민 남녀 4천여 명을 이끌고 산성에 진을 치게 된 것이다.

이 산성에는 미리 한 달 정도 지탱할 수 있는 식량과 모을 수 있는 무기도 모두 모아서 운반해놓았다.

김 원주는 휘하 박종남에게 군사 수십 명을 뽑아 원주 남쪽의 가리령에 매복시켜 두었다가 일본군을 저지하라는 명령을 내렸다. 그러나 박종남은 매복을 하지 않고 근처에서 휴식을 취하고 있다가 일본군의 급작스러운 기습을 받아, 제정신이 아닌 채 쫓겨 돌아온다.

이른 아침 영원산성으로 몰려오는 일본군의 총공세가 시작되었다. **김 원주**는 군·민을 독려해 활을 쏘고 돌을 굴려 적의 접근을 저지하고 끝까지 항전해 적의 많은 수를 살상을 하는 등 인명 피해를 입혔으나, 그날 저녁 무렵에 적의 돌격대 수십 명이 성 절벽을 타고 올라와 성안으로 들어왔다. 성내는 군·민이 혼비백산으로 아수라장이 되었다. 연이어서 3천 명의 일본군 정예부대가 일제히 돌격해 올라온 것이다.

성안에는 화살도 바닥이 났으니 적과 대항할 달리 방법이 없었다. 마침내 성은 함락되고 말았다.

원주목사 **김 원주**는 자기가 서 있는 주위의 지형을 살펴보았다. 영원산성은 실로 험준한 곳을 차지하고 있었다. 그러나 적이 한 번 침범하자 형세는 외롭고 군사들은 극도로 피로감에 휩싸여 있는지라, 결국 그는 칼날을 가슴에 겨누고 엎어지자, 그가 쓰러진 자리엔 유혈이 낭자했다.

뒤를 이어 그의 처 이씨도 자결하고 둘째 아들 김시백도 끝까지 싸우다가 장렬하게 전사했다.

49

　백 척 다락에서 바라보며 강물에 몸을 날렸던 진주 삼장사라고 후대 사람들이 불렀다. **최 병사**의 외로운 넋은 또 어디에 있을까. 싸움터에서 그의 탄식 소리는 드높기만 했다. 그의 결연한 의지를 보였음에도 외로움은 면할 길 없었는가? 이제 여흥은 무르익어 절정으로 치닫고 있다.

　일본군들을 물리치면서 느꼈던 한과 뜻을 밝히자고 빈객들에게 제안했던 **고 첨지**도 유구무언일 수는 없는가 보다.

　"낭담浪譚이 내쫓겼어도 공을 세우려고 도모했고 문산文山이

의병을 일으키도록 격문을 띄웠습니다. 슬픈 삶을 버리고 좋은 것을 취할 수 있다면 비록 백 번 죽은들 무엇을 후회하겠습니까? ……."

> 태평시대에 전쟁을 잊었고
> 변방에 있는 신하는 성문을 닫아
> ……
> 고을마다 피비린내 넘쳐흐르고
> 긴 하늘이 핏빛에 어두워라
> ……
> 흰머리는 세 조정에서 늙었고
> 충성스러운 한恨 마음에 서린다.

시문잔치가 어언 종막에 이르렀나 보다. 용모를 바르게 고치려는 듯 초연히 눈썹을 찡그리고 좌우를 돌아보던 **제독**도 시심이 우러나는가.

"태평한 때 성장 조그마한 수고로움도 맛보지 않고 죽부를 풀어버리고 무과에 올라 성인의 말을 욕되게 했습니다. 왜군들이 바다를 건너오자 한 번 죽을 것을 가볍게 여기고 수군을 모아 길을 막았더니 호남 백성들이 편안했다고 합니다……."

짧게 말을 끝낸 그도 시조를 한마디 읊는다.

> 만 척의 배 무찔러 임금을 편안케 했고
> 육 년 동안 파란을 일으킨 바다

산하를 두고 맹세하니
마음에 이미 허락한 운명
은혜가 천지와 같으니 갚기도 어려워라
마지막까지 적을 이기지 못하고
이 몸 먼저 떠나니
서러움 영웅들에게 남겨준들
흐르는 눈물 어찌 마를쏜가.

말석에 초대된 그는 정좌한 채 절박하고 처절했던 정황들을 놓치지 않고 낱낱이 기록했다. 나라에 충성을 다하지 못했다는 한과 탄식이 들려올 때, 그는 깊은 시름에 빠져들기도 하고, 소리 없이 눈물 짓기도 했다. 때로는 미처 훔치지 못했던 눈물이, 기록해둔 한지에 떨어져 유려한 붓글씨를 어지럽혀 놓았다. 이윽고 위풍당당한 **제독**의 말에 침통했던 분위기가 휘영청 달빛 떠오르는 분위기로 바뀌어간다.

고 첨지의 말처럼 이 세상 사람으로 그가 흠모하는 이들과는 천 년이 지나도 다시 기약할 수 없는 시심 가득한 자리에 함께할 수 있었다니 이 아니 영예로움인가.

제독이 제자리에 들어앉자 **승장**이 부복하고 나온다.

"저는 본래 승려였으나 다행히 충성스럽고 용맹한 성품을 타고나서 승려복을 벗어버리고 갑옷을 입고서 육계六界 사람이 살아 있을 때 한 행위에 따라서 저마다 가서 살게 된다는 '지옥도, 아귀도, 축생도, 아수라도, 인간도, 천상도를 이르는 말를 아주 잊어버렸습니다."

"그믐께였을 것입니다. 한겨울 밤, 갑사 주지와 소승이 거처하는 방에서, 서로 나랏일에 대한 정담을 밤이 깊도록 나누었습니다. 열두 시경쯤 주지는 눈이 감긴다고, 잠자리에 들기 위해 그냥 자기 방으로 들어갔고, 그때 소승은 천기를 보니, 저 경상도 하인(해인) 합천사 절에서 불이 난 것을 직감했습니다.

바로 아침 일찍 잠자리를 털고 일어나 거기를 쫓아 내려갔지요. 소승이 그곳에 당도하고 보니, 사실 불은 그때까지 훨훨 타고 있었습니다. 불을 끄는데, 몸을 사리지 않고 물을 길어다가 끼얹어 어느덧 불길이 잡혀 갑사로 돌아왔습니다.

갑사 절에 돌아오니까. 사흗날 아침 동이 터오더군요. 때마침 그때, 주지가 변소를 다녀오는 길에 소승과 마주쳤는데, 소승의 머리에 서리가 하얗게 내려앉았다고 지적해주대요. 그가……."

"하, 워디 갔다 와?"

"저 해인 합천사 절에 불이 나서 거기 가 불 *끄고* 오는 길이래요."

주지는 **영규**의 말이 통 납득이 가지 않았던가 보다.

"그래 사흘을 있었더니, 거기서 물동이를 옛날 지게로 져 날라 그냥 몇 짐인지 몰라도 한동안 져 날랐는가 봅니다."

"'아이고 **영규** 대사님이 아니었다면 절을 다 태웠을 낀디, 참 **영규** 대사님께서 오셔서 불을 꺼주시니 참말로 아주 참 여간 은혜를 갚을 수가 없소이다'고 했습니다 그랬더니, 그때 갑사 중들이 이젠 생각을 해보니까, **소인**에게 '말을 함부로 못하겠거든……' 하고 말하더군요."

"그래요, 난리 때 저, ……여기서, 그 저, 금산, 금산서 일본놈들이 쳐들어와, 막 인제 조선 사람을 도륙한단 말입니다. 그래서 **小僧**이 나가 저 뭐여, 공주, 그저 시방 말하면 군수지, 거기 가서, 그 강홍립[105]이란 사람 있다고 해. '나를 선두를 주소, 선봉을 줄 것 같으면 그 왜적을 물리치겠습니다.'"

"그래도 **小僧**이 **중**이라 선봉을 안 주고, 강홍립에게 줬습니다. 그래요, 두 사람이 이제 군대를 잘 이끌어 **小僧**은 산등성이에 진을 치자 커니, 강홍립은 산 고랑에다 진을 치자 커니…… 그렇게 갑론을박하다가 그가 선봉이고 그러니까 할 수 없이 가운뎃골, 깊은 산골에다가 진을 쳤지요."

어느새 일본 적들이 그걸 보고서 소가죽으로 휘둘렀다. 소 몇백 마리를 잡아서 그렇게 만들었는지, 차일을 쳐 널리 덮고 조선 의병들을 창으로 찔러서 다 살육했다.

---

105) 姜弘立[1560~1627]

본관은 진주晉州. 자는 군신君信. 호는 내촌耐村. 참판 신의 아들. 1589(선조 22)년 진사가 되고, 1597년 알성문과에 을과로 급제, 설서·검열 등을 거쳐 1605년 진주사의 서장관으로 명나라에 다녀옴.

1608년 보덕輔德이 되고, 이듬해 한성부우윤, 1614년 순검사를 지낸 뒤 18년 진녕군晋寧君에 봉해짐. 그해 명나라가 후금後金을 치기 위해 조선에 원병을 요청했다. 이에 조선 조정은 새로 일어난 후금이 두려웠으나, 명나라가 임진란 때 원군을 보내온 사실 때문에 어쩔 수 없이 강홍립을 5도 도원수로 삼아 1만 3,000명의 군사를 주어 출정하게 했다.

그러나 조선과 명나라 연합군은 부차富車에서 대패하고, 강홍립은 조선군의 출병이 부득이해 이루어진 사실을 적진에 통고한 후 군사를 이끌고 후금에 항복했다. 이는 현지에서의 형세를 보아 항배를 정하라는 광해군의 밀명에 따른 것이다. 투항한 이듬해인 1620년 후금에 억류된 조선 포로들은 석방, 귀국했으나, 강홍립은 부원수 김경서 등 10여 명과 함께 계속 억류되었다.

1627(인조 5)년 정묘호란 때 후금군의 선도로 입국해 강화에서 화의를 주선한 뒤 국내에 머물게 되었으나, 역신으로 몰려 관직을 삭탈당했다가 죽은 뒤 복관되었다.

"그렇게 죽일 때, **소승**은 옆구리를 창에 찔렸지요. 칼로 상처가 난 옆구리를 더 찢고서 밖으로 삐져나온 창자를 이렇게 소승의 손으로 틀어쥐고서 막 칼을 내두르면서 공주까지 걸어왔습니다. 그 사이에 원 백 번도 더 숨을 거두었을 것입니다. 그러나 목숨이 질기긴 질긴가봅니다."

"아이고 저런, 끌끌끌……." 혀 차는 소리가 들린다. 안타까운 마음에서 내는 **유 수사**의 반응이다.

"가다가 요기 저 계룡이라는 곳이 있어, 거기 지서도 있고 해서, 거기 갈라면 냇물을 지나야 하는데, 개울 말입니다. 느닷없이 또 비가 막 내려 퍼부어 황톳물이 아주 꽉 차게 흘러나간다 이겁니다. 그래도 어쩔 수 없어 그 개울을 건넜지요. 창으로 이 옆구리를 찔린 데다 황톳물이 상처 틈새기로 마구 들어왔습니다. 그래 저 물 넘어가 계룡서, 저 공주가 저 물 너머라고 자위하면서 그곳을 바라보며 가다 저도 모르게 스르르 눈이 감기더니 그만 의식을 잃어버렸습니다."

그런 연유로 갑사 절이 있는 계룡에 저, 면사무소 내려가는 데다 사당을 지었다. 사당을 세워 **영규대사** 이름까지 다 올려놨다. 그의 무덤은 그 학교 아래 저 버들미라는 데다 썼던 것이다. 쓰고서 시제 때가 되면 중들이 와서 꼭 시제를 지내고 있었다.

"……

어지러운 싸움터 풀만 우거졌고

370

사람은 아예 윤회설 말하지 말라
한번 황천으로 가면 원한 풀길 없네."

제독이 껄껄 웃는다.
"이 스님이 곧 사람입니다. 이 사람이야말로 족히 우리 군사
들의 외로운 넋을 위로해줄 수 있을 것입니다."
라고 하면서 그에게도 화답하라고 했다. 그는 붓을 휘둘러 쓰기
시작한다.

"오늘밤은 어떤 밤인가 세월은 지나간 지 오래건만
옛 누대에 서리 낀 달이 들에 떠 있네.
올바른 충성으로 나라에 보답한 **제독**이
여러 손님을 다락 위에 모이게 하니

의기는 하늘을 찌르고 칼과 창이 차가운데
군영軍營의 이 즐거움 인간에는 없는 일
좋은 남자 **일휴당**日休堂인가!
가슴속 티 없어 깨끗한 이 **제봉**일세.
태수太守가 간성 치악 지킬 때
장한 계획 품은 이 남원 **임군**任君이요
동래東萊는 송백松栢같이 굳은 절개라
용봉의 웅기 타고난 **종사**從事던가.

당당한 대의 누가 먼저 부르짖었을까!
조 제독은 본래부터 강개한 이
오활迂闊한 선비 **회양**이라
삼대가 벼슬에 오른 이 씨의 **아들**이요

참다운 장부는 **황공**黃公일진데
피 뿌려 몸 지킨 이 **김후**金後 아닌가!
유 수사의 조신한 수염에는 서리 엉키고
사공司호의 은총은 천지에 흡족하네.

수백水伯의 위엄 있는 이름 배를 움직이고
영웅은 누가 **이 첨사**와 같을까
만호의 담력은 비상했고
신판윤인들 하늘이 돕지 않은 태산을 어찌 넘을까
거동 단정한 이는 **심방백**沈方栢이요
기상 드높은 이 **정중추**鄭中樞라면
남문을 닫고 지킨 이는 **소원수**小元帥로다
판사의 풍류는 군자답네.

선적仙籍에 일찍이 옥으로 이름을……
성관星官의 도움으로 선술仙術 배운 李佐郞
고 씨의 두 아들 **임피**, **정자** 쌍으로 저승 떠났다네.

승장은 여읜 학과도 같을지니

천 년 가도 이 밤 다시 돌아오지 않으리.
만고에 꽃다운 이름 스스로 외롭지 않아
이는 무슨 행복으로 금술잔에 푸른 술 즐기는가!
시로 새 지면 가득하니 밝은 구슬과 같습니다."

그는 휘갈긴 시문을 이처럼 구슬프게 읊는다.

"글은 격절하니, 그대의 재주는 가히 드높습니다. 우리가 글을 지을 때에는 나라를 호의 하겠다는 말이 적었는데…… 그대의 문장은 족히 나라를 빛낼 만합니다. 우리들은 이제 유명을 달리해 이승을 떠난 자들이니, 나라를 위해 힘써줄 사람은 오직 그대뿐이오이다."

그를 격찬하고 당부한 이는 **고 첨지**였다.

이승을 떠난 원혼들은 유계에서도 나라를 걱정하는가.

충정 어린 그 마음들을 어디에 두고 간직해야 할까! 그는 한결 마음이 무거웠다. 그는 일어나서 사례하고 대답했다.

"원컨대 가르침 잘 받들겠습니다."

잠에서 깨어 기지개를 켜고 보니, 생생한 꿈속의 일임을 알았다. 그로서는 백골난망의 꿈이었다. 베개를 어루만져 보니 눈물이 촉촉하게 젖어 있었다. 그런 광경을 곰곰이 생각해본다. 역력히 기억할 만했다. 그는 꿈에서 보았던 사람들의 관작官爵을 가지고 이름을 생각해보았다.

제독은 한산대첩[106]을 승리로 이끈 **이순신**을 말하고, **김 진주**는 진주성 싸움을 이끈 **시민**이라! 그리고 **신 판윤**은 **신립**이 아닌가! **고 첨지**는 **경명**을 일컫고, **김 창의**는 창의사 **천일**을 말함이렷다. **최 병사**는, 경상병사이던 **경회**를 지적한 것이고, **김 원주**는, 원주(영원산성 싸움터)의 지명을 따서 부른 **제갑**이요, **임 남원**은, 남원성을 사수한 **임현**을 가리킨다. **송 동래**는, 순절한 지명 부산 동래성을 딴 **상현**의 별호이다. **김 종사**는 **김여물**을 지칭하고, **조 제독**은 **조헌**의 직분을 딴 별칭이다. **김 회양**은 **연광**을 말함이고, **황 병사**는 **황진**을 일컫는다. **이 병사**는 **복남**을 가리키고, **유 수사**는 **극량**이다.

이 수사는 **억기**를 이른 것이고, **이 첨사**는 **영남**이었다. **정 만호**는, **정운**의 당시 직책을 따 부른 것이고, **신 병사**는 **신립**의 아우 **신할**이요, **심 감사**는 **심대**를 지적한 것이고, **정 첨지**는 접반사 **정기원**이다. **윤 판윤**은 **윤섬**, 사공은 **박지**를 말한다.

---

106) 閑山大捷; 지금의 진해시 안골동인 안골포 싸움과 거제도 북쪽에 위치한 하청면 앞
바다 견내량 싸움을 말한다.

이 **좌랑**은 **경류**, 고 **임피**는, 전북지방 임피의 현령이던 **종후**, 고 **정자**는 **인후**인데, 이들 두 사람은 **고경명**의 아들이다. 끝으로 **승장**은 **영규**가 틀림없다. 꿈속의 연회에 초청되지 않은 이는 원균이었다. 그와 서로 반목하던 **이순신**이 주빈이라서 그런가. 원균에 대한 주빈의 감정은 원균을 연회에서 제외시키도록 작용한 것일까. 아닐 것이다. 그의 삶에서 바라본 성정으로 보아 그는 분명 초청했을 것이다. 어찌하던 원균도 나라를 사랑했던 마음이 **제독**과 다를 바 없었으니까. 아마도 꿈을 꾼 당사자가 그에 대해 평소 가졌던 부정적인 의지가 반영된 영상물이 아닐까 싶다.

어찌 됐건 그날 밤 꿈의 연회에 원균은 합석하지 못하고 연회장 주위에서 참담한 몰골로 어슬렁거린 것으로 비친다.

-하권에서 계속됩니다.

참고문헌

1. 『고려사(高麗史)』

2. 『고려사절요(高麗史節要)』

3. 박천식, 「고려 우왕대의 정치세력의 성격과 그 추이」, 『전북사학』 4, 전북사학회, 1980

4. 고혜령, 「이인임 정권에 대한 일고찰」, 『역사학보』 91, 역사학회, 1981

5. 고천석, 『풍류랑의 애가』 상·중·하, 이담Books, 2009

6. 이우혁, 『왜란 종결자』 제1권, 들녘, 1998

7. 김훈, 『현의 노래』, 생각의 나무, 2004

8. 김경진, 『임진왜란』 1권, 자음과 모음, 2005

9. 조원래, 『임진왜란사 연구』, 아세아문화사

10. 박영규, 『조선왕조실록』, 들녘, 1996

11. 『선조실록(宣祖實錄)』

12. 『선조수정실록(宣祖修正實錄)』

13. 『국조방목(國朝榜目)』

14. 『중봉집(重峯集)』

15. 『난중일기(亂中日記)』

16. 『난중잡록(亂中雜錄)』

17. 『기재잡기(寄齋雜記)』

18. 『우암집(尤庵集)』

19. 『송자대전(宋子大全)』

20. 『숙종실록』

21. 『신독재유고(愼獨齋遺稿)』

22. 『청음집(淸陰集)』

23. 『월사집月沙集』

24. 『항의신편(抗義新編)』

25. 『택당사초(澤堂史草)』

26. 『삼절유고(三節遺稿)』

27. 「임진란 중 서호지방의 의병활동과 지방사민의 동태」, 김
    진봉, 『사학연구(史學硏究)』 34, 1982

28. 『국조인물지(國朝人物志)』

29. 『광해군일기』

30. 『한국계행보(韓國系行譜)』, 보고사, 1992

31. 『국조명신록(國朝名臣錄)』, 『징비록(懲毖錄)』, 『간옹집(艮翁集)』

32. 『용인시사』, 용인시사편찬위원회, 2006

33. 『용인군지』, 용인군지편찬위원회, 1990

34. 『경기 인물지』, 경기도, 1991

35. 이인영, 『내 고장 용인 문화유산 총람』, 용인문화원향토문
    화연구소, 1997

36. 『경기문화재 대관』－도 지정 편, 경기도, 1998

37. 『용인문화재총람』, 용인시 문화재 총람, 1999

38. 『용인시의 역사와 문화유적』, 한국토지공사 토지박물관, 용인시, 2003

39. 『네이버백과사전』, 『두산백과사전』, 『전국문화유람 총람』, 『전국문화유적 총람』

40. 『호남인물 100』, 남성숙, 1996

41. 『진도군지』, 진도군·전남대학교 호남문화연구소, 2007

42. 『건재집卷首』 「선묘조교서(宣廟朝敎書)」

43. 『세계 4대 해전』, 윤지강 지음, 느낌이 있는 책

44. 『이충무공전서(李忠武公全書)』

45. 『고려선전기(高麗船戰記)』, 일본

46. 『한국의 檄文』, 송찬섭·안태정 엮음, 다른 생각

47. 『진주성 전투』, 지승종 글·김용철 사진, 문화고을

48. 『진주목사 김시민』, 정문상 역사소설, 도서출판 계간문예

49. 『七年전쟁』, 김성한 역사소설, 산천재, 2012

인명 찾기

고천석

1995년 등단
1995년 계간 자유문학 신인상 수상
1999년 황희 문화 예술상(본상) 수상

창작집 『세레나데』(2001)
산문집 『나 울게 내버려두어요』(2002)
단편소설집 『물너울 저편』(2007)
역사소설 『풍류랑의 애가』 상, 중, 하(2009)

금술잔 上

초판인쇄 2015년 1월 9일
초판발행 2015년 1월 9일

지은이 고천석
펴낸이 채종준
펴낸곳 한국학술정보㈜
주소 경기도 파주시 회동길 230(문발동)
전화 031) 908-3181(대표)
팩스 031) 908-3189
홈페이지 http://ebook.kstudy.com
전자우편 출판사업부 publish@kstudy.com
등록 제일산-115호(2000. 6. 19)

ISBN 978-89-268-6757-0 03810